公元787年，唐封疆大吏马总集诸子精华，编著成《意林》一书6卷，流传至今

意林：始于公元787年，距今1200余年

意林®轻文库

青春最美，梦想出发

中国式好看轻小说优鲜品牌

ERLIANG HUANGFEI
QIANQIANSUI SAN

元宝儿 作品

长江出版社

版权所有　侵权必究

图书在版编目（CIP）数据

二两皇妃千千岁. 三 / 元宝儿著.
—武汉：长江出版社, 2019.9
ISBN 978-7-5492-6710-1

Ⅰ. ①二… Ⅱ. ①元… Ⅲ. ①长篇小说-中国-当代
Ⅳ. ①I247.5

中国版本图书馆CIP数据核字(2019)第205280号

二两皇妃千千岁（三）
ERLIANG HUANGFEI QIANQIANSUI SAN

作　　者	元宝儿
出　　版	长江出版社
	（武汉市解放大道1863号）
执行策划	安　雅　张　星
市场发行	长江出版社发行部
网　　址	http://www.cjpress.com.cn
责任编辑	李　恒
特约编辑	魏　娜
封面绘画	源　雪
封面设计	胡静梅
装帧设计	刘　静
印　　刷	大厂回族自治县益利印刷有限公司
版　　次	2019年11月第1版
印　　次	2019年11月第1次印刷
开　　本	700mm×1000mm　1/16
印　　张	13
字　　数	231千字
书　　号	ISBN 978-7-5492-6710-1
定　　价	29.80元

版权所有　盗版必究（举报电话：027-82926804）
（如发现印装质量问题，请与印务部联系退换，电话：010-51908584）

目录 CONTENTS

第一章
遇奇迹死里逃生　　001

第二章
泄私愤破坏名声　　019

第三章
讨公道丧钟敲响　　041

第四章
掀巨浪风云再起　　063

第五章
迎贵客一争高低　　083

第六章
演武场扬名天下　　103

第七章
揭秘闻身世离奇　　125

第八章
造恶孽妻离子散　　147

第九章
旧冤情水落石出　　167

第十章
藏阴谋解除婚约　　187

第一章　遇奇迹　死里逃生

"岂有此理，刑部那些办案的大臣到底都在想什么？明知道慕紫苏犯下滔天大罪，居然明目张胆地将这个罪魁祸首无罪释放了……"

发此怒吼的不是别人，正是如今正得圣宠的瑶池宫女主人瑶贵妃。

自听说慕紫苏因伤害顾清漪被关进刑部大牢等候受审，瑶贵妃一边幸灾乐祸，一边打点身边的下人混进刑部给慕紫苏下绊子。

结果绊子没下成，倒传来慕紫苏被无罪释放的消息，这让一心盼着慕紫苏倒霉遭殃的瑶贵妃如何咽得下这口恶气？

瑶贵妃的婢女上前劝道："娘娘您少安毋躁，奴婢听说，慕三小姐被提前释放，与刑部的审案人员并无关系。是国公府那边提出不再追究她伤人之事，让刑部直接开门放人。"

瑶贵妃柳眉高挑，不敢置信道："被慕紫苏打伤的可是他们国公府最受宠的一位小姐，这件事传得京城上下皆知。除非国公府不在乎门面，不然怎么可能会如此轻易放过慕紫苏？"

婢女答道："据说是明王殿下从中周旋，慕三小姐才逃过此劫。"

瑶贵妃神色一凛，握拳怒道："又是赵维祯那个浑蛋坏我好事。不行，我要去皇上那里讨个公道……"

对慕紫苏恨之入骨的瑶贵妃岂能放过这样一个落井下石的大好机会？她兴冲冲地闯进皇上的御书房，竹筒倒豆子一般，将赵维祯利用特权把慕紫苏从刑部接走的事情，添油加醋地讲述了一遍。

言辞间，她把赵维祯批判成一个目无法纪、肆意妄为、飞扬跋扈、蛮不讲理的恶徒。

"哦？"

听完瑶贵妃的讲述，天晟帝慢慢放下手中的奏折，略带诧异地挑起眉："朕听说顾大小姐伤得不轻，顾家上下对这起伤人案非常重视。且今日便是刑部的开审之日，好端端的，国公府怎么会突然放弃对慕三小姐伤人的追诉？"

瑶贵妃义愤填膺道："国公府选在这个时候息事宁人，显然是明王从中做了手脚，利用千岁爷的身份给国公府施压，才逼得国公府放过慕紫苏。皇上，这件事您可得给国公府做主，绝不能由着明王胡作非为。一旦明王仗势欺人的消息传到外面，定会给咱们皇家造成极为深远的负面影响……"

不管是慕紫苏还是赵维祯，都是瑶贵妃眼中的头号敌人。

只要能将这二人扳倒，她不介意将顾清漪作为棋子，利用她的伤势对慕紫苏和赵维祯落井下石。

在瑶贵妃的巧言之下，慕紫苏成了彻头彻尾的京城女霸王，身为四品侍郎家的小姐，居然敢冒天下之大不韪，当众将国公府的嫡小姐打成重伤。

赵维祯更是过分至极，仗着自己是千岁之尊，向国公府施压，逼国公府放弃追讨此事的权利。

见皇上并没有因为自己愤世嫉俗的讲述而流露出半分排斥，瑶贵妃继续道："臣妾虽然是女流之辈，却也知道有些权利并非人人可以行使。就拿明王来说……"

话至此，瑶贵妃别有深意地看了皇上一眼。

只见天晟帝瞳孔微缩，眼底流露出危险的光芒，她变本加厉道："他已经不再是朝廷公认的太子，却依旧行使着太子的权利，甚至连执法如山的刑部都要听从他的摆布。臣妾很难不怀疑，明王如此嚣张之举，究竟有没有将您这个父皇放在眼中。"

果不其然，当瑶贵妃故意扯上这个敏感话题时，天晟帝原本淡漠的脸色，瞬间变得阴郁了几分。

天晟帝的这个反应正中瑶贵妃下怀，她本欲火上浇油继续抹黑赵维祯的名声，却在这时，听到御书房外传来小太监略显惊恐的呼唤："皇后娘娘，还请您稍留步，待奴才通禀皇上之后再……"

话未说完，书房门口处突然走进来一个人。

来人身形高挑、体态纤细，伴随着一阵环佩叮咚，出现在天晟帝和瑶贵妃面前的，竟是一个容貌漂亮到令人不敢凝视的绝代佳人。

此人身穿绣金凤袍，广袖翩翩，端庄秀丽，仪态万千。头上除了珠钗美饰之外，还插着一根价值不菲的金步摇。不愧是天启王朝的一代国母，将门出身的凤临月，不但生就一张震撼世人的绝美面孔，浑身上下所散发出来的气势也强悍到连高高在上的天晟皇帝都不敢小觑。

虽然同是皇帝的女人，与脂粉气十足的瑶贵妃相比，凤临月就像一朵出污泥而不染的金莲。

无论是气势还是容貌，她都以压倒性的姿态碾压瑶贵妃。

无视身后小太监惊恐的警告，凤临月从容优雅地踏进殿门，那身姿，那眼神，就如同神女降世，睥睨而又高傲。

别说瑶贵妃被此人的到来吓得措手不及，就连天晟帝都不敢相信，许久未见的结发妻子，居然会以这样的方式出现在自己面前。

说起凤临月在后宫的地位，绝对胜过天启王朝历史上的任何一任国母。

不为别的，只因为天晟帝当年之所以能顺利登基，凤家从中起到了决定性的作用。

将门虎女凤临月自幼在军营长大，是当之无愧的女中豪杰。

天晟帝当年费了不少力气才将凤临月这个备受世家公子钦慕的凤家小姐娶进家门，并用了一些手段，让整个凤氏家族成为他的左膀右臂。

虽然现在的凤家已经渐渐退出政治舞台，凤临月这个一国之母在后宫的影响力，也绝非瑶贵妃这种靠美色迷惑君心的妃子所能比拟。

正因为凤家在天启王朝占据不凡的地位，天晟帝当年立凤临月为皇后时曾下达一道命令，拥有皇后之尊的凤临月，将终身拥有免跪权。

也就是说，天底下任何人见了皇帝都要三跪九拜，唯有凤临月享受特权，不必在君前行此大礼。

所以，当凤临月不顾宫人反对，径自踏进御书房时，小太监虽然极力阻拦，却不敢再有进一步行动。

正在皇上面前拼命说赵维祯坏话的瑶贵妃看到凤临月霸气出场，她吓得脸色一白，膝盖不自然地弯了下去，面色惶然道："臣……臣妾见过皇后娘娘。"

别看瑶贵妃平日里深得帝宠，在这偌大的皇宫之中，唯一让她心生畏惧的便是凤临月。

本以为赵维祯双腿残疾，被夺去了太子之位，曾经那个在后宫呼风唤雨的六宫之主便躲进小佛堂，从此不问世事，没想到阔别多日，就在瑶贵妃以为凤临月会随着赵维祯的倒台而陷入永久性的自我封闭中时，这个曾不止一次利用宫规教训过自己的女人，竟以令人猝不及防的方式重新出现在众人面前。

瑶贵妃对凤临月是打心底惧怕，因为凤临月地位特殊，管理后宫的手段也是刚正不阿。

她从来不仗着皇后之尊欺凌宫妃，也绝不会放过任何一个为非作歹之人。

天晟帝后宫中的妃子不计其数，私底下斗得你死我活，只要见了皇后，便个个敛声屏气，大气都不敢喘一声。

深得帝宠的瑶贵妃亦是如此，只要她触犯了宫规，哪怕有皇上为她求情，也免不了会换来一顿严厉的惩罚。

当瑶贵妃不受控制地跪下去的那一刻,她才猛然醒悟,自己居然没出息到了这种可笑的地步。

屈辱和不甘齐齐涌上心头,对凤临月和赵维祯母子二人的憎恶也在心底生根发芽,到了一发不可收拾的地步。

从头到尾,凤临月根本就没将瑶贵妃这个犹如跳梁小丑般的女人放在眼中。

她淡漠而又清冷地瞟了跪在地上的瑶贵妃一眼,很快便收回视线,抬头挺胸,一步步向天晟帝的方向走去。

经过瑶贵妃身边的时候,她微微荡起的裙摆刮到了瑶贵妃的脸上,卷起一小股灰尘,呛得瑶贵妃险些打出喷嚏。

瑶贵妃气得银牙紧咬,想要起身,却因为没有听到起身的命令,只能尴尬地跪在那里等候发落。

好半晌,天晟帝总算从震惊中慢慢回神。

他不可思议地看着渐渐向自己这边走来的凤临月,声音嘶哑道:"皇后怎么突然来此?"

凤临月的出现,着实令天晟帝措手不及。赵维祯的双腿出事之后,凤临月便如遭雷击,仿佛整个人生都陷入了黑暗期。

她以为儿子祈福为由将自己关进了小佛堂,过上了隐世的生活。

随着时间的流逝,人们已经渐渐遗忘了天启的后宫还有一位曾叱咤风云的一国之母。

就连天晟帝也将这个结发妻子忘在脑后,从来不会过多询问。

面对皇上诧异的目光,凤临月勾唇淡笑:"自从祯儿的双腿不良于行,我便日日祈祷,希望祯儿尽快脱离苦海,虽身为六宫之主却无心打理后宫,现在我已决心重新振作,毕竟我身上还肩负着辅佐皇上管理好后宫的职责。至于祯儿的双腿能否恢复,便只能听天由命,看他的造化了。"

说罢,她动作自然地在天晟帝身旁寻了一张椅子坐下来,语带戏谑地反问:"怎么,皇上好像并不期待我的到来?"

天晟帝连忙奉上笑容,客气道:"皇后怎能有如此想法?回想当日你将自己关进小佛堂时,朕曾数次派人前去劝慰。奈何那时的你哀莫大于心死,朕担心强行将你拉出佛堂会让你陷入崩溃,这才由着你在佛堂之中寻找安慰。"

说话间,他绕过书案走到凤临月身边坐下,一脸温柔道:"你能放下心中执念,走出那座桎梏你的佛堂，展开新的人生，对朕来说，实乃一件天大的幸事。"

不远处的瑶贵妃看到皇上与皇后上演伉俪情深，自己则可怜兮兮地跪在地上无人问津，她气得怒火中烧，牙根直痒，却碍于身份有别，只能忍气吞声地跪在原地，用无限委屈的目光眼巴巴看着不远处的皇帝。

像是感受到瑶贵妃眼中的哀怨，天晟帝轻咳一声，故作自然道："爱妃怎么还跪着？快起来吧。"

瑶贵妃刚要起身，凤临月冰冷的眸光便射了过去："我若是没听错，进门之前，仿佛听瑶贵妃在皇上面前编派祯儿的是非。先不说妃子在背后妄议皇子是对是错，就说这御书房，乃皇上处理政务、批阅奏折的地方。身为妃子，随随便便踏进这么重要的地方，是不是犯了老祖宗定下的后宫深规？"

正要起身的瑶贵妃听了这话，表情不由得变得呆滞了几分。

自从她成为皇上的新宠，擅闯御书房对她来说便如同家常便饭。

没错，御书房作为皇上处理政务的要地，寻常宫妃未经通传的确不能随意踏入。

可她在后宫的地位非比寻常，皇上对此都毫不在意，宫中其他仆役又有谁敢对她的行为说半个"不"字？

凤临月不开口则矣，一开口就给她冠上这么一顶罪大恶极的帽子，这让毫无心理准备的瑶贵妃一时之间竟有些措手不及。

天晟帝正欲替瑶贵妃辩解几句，凤临月眼带讥讽地看向天晟帝，似笑非笑地问："我这样斥责瑶贵妃，皇上该不会心疼了吧？"

天晟帝干笑两声，摆手道："皇后手握凤印，执掌六宫，多年来一直以自身为榜样，将朕的后宫管理得井井有条。朕相信你说的每一句话，做的每一个决定，都有自己的考量。不过瑶贵妃擅闯御书房一事，的确是皇后有所误会。你久居佛堂，想必对祯儿已经与慕家三小姐定亲一事有所不知……"

天晟帝还想继续说下去，凤临月已经笑着打断他的话："关于慕紫苏慕三小姐，我虽身居佛堂，对这个姑娘也略有耳闻。祯儿从小就对感情之事颇为迟钝，早些年，皇上将国公府那位顾大小姐许配给他。奈何两个人没有缘分，自祯儿双腿出事之后，顾家便寻理由退了这门亲事。国公府这种不将皇家婚约放在眼中的行为已经让祯儿的自尊大受打击，如今祯儿好不容易寻到他想要娶进家门的伴侣，那位顾小姐非但没有息事宁人，反而从中作梗，意图利用国公府的势力将祯儿未过门的妻子置于死地。这一点，身为母亲，我实在替祯儿不平。"

瑶贵妃开口辩解："皇后您误会了，关于这件事，其实另有隐情……"

凤临月冷冷地看了瑶贵妃一眼，不怒自威道："我与皇上讲话，什么时候轮到你一个当妃子的胡乱插嘴？你久居内宫，不会连最起码的尊卑有别还要重新学习一次吧？"

被无情呵斥的瑶贵妃俏脸红了又白，白了又红，短短时间内竟变了好几种颜色。

凤临月勾唇冷笑："你不开口，我差点忘了进门之前亲耳听到的那番诋毁之言。你口口声声说祯儿利用千岁之尊向国公府施压，此事可有确凿的证据？"

瑶贵妃据理力争："明王向国公府施压，逼迫刑部释放犯人，这是整个京城人人皆知的事实……"

"事实？"

凤临月撇嘴哼笑："事实就是，顾家小姐挑衅在先，遭报复在后。国公府自知理亏，放弃追诉，因此在慕三小姐受审当天决定息事宁人，不再追究此事。这本来是一件极其简单的小事，怎么到了你的口中，祯儿就成了勾结朝臣、意图造反的恶徒了？瑶贵妃，你这样诋毁无辜皇子，究竟有何居心？"

瑶贵妃被一连串的质问问得面红耳赤，刚想为自己开脱，凤临月接着又问："再说，顾家和慕家两位小姐的矛盾，与你一个后宫妃子有何干系？不论此事孰是孰非，既然国公府摆明不想追究此事，你在皇上面前煽风点火，莫非想继续制造两家的矛盾？"

瑶贵妃急忙说道："臣妾并无此意……"

凤临月道："你有没有搬弄是非，你自己清楚。休要仗着皇上的恩宠，兴风作浪。身为后宫妃子，你只需尽全力将皇上伺候妥当。至于其他，还轮不到你来操心。按你现在犯下的宫规，本该拖下去杖责五十再罚你回寝宫闭门思过。念你在皇上身边伺候多年，杖刑可免，就改罚你进皇家祠堂跪抄十遍《女诫》后再出来见驾吧！"

不愧是拥有铁血手腕的一朝国母，凤临月想收拾一个人，无须委婉回转，直接当着皇上的面下达命令。

瑶贵妃做梦也没想到，她本打算来皇上面前告赵维祯一状。结果状没告成，反被突然出现的皇后责罚了一顿。去祠堂跪抄《女诫》所受的痛苦，远比刑杖加身还要折磨人。

她不敢在凤临月面前叫嚣反抗，只能用祈求的目光望着皇上，盼着他能替自己

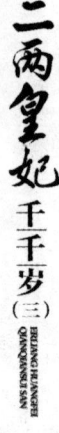

开恩说情。

凤临月岂会给瑶贵妃求情的机会？直接将冷厉的目光转向皇上，皮笑肉不笑地反问："若皇上对我的处置不满意，可当场削夺我手中的凤印，将执掌六宫的凤印赠予他人。"

言下之意，要么尊重我的决定，要么废了我皇后的称号。

天晟帝虽然心疼宠妃受罚，大局面前，却不敢贸然得罪凤氏一族。

凤家在天启王朝所占据的地位非比寻常，不管那个关于黑阙的传说是真是假，也不管凤氏一族现在在朝野中的势力究竟壮大到什么地步。

一旦涉及废后的话题，将会给整个朝廷带来深远的影响。

就算天晟帝很早以前就对凤临月这个强势的皇后心生忌惮，在局势未定之前，他都不敢贸然对凤氏一族动手。

两相权衡之下，天晟帝只能按捺住心中的不满，笑着对凤临月说道："皇后大局为重，执法如山，朕深感欣慰的同时，自然全力支持皇后的一切决定。至于凤印，你自然是受之无愧，岂能轻易转赠他人？"

说罢，安抚性地朝凤临月投去一记看似和善却未达眼底的笑容："瑶贵妃未守宫规，当受此罚。这个结果，朕自然是无条件赞同！"

另一边，被无罪释放的慕紫苏与赵维祯、顾卿然等几个朋友道别之后，带着伤势已经大为好转的翠花回到慕家向慕老太太报平安。

这次她身陷囹圄，除了身边几个要好的朋友之外，最担惊受怕的非祖母莫属。

对于这份迟来的亲情，慕紫苏既觉得陌生，又感到十分暖心。

看得出来祖母是真心实意关心着她的安危，所以即使整个慕家都对她的出现投来不友善的目光，为了祖母，她还是愿意与慕家结缘，隔三岔五便回慕府走动一番。

果不其然，慕紫苏带着翠花平安归来，除了慕老太太喜极而泣，慕青流和他另外两个女儿看到一人一鸟大踏步走进慕府，脸上均流露出诧异和不敢置信的目光。

尤其是慕青流，自从慕紫苏当众将顾家大小姐揍得头破血流的事情传扬得尽人皆知，他在朝中的地位瞬间变得每况愈下。

像慕青流这种不懂经营人际关系的官员，原本就难以上位。

加之他当年宠妾灭妻的行为在慕紫苏回京后的渲染下，更是沦为朝中同僚口中的笑柄，导致慕青流的官途裹足不前，难有出头之日。

新仇旧恨加在一起，慕青流这个当爹的巴不得慕紫苏赶紧消失。

所以，当慕紫苏被国公府追究责任关进刑部时，除了慕老太太急得哭天喊地，慕家其他亲眷无不冷眼旁观，坐等慕紫苏遭殃。

本以为得罪了国公府，慕紫苏必死无疑，谁能想到，这个本该在刑部接受审讯的罪魁祸首，居然毫发无损地回到了慕府。

看到孙女安然无恙，慕老太太迫不及待地迎过去，上上下下将慕紫苏仔细打量一番，见她并未受到责难，这才喜极而泣道："紫苏，我的乖孙女，你能平安归来，这实在是太好了。"

活到这把年纪，慕老太太早已将人性看透。

若非孙女此番回京，救自己于病危之中，恐怕她早在几个月前就命丧黄泉了。

对她来说，慕紫苏不但是故友虞广白膝下唯一的血脉，也是她慕老太太的救命恩人。

人只有经历过生死，才能真切地体会到生命的意义。

这次紫苏身陷牢狱之灾，慕老太太恨不能掏光家底，只为换孙女一个求生的机会。

本以为国公府绝对不会善罢甘休，没想到事情竟会发生这样的逆转。

慕老太太一边兴奋于慕紫苏能够在短时间内转危为安，一边又对国公府忽然放人的行径极为不解。

感受到祖母对自己的担忧和关怀，慕紫苏笑着安慰："祖母快别难过了，我这不是好端端的被放出来了？您身子骨刚刚恢复没多久，切记不要牵动心神，莫要大悲大喜，以免旧疾复发。"

慕老太太抹了把眼泪，点头应道："好好好，只要你安然无恙，祖母也就放心了。不过，这次受伤的是国公府的大小姐，虽然他们暂时不追究你的责任，难保以后不会在暗地里给你下绊子。紫苏啊，你干脆先离开京城去外面避避风头，等国公府那边的气消得差不多，祖母再派人接你回京……"

慕紫苏连忙拒绝："这可不行，此次回京，我还有许多重要的事情没有办完，岂能在这种时候离开京城？放心吧祖母，既然国公府已经不追究我的责任，为免落下他人把柄，短时间内，他们应该不会拿我怎么样的。"

一直未作声的慕青流轻哼一声，语气刻薄道："你可真是给咱们慕家长脸啊，区区侍郎府的小姐，居然敢以下犯上，得罪国公府。慕紫苏，为了一只畜生，你险些葬送整个慕家，你知道吗？"

慕青流口中所说的畜生，自然非翠花莫属。

在慕青流看来，不管慕紫苏肩膀上的那只鸟多么聪明美丽，它始终没资格与人命相提并论。

原本他就对翠花这只口无遮拦的鹦鹉心存怨怼，这次慕紫苏为了翠花闹出这么大的动静，更加深了慕青流对翠花深深的怨念。

被骂成畜生的翠花没好气地瞥了慕青流一眼，发出一道不屑的低鸣，来表达自己心中的不满。

被一只鸟鄙视的慕青流瞪圆双眼，刚要发作，就见慕紫苏皮笑肉不笑地说道："父亲将怒气撒到一只鸟的身上未免有些小题大做了吧？说到底，翠花只是顾清漪无理取闹的一个工具，即便没有翠花的存在，您以为顾清漪就不会找我麻烦了？"

一向掩饰不住情绪的慕若灵尖声呛道："要不是你三番五次招惹顾清漪，她岂会无缘无故找你麻烦？你知不知道，你在皇家书院当众将顾清漪踹成重伤的消息已经传遍整个京城。顾清漪是国公府最受宠的大小姐，不久的将来说不定还会嫁进皇家，成为真正的人上人。经你这么一闹腾，不但害得父亲在朝中寸步难行，就连我和姐姐在皇家书院的名声也被你连累大大受损。"

慕若灵之所以会这么愤怒，是因为自从慕紫苏几个月前回到京城，她和慕若晴这对曾备受瞩目的双生姐妹花的光芒，便彻底被慕紫苏取代。没有人气就等于没有前途，最糟糕的就是，母亲还在慕紫苏的算计下被拉下主母之位。

从嫡变庶，双生姐妹花的名声直线下降，她们二人在书院同学的眼中也渐渐从明媚耀眼变成了茶余饭后的笑柄。

慕紫苏眼带嘲弄地看向慕若灵："用你的脑子好好想想，你们姐妹二人的名声究竟是被谁影响？慕若晴在迷幻森林当众害我不成已经形象受损，你们生母为求上位置我娘亲于死地，我没追究你们姐妹二人的罪责，已经是法外开恩。哼！跟我谈名声，先照照镜子审视下自己的德行再说话。"

被当众呛回来的慕若灵甚是恼怒，她一把拉住慕青流的衣袖，嘟着嘴告状："爹，您看到了，在长辈面前她都敢如此肆无忌惮，到了外面还指不定给咱家招惹来多少麻烦。"

慕青流原本就被慕紫苏桀骜不驯的态度气得脸色铁青，被慕若灵这么一挑拨，怒气在无形之中又加重几分。

只是，他刚要仗着父亲的身份教训慕紫苏，就被护孙心切的慕老太太一个眼神瞪了回去。

"你们几个有完没完？当爹的没有当爹的样子，当姐姐的没有当姐姐的样子。关起门来，咱们都是姓慕的，可你们看看自己的德行，明知道紫苏被人欺负，非但没有偏向自家人，反而处处挑她的不是。紫苏若有什么三长两短，你们几个能落到什么好处？尤其是你……"

慕老太太瞪向慕若灵："以后再被我逮到你挑拨你爹和紫苏之间的父女之情，就休怪我对你家法伺候。"

慕若灵何时受过这样的委屈？她扁着嘴，欲哭无泪。

她很想为自己辩解几句，见祖母对慕紫苏表现出十足的维护之情，她知道，自己和姐姐在慕家的地位，已经彻底被慕紫苏这个不速之客取代。

慕青流虽然对慕紫苏极为不喜，在慕老太太面前却是一个大孝子。

眼下见老太太直接发话，慕青流只能咽下心底的不满，懒得再跟慕紫苏斤斤计较。

从头到尾，慕若晴一直谨言慎行，闭口不语。

她躲在人后静静观察着慕紫苏，虽表面平静，内心深处却掀起惊涛骇浪。

犹记得之前陪祖母去牢中探望慕紫苏，那时，她以为得罪了国公府，慕紫苏必死无疑。

没想到事情发生了这样的逆转，国公府非但没有追究慕紫苏的恶行，反而在这么短的时间内将人放了出来。

难道说，慕紫苏真有神灵庇佑，连国公府的人都奈何她不得？

不，不对！

根本没有什么神灵庇佑，是明王赵维祯从中周旋，才换来慕紫苏一息尚存的空间。

可是，明王不是已经失势了吗？

为何一个被架空权力的王爷，能在这么短的时间内让国公府缴械投降？

慕若晴心中百感交集，一时间，竟对慕紫苏这个将自己压制得毫无反击之力的对手生出深深的忌惮。

慕紫苏的视线不知何时瞟向这边，与不经意抬头的慕若晴碰到一起。

四目相对的那一刻，慕若晴只觉得遍体生寒，浑身上下不自觉地打了一个哆嗦。

慕紫苏却丢给她一记玩味的笑容，仿佛在说，你之前在牢中诅咒我下地狱，可此时此刻，我非但没有下地狱，反而还安然无恙地站在你的面前。

至于那个下地狱的究竟是谁，就看各自的造化了。"

仿佛读懂了慕紫苏眼神中的含义，慕若晴深深地低下头，陷入未知的惊恐之中。

慕紫苏倒是没再对慕若晴继续施压，她慢慢收回犀利的目光，被慕老太太拉回院子叙家常。

得知孙女能在这么短的时间内逢凶化吉，都是拜明王殿下所赐，慕老太太长舒一口气的同时，对那位风评不怎么好的明王殿下竟生出几分敬畏之心。

"看来祖母之前对明王的看法颇为武断，本以为他专横跋扈、喜怒无常，没想到对你这个未过门的媳妇倒是十分照顾。若非他双腿不便，能够嫁进明王府成为他的正妃，对你来说也称得上是一段美满姻缘。只是他那双腿……"

说到这里，慕老太太又心疼起慕紫苏的遭遇。

虽然明王哪里都好，到底是个不良于行的瘸子，自家孙女生得这样标致，即便是高嫁，在慕老太太看来也是受了天大的委屈。

慕紫苏赶紧劝道："两个人在一起，讲究的是缘分而不是什么门当户对。虽说明王不良于行，比起那些身体健全的世家子弟，他的品性却无人能及。再说，我这次能够在牢中脱险，多亏明王极力维护。这样的男子，即便身体有缺陷，对我来说也是千载难逢了。"

慕紫苏并没有将赵维祯双腿早已恢复的事情告诉慕老太太，眼下朝廷的形势变幻莫测，这个秘密少一个人知道，对赵维祯来说便少一分危险。

好在慕老太太是个明事理的人，短暂的感慨过后，便全是对孙女获救之后的喜悦。

祖孙二人坐在一起说了许多体己话，直到慕紫苏准备起身告辞，慕老太太才抓着她的手认真吩咐："明日正好是初一，你去灵泉寺给佛祖磕几个头，再添些香油钱。"

慕紫苏笑着点头："好，明日我便去灵泉寺给佛祖上香。"

从慕老太太房里出来的时候，外面的天色已经暗下来。

蓝月和绿梅两个婢女得知小姐回了慕家，双双在慕老太太的院门口等待。见小姐总算出了门，两个婢女忙不迭地迎上前，关切地问慕紫苏被关进刑部的时候有没有受到委屈。

慕紫苏对蓝月和绿梅还是极为信任的，简单与二人交代了一番，便打听起慕府最近的动向。

从二人口中得知，慕府最近的气氛颇为凝重。

自从孙静婉被夺了主母之位，整个慕家的中馈全部由慕老太太重新接管。

孙静婉受了家法，伤势很重，一直被安置在房中精心调养。

本以为她谋害前任主母的事情被揭穿之后，便会失去慕青流对她的宠爱。

事实则不然。慕青流对孙静婉用情至深，即使明知道这个女人是毒害自己结发妻子的罪魁祸首，依旧对孙静婉心存爱意，每天忙完公务之后，都会亲自去孙静婉的院子里探望，甚至还吩咐府中的下人一定要好好照顾她。

慕老太太虽然对儿子的行为颇有微词，在孙静婉被家法折磨得奄奄一息后，也就睁一只眼闭一只眼地由着儿子犯糊涂。

至于之前给孙静婉当眼线的李玉莲，最近过得却是十分艰难。

孙静婉母女三人好像知道李玉莲已经反水，三五不时便寻她的错处予以发落。

李玉莲在慕府度日如年，蓝月和绿梅冷眼旁观，并没有插手帮忙的意思。

早在李玉莲当年背叛她的前主人虞泽兰，便成了慕紫苏眼中的一枚弃子，活之她幸，不活她命。

慕若晴和慕若灵两姐妹最近在府中的日子过得也不舒坦，原本高高在上的母亲被贬为妾室，她们也从受宠的嫡女沦为庶女。

因为孙静婉的关系，慕老太太对这两个孙女并不待见，时常用礼仪规范来约束二人，两姐妹怨声载道，却碍于身份无处发泄。

讲述完府中的情况，蓝月主动请缨："小姐，您这次公然得罪国公府，恐怕以后的日子不会消停，不若将奴婢二人带在身边，遭遇不测时也好有个帮衬。"

绿梅也觉得蓝月的话极有道理，希望慕紫苏再去书院的时候，能够将她们姐妹二人一同带上。

慕紫苏冲二人摆了摆手："不必担心我的安危，遇到麻烦，我自有办法脱身。将你们二人留在慕家，一来是保护祖母安危，二来也是随时注意府中的动向，莫要辜负我对你们的期待。"

见小姐执意如此，二人也不再勉强。

在慕府休息了一晚，第二天，慕紫苏决定听从祖母的安排，去灵泉寺上香。

翠花本来要跟着一起去，慕紫苏以它身上的伤口尚未恢复为由，让它先回书院休息，等她去寺院上完香，再回黑槐殿与它会合。

翠花本来就对寺院这种地方没什么兴趣，嘱咐她路上小心，便抖着翅膀飞走了。

慕紫苏并不信什么鬼神之说，可她对传说话本中才会出现的佛祖神灵充满敬畏之心。

说起来，她最近有些走背运，不是被人算计，就是身陷囹圄，虽然次次都能化险为夷，难保下次还能如此幸运。

为了避免麻烦缠身，通过寻求佛祖的庇佑倒也的确能减缓一些心理上的压力。

每个月的初一、十五，都是灵泉寺香火最旺的日子。

今天也是如此，当慕紫苏起大早来到灵泉寺时，偌大的寺院已经被来来往往的人潮挤得水泄不通。

来灵泉寺上香的除了普通老百姓之外，不少衣饰光鲜的达官贵人也在其中。这些人有求升官的、求发财的、求姻缘的、求健康的……

慕紫苏踏进大雄宝殿，恭恭敬敬地跪在蒲团上，在心底默默祈祷自己和身边的亲人朋友能够万事如意、平安顺遂。

虽然云集在大雄宝殿内的香客不计其数，众人却颇为默契地在这个庄严肃穆的地方保持静默。

即便有人说话，也尽可能压低音量，不让自己的声音打扰到其他香客。

偏就在这个时候，一道刺耳尖锐的声音在殿内响起，只听一个女人厉声叫道："我可是捐了整整一百两银子的香油钱，不过是要求重新抽签，怎么就没有这个规矩了？"

循声望去，就见一位年若四十的中年妇人，身穿华服，头戴美饰，浑身上下散发着耀眼夺目的珠光宝气。

从她的穿着打扮不难看出，此人家世必定不凡。

未等慕紫苏多做打量，殿内一个身穿僧衣的和尚便好言劝道："施主息怒，按照寺中的规矩，大雄宝殿内的平安签每人只有一次抽取机会。您刚进门时已经将这个机会用完了，想抽第二次，只能再等半个月，这与您捐了多少香油钱并无关系。"

中年妇人扯着喉咙怒吼："若非我之前抽的那支签是一支下下签，你当我稀罕再抽第二次？"

僧人好脾气地对她深施一礼："不管是上上签还是下下签，这都是命中注定，不可妄改……"

"你胡说！"

妇人气得语无伦次，她将之前抽到的那支签丢到僧人身上，怒道："解签的那个和尚说我今日必有血光之灾，你倒是给我好好说说，这血光之灾究竟何来？"

被竹签砸个正着的和尚手足无措道："施主，您少安毋躁。您抽中的这支是下下签，按照签文所解读出来的意思，您近日之内确实会有血光之灾，即便您再抽第二次、第三次、第四次，也未必会改变这个结果……"

僧人不说话还好，话一出口，更加深了妇人的怒气，她尖声叫嚷："所以你是在告诉我，我那一百两银子的香油钱算是白捐了？"

未等僧人应声，妇人继续怒吼："既然如此，我干脆直接将银子送给路边的乞丐，至少乞丐见了银子还能感念我的恩赐。"

眼看妇人越来越激动，听不下去的慕紫苏忍不住从蒲团上站起身，劝道："这位大婶，既然您每月都会来灵泉寺上香，就该知道，寺庙乃清净之地，不允许大声喧哗。您放眼看看这周围，绝大多数香客都恪守寺规。就算您抽到下下签，那也是您的个人行为，不该因为您心中的不快影响到其他香客……"

话未说完，就被妇人怒声打断，她恶狠狠地瞪向慕紫苏："你算个什么东西，有什么资格在这里说我的不是？"

说着，她上上下下打量了慕紫苏一番，见眼前这个十五六岁的姑娘虽生得精致漂亮，穿着打扮却简单朴素到连一根珠钗都未装饰，立刻露出讥讽的表情："区区贱民，也敢在本夫人面前说三道四，也不掂量一下自己的身份。"

一道嗤笑在人群中响起，就见一个身穿布衣，做平民打扮的女子勾唇讽笑："在我看来，你也不过一介凡夫俗子，有什么资格在这里评断别人的高贵、低贱？"

慕紫苏这才发现，说话的女子三十岁出头，身穿布衣，头戴布巾，从上到下，分明是一副农妇的打扮。

可此人容貌甚美，身材修长，浑身散发着一股独特的、令人难以言喻的清贵气质。

慕紫苏看向对方的同时，对方也向她投来一记浅淡的笑容。

两人眼神交汇时，被当众嘲弄的中年妇人备受侮辱，指着慕紫苏叫道："她就是低贱，像她这种穷酸丫头，也就一张脸长得勉强过得去，她有什么值得炫耀？说到底，她就是一个靠美色惑人的狐媚子。"

就算中年妇人再如何愤慨，也否认不了慕紫苏的天生丽质。

她的粗衣素颜都可以美到令人惊心动魄，这要是稍作打扮，岂不媲美天

仙，傲视群芳？

天底下绝大多数女人对比自己长得漂亮的同类都有一种本能的敌意，中年妇人亦是如此，见慕紫苏生得那般明媚动人，潜藏在骨子里的妒意瞬间爆发出来，所以话一出口，便是满满的恶意。

慕紫苏没想到世上竟有这样蛮不讲理之人，刚要呛声，就听那高挑女人慢条斯理地说道："你公然诋毁她人，如此肆意妄为，小心上天让你遭到血光之灾的报应！"

话音刚落，一支利箭应声从殿外射来，不偏不倚，正好将那妇人一箭穿心。

突如其来的意外，令在场围观的香客为之哗然。

那中年妇人大概没想到命中注定的血光之灾会来得这么突然，看着利箭射穿自己的胸口，她还来不及为自己辩解什么，便口吐鲜血，当场死去。

饶是见惯大世面的慕紫苏也没想到，一桩血案，竟在众目睽睽下发生在灵泉寺的大雄宝殿之内。

这里可是佛门重地，在这么多香客面前杀人夺命，放箭的凶手未免过于明目张胆。

本以为中年妇人的死只是一场意外，就在慕紫苏震惊之时，呼啦一下，十几个手执利剑的黑衣大汉不顾一切地闯进了大雄宝殿。

这些黑衣人目标明确地奔着高挑女子的方向扑过去，围观的香客这才意识到危险，众人吓得失声尖叫，飞也似的向殿外逃窜。

黑衣人并没有将那些逃跑的香客放在眼中，他们手提利刃，径自朝着农妇打扮的高挑女人冲去。

出于本能，慕紫苏飞起一脚，将最前面的黑衣男子当场踢翻。

这突来的一脚，彻底打破殿内诡异的气氛，黑衣人大概没想到一个十几岁的小姑娘竟如此大胆，被踢倒在地的黑衣人隔着脸上的黑布咒骂了一声，对手下众人道："全部杀掉，一个不留！"

随着这道命令响起，十几个来势凶猛的黑衣人齐齐扑向慕紫苏。

本以为这个身材瘦弱的漂亮丫头只会一些花拳绣腿，动起手来才发现，这姑娘的功夫不但出神入化，还在短时间内将几个没将她放在眼中的大汉踹翻在地。

慕紫苏也以为闯进大殿的只有十来个人，随着几个彪形大汉一一倒下，第二拨黑衣人鱼贯闯入。

这下，慕紫苏终于皱起眉头。她不过就是来灵泉寺上个香，怎么会遇到这种麻烦的事情？

"姑娘，接着！"

就在慕紫苏失神之际，之前那个帮腔的高挑女人忽然丢来一柄软剑。

慕紫苏下意识地伸手接过，就见那个农妇打扮的女子冲她勾唇一笑："赤手空拳应对敌人对咱们来说可没有半点好处。"

话音刚落，慕紫苏就见那女子再次从腰间抽出一柄软剑，剑被抽出来的那一刻，发出嗡嗡的声响，震得她耳朵阵阵轰鸣。

慕紫苏对兵器略有了解，她先是看了看手中的软剑，又看了看对方手中的武器，满脸诧异道："这难道就是传说中的雌雄双剑？"

据说雌雄双剑是几百年前的一位武器高手，花了数十年时间制作的一套具有传奇色彩的神兵利器。

之所以会用传奇色彩来形容，是因为这套兵器平时并没有任何存在感，就像之前，慕紫苏眼中的"高挑女子"只是一个普通的农妇，哪里看得出来她身上还携带致命的武器？

直到危险来临，高挑女子抽出腰间薄如蝉翼的"腰带"，才发现这哪里是什么腰带，分明是削铁如泥的利剑。

雌雄双剑最大的特点就是合放在一起会幻化成一条锋利的长鞭，分开之后就会变成两柄锋利的长剑。

高挑女子见慕紫苏一语道出武器的名字，不由得赞赏道："姑娘真是好眼力。"

说话的工夫，两人已经并肩作战，与那些穷凶极恶的黑衣人缠斗在一起。

初时，慕紫苏对这种软剑的使用方法并不上手，与黑衣人打斗几十个回合之后，她渐渐找到了软剑的窍门，伴随着一声声被砍翻倒地的哀号，黑衣人伤的伤，死的死，短时间内竟被两人联手踹翻数人。

令慕紫苏感到诧异的是，这个表面看上去和普通农妇无异的女子，不但应敌的动作干脆利落，使出来的剑法也惊才绝世到令人眼花缭乱。

难怪第一眼看到此人，她便觉得对方非池中之物，能将失传已久的雌雄双剑收到手中，这样的女子怎么可能会是普通老百姓？

打斗的过程中，女子忍不住询问："你为什么帮我？"

慕紫苏眼疾手快地将扑过来的一个黑衣人甩翻，随后答道："没有为什么，就是单纯看你挺顺眼。"

女子朗声大笑，对慕紫苏道："这个回答倒是有趣。"

此时，大雄宝殿里的香客已经被黑衣人的到来吓得作鸟兽散，随着越来越多的黑衣人涌进殿内，饶是慕紫苏精于打斗，也渐渐觉得体力不支。

她明显感觉到这些杀手的目标是与自己并肩战斗的神秘女子，忍不住问道："你究竟得罪了什么人？"

同样疲于与敌人应对的女子敛眉回道："这世上想置我于死地的人不计其数，看来，这一局他们倒是下了苦功！"

说话间，一支飞镖不知从哪个方向被丢了过来，眼看飞镖朝着神秘女子的胸口射过去，慕紫苏抬起手腕，"啪"的一声将那支飞镖用软剑抽飞出去。

没想到第二支飞镖紧随其后，在避无可避的情况下，慕紫苏一跃而起，狠狠撞了神秘女子一下，堪堪替她挡下一劫。

第二支飞镖虽然没有射中神秘女人的胸口，却在她这一挡一撞之间，"哗"的一声划开了她的衣袖。

镖刃在她手臂上留下一道长长的伤口，鲜血迸发出来的瞬间，将她的衣袖染成红色。

事情发生得过于突然，被推至一边的神秘女子忙挡身上前，将扑过来的两个黑衣人当场踹飞。

眼看现场的情况越来越危急，大雄宝殿外忽然传来一阵急促的脚步声。

紧接着，几百名皇家侍卫将这里团团包围，皇家侍卫的出现，让那些黑衣人乱了阵脚，短暂的打斗之后，几十个黑衣人被几百名侍卫全部抓捕。

这时，侍卫首领面色惶然地走了过来，单膝跪在神秘女子的面前，语带歉意道："属下救驾来迟，还请皇后娘娘责罚！"

皇后娘娘？

慕紫苏不敢置信地看向那农妇打扮的女子，她做梦也没想到，这个打扮低调、单独出行，且武艺超群的神秘女子，居然会是天启王朝的当朝国母！

那是不是意味着，这个与自己并肩战斗、共同对敌的女子，便是明王赵维祯的母亲？

被唤作皇后的不是别人，正是低调出宫的凤临月。

她没有理会侍卫的自责，急切道："速回皇宫，传太医！"

第二章 泄私愤破坏名声

直到慕紫苏被带进皇宫，并稀里糊涂在太医的包扎下处理好手臂上的伤口，她还没能从"农妇"变皇后的这个震惊中反应过来。

鸾月宫，是一国之母凤临月的私人领地。

虽然慕紫苏曾不止一次与皇宫这个地方打交道，有生以来，却是第一次见识到一国之母的居所究竟是何模样。

与瑶贵妃居住的瑶池宫完全不同，这里是皇后的居住场所，却并不像瑶池宫那么富丽堂皇。

无论是建筑风格还是殿内的装饰摆设，都流露出一种古朴和淡雅，既给人一种舒服的感觉，又不失隆重和体面。

香炉内燃着龙涎香，弥漫着整个鸾月宫，这种淳厚的香气，可以使人在无形中放松心情，渐渐抚平心底的浮躁。

此时，凤临月一改之前的农妇打扮，回宫之后，她换上了一袭轻便的素袍，长长的乌丝绾在发顶，随意用一根玉簪轻轻固定。

她身材原本就高挑修长，在素色长袍的衬托下，像极了画中不染尘埃的仙子，既令人觉得赏心悦目，又让人不敢轻易亵渎。

这世上能让慕紫苏欣赏的女人少之又少，凤临月的气度和雍容却让她心服口服。

负责给慕紫苏包扎伤口的是太医院一位医术精湛的老御医，他慢条斯理地处理完最后一道工序，起身对凤临月恭恭敬敬道："慕三小姐手臂上的伤口，只要按时换药调养，不出数日，患处便可慢慢恢复。"

凤临月冲老御医点了点头："辛苦了，你先下去吧。"

待老御医提着药箱躬身离去，凤临月才发自肺腑地向慕紫苏道谢："今日多亏有你相帮，不然，等皇家侍卫抵达大雄宝殿前来营救，恐怕我已经被那些刺客斩杀得身首异处。"

凤临月的这番话并未夸张，就算她自幼习武，强大到可以以一敌百，但在当时那种情况下，凭一己之力想要脱身恐怕也是难上加难。

慕紫苏的出手相帮，不但拖延了那些刺客刺杀自己的最佳时机，还在她疏于防范之际，被挺身而出的慕紫苏救下一命。

如若不然，那支飞镖必然会射中她的胸口，即便不死，也会身负重伤，性命垂危。

面对皇后诚挚的道谢，慕紫苏一时之间竟不知该说些什么。

堂堂皇后，竟然伪装成平民模样只身去灵泉寺上香，这已经彻底颠覆慕紫苏对一国之母的认知和了解。

像是看出她眼底的疑虑，凤临月笑着解释："虽然我的身份是皇后，但我并不喜欢华丽的宫廷生活，倒是更青睐平民百姓的俗世生活，所以偶尔会去民间体验一下。"

经她这么一解释，慕紫苏才恍然大悟，她语带钦佩道："皇后能如此贴近百姓，实在令紫苏佩服之至。"

凤临月轻轻拍了拍她的肩膀："真要说佩服，也该是我佩服你才对。你明明与我素不相识，却能在生死攸关之际对我出手相帮，这种舍命行为，在场的其他人却无一人可以做到。"

慕紫苏摇头："我肯帮你，是因为那贵妇刁难我时，唯一肯替我解围的非您莫属。"

凤临月笑着道："我肯替你解围，是因为大雄宝殿人来人往，唯一敢站出来阻止那贵妇撒泼的却只有你一人。你路见不平，我又岂能袖手旁观？"

说完，她与慕紫苏竟十分默契地相视而笑。同时，也为那贵妇的遭遇感到唏嘘。

这时，殿外传来宫女的通传："娘娘，明王殿下来了。"

宫女话音刚落，就见赵维祯熟练地转动着轮椅，急三火四地闯进殿门："母后，听说您在灵泉寺遇到了刺客……"

话刚说至一半，赵维祯便止了声音，他不敢相信地看向屋内的另一个人，诧异道："紫苏，你怎么会在这里？"

慕紫苏没想到赵维祯来得这么及时，她刚要解释，凤临月已经替她将事情的来龙去脉简单说明了一番。

得知慕紫苏在危难关头救了自己母亲一命，赵维祯不知该如何表达自己百感交集的心情。

他本来想寻一个合适的时机介绍母后和紫苏认识，没想到缘分这么奇妙，冥冥之中，他生命中两个最重要的女人，竟以这种离奇的方式结识。

得知慕紫苏被飞镖射伤，赵维祯眼底瞬间写满担忧。

见他恨不能撕开纱布仔细检查慕紫苏手臂上的伤势，凤临月点了点儿子的额头，嗔怒道："想都别想，刘太医刚刚替她处理完伤口，所幸只是一些皮肉伤，并没有什么大碍。饶是如此，多亏了慕三小姐挺身相救，这份恩情，你日后可要记得替母后偿还。"

凤临月也是在回宫之后，才得知这个在灵泉寺救了自己一命的漂亮姑娘，居然就是儿子口中那个让他一往情深的慕家三小姐。

为了这位慕家三小姐，一向很少求人的儿子，第一次主动踏进她的佛堂，恨不得用自己的全部去换取身陷囹圄的慕三小姐自由。

那时，她既为儿子能在感情上开窍感到欣慰，又隐隐担心将儿子迷住的姑娘是否值得儿子托付终身。

直到亲眼见识过慕三小姐的为人，凤临月终于明白，向来眼高于顶的儿子，为何会"栽"在这个姑娘手中。

像慕紫苏这种侠肝义胆的姑娘，的确值得天底下的好男儿为之倾倒。

不用凤临月耳提面命，赵维祯自然对数次帮助过自己的慕紫苏心怀感激。

更何况这个姑娘还是自己在茫茫人海中好不容易寻到的伴侣，慕紫苏要是有什么三长两短，他的世界瞬间会只剩下黑暗。

在他一迭声的关心之下，慕紫苏哭笑不得道："只是微不足道的小伤口，瞧把你给紧张的。再说，我自己就是大夫，岂会对自己的伤势全无了解？放心吧，回头我在伤口处擦些除疤膏，几天之后便可以恢复如初。"

见赵维祯眼底的忧虑依旧未散，慕紫苏扯了扯他的衣袖，压低声音道："难道你连我的医术都不信了？"

凤临月微微一笑，替儿子答道："不愧是虞老侯爷膝下的血脉，慕三小姐的医术的确精湛。祯儿的双腿能在这么短的时间内彻底恢复，慕三小姐可谓是功不可没。"

听到这话，慕紫苏诧异地看向凤临月。

凤临月语气凝重地说道："祯儿已经将你给他治腿的事情如实告知于我。"

赵维祯开口对慕紫苏解释："母后是我在这世上最信任的亲人，在我不良于行的这段时间，母后日日为我担惊受怕，受了不少委屈，作为儿子，我不想母后替我日日忧思，更何况……"

稍顿片刻，赵维祯继续道："当日为了跟国公府谈条件，母后从中帮了大忙。"

慕紫苏岂会听不出赵维祯的话外之音？她能在接受刑部审讯之前被提前释放，都是靠这位一国之母鼎力相助。

思及此，她起身就要给凤临月行礼，却被凤临月一把拦了下来："你医好了祯儿，这是身为母亲，对恩人应该做出的回报。"

慕紫苏眼底流露出感激之意："救死扶伤是外公留给后人的医德，况且维祯……

咳，明王殿下在我回京之后对我帮助甚多。好几次当我陷入危局时，都是他挺身而出，救我于绝境之中。娘娘将恩人这顶大帽子扣在我的头上，未免有些见外了。"

凤临月会心一笑，忽然说了一句题外话："你与祯儿能够两情相悦，倒也不失为一桩美满姻缘。"

赵维祯被母后调侃得俊脸一红，慕紫苏也没想到皇后竟然选在这个时候提及二人的婚约。

凤临月却并不觉得这个话题难以启齿，首先，她对儿子的眼光颇为认可；其次，慕紫苏的确是一个很合她眼缘的好姑娘，两个年轻的小辈能在心意契合的情况下结为夫妻，作为母亲，她自然是拍手称赞。

在外人面前冷硬如铁的赵维祯，只有在母亲面前才会显露出孩子气的一面，他扯开唇瓣露出一个极其好看的笑容，对凤临月道："母后，儿子给您找的这个媳妇，您还满意吧？"

凤临月捏了捏儿子的俊脸："只要你开心快乐，对母后来说便是最好的回报。"

就在这种母慈子孝的温馨气氛萦绕在整个鸾月宫时，皇上的到来，让脸上原本挂着笑容的凤临月和赵维祯同时露出了阴郁的神色。

皇上显然已经从他人口中听说皇后在灵泉寺遇袭的事情，亲自赶来鸾月宫探望。

得知慕紫苏居然在危难关头救了皇后一命，皇上略感诧异的同时，也对慕紫苏挺身而出的行为大加赞赏。

皇上嘉奖完慕紫苏，又义愤填膺道："真是岂有此理，连当朝皇后都敢谋杀，这些刺客是活得不耐烦了。皇后放心，朕已经调派人马，连夜对那些被抓进刑部的刺客加以审问。一旦被朕查到幕后真凶，定会为皇后讨个公道。"

"谢皇上体恤！"

从始至终，凤临月沉静而又美丽的脸上，一直保持着得体而又端庄的笑容，与之前和赵维祯母子契合时的情形判若两人。

就连说出口的话，也在不经意间流露出淡漠和疏远，丝毫没有夫妻之间该有的和谐气氛。

而皇上的所作所为亦是如此，口中说着关心之言，实则关心之意却未达眼底。

说穿了，这皇家夫妻相敬如宾的画面，分明就是刻意做出来的一场戏。

皇上可以虚情假意，赵维祯却对母后的安危十分关心："母后，您对那些刺客的来历可有了解？"

提起那些刺客，凤临月下意识地看向天晟帝。

半响后，她才冷声说道："虽然这天底下想要夺我性命的人不计其数，但这两年我一直躲在内殿修身养性，并未得罪任何人。唯一称得上被我招惹的，恐怕也只有不久前被我斥责过的瑶贵妃了。"

天晟帝急忙替心爱之人开脱："这不可能，她目前还在祠堂抄书，哪来的胆子派刺客刺杀当朝国母？皇后在灵泉寺受到惊吓的心情朕能理解，但刑部的审讯结果出来之前，切不可妄下定论，冤枉无辜之人。"

凤临月勾唇笑笑："既然如此，就请皇上多多费心，尽早查出幕后黑手，将凶手绳之以法吧。"

天晟帝连连点头："皇后放心，此事涉及皇家颜面，朕绝对不会姑息。"

直到慕紫苏随赵维祯踏出皇宫大门，她才问出心底的疑问："许是我多心，皇上对皇后的担忧，好像并非出自本意。"

赵维祯闻言嗤笑一声："利益婚姻而已，能有什么感情？父皇还肯在母后面前上演这种无聊的戏码，无非是为了在外人面前做做样子。"

慕紫苏颇为感慨，忍不住又问："皇后直接将矛头指向瑶贵妃，莫非那些刺客真的是瑶贵妃暗中指派？"

赵维祯的脸色渐渐阴郁下来，他握紧双拳，声音冷厉道："那女人的目的昭然若揭，早在很久以前便想取代母后的位置。不然，你以为她为何尽心竭力培养她那个绣花枕头似的儿子？她想扶赵维瑾上位的真正用意，便是想母凭子贵，成为真正的人上人。"

想到瑶贵妃那张做作的嘴脸，慕紫苏哼笑："皇后要相貌有相貌，要气度有气度，我实在不能理解，有这么优秀的结发妻子，皇上居然去宠信一个资质平平的妃子。这样的选择，很颠覆我对一国之君的认知。"

赵维祯挑了挑唇："虽然母后处处优秀，有一样却比不过瑶贵妃。母后出身将门，刚正不阿，做不出瑶贵妃那种惺惺作态之势。这世上有很多男人喜欢的是软玉温香，而不是各方面实力都碾压自己的女中豪杰。"

慕紫苏眼带调侃地看向赵维祯："你也是如此？"

赵维祯一把抓住她的手腕，语气坚定道："无论是软玉温香还是女中豪杰，本王的选择只有你一个。"

慕紫苏被他突如其来的告白惊得措手不及，赶忙抽回手，嗔怒道："这里人多眼杂,你也不怕被人看去了笑话。"

赵维祯转着轮椅跟上她的脚步,笑道:"没想到你也有害羞的时候。"

慕紫苏嗔怒地瞪着他:"你哪只眼睛看到我害羞了?"

赵维祯难得有兴致跟她开玩笑:"左眼和右眼同时看到。"

慕紫苏一时语塞,第一次发现赵维祯竟然有这样率真有趣的一面。

她绕到他身后,推着他的轮椅,边推边问:"你准备什么时候丢掉你屁股下面的这个累赘?"

赵维祯心安理得地享受着她的伺候,并说了一个模棱两可的答案:"时机到了,我自然会丢掉一些该丢的东西。"

慕紫苏未再多问,她相信赵维祯有自己的判断,什么时候该做什么事情,无须旁人指导,他心思通透着呢。

两个人闲逗片刻,赵维祯的语气忽然认真了几分:"不管怎么说,今天的事情还是要谢谢你。母后是我在这世上唯一的至亲,她若有什么三长两短,对我来说无疑是巨大的打击。"

慕紫苏笑笑:"你我之间何必客气?"

赵维祯心尖儿一暖,顺口说道:"是啊,不久的将来,你我便是一家人了。"

想到不久之后他可以迎娶这个姑娘,赵维祯便觉得心里满是欢喜。

而从未对婚姻抱有任何期待的慕紫苏,在听到"一家人"这三个字时,也产生了一种难以言喻的甜蜜。

就连她自己都不知道,冥冥之中,她竟然对这个贸然闯进她生命中的少年,生出了连她自己都无法抵抗的情愫和依赖。

回到黑槐殿的时候已经是傍晚时分,顾卿然、霍司铭还有段无洛听说她在灵泉寺上香的时候遇到刺客,还为此受了伤,纷纷跑来慰问她。

翠花也扯着喉咙大声嚷嚷:"紫紫,那些坏人没有伤到你吧?"

面对朋友和爱宠的担忧和关心,慕紫苏安慰众人:"只是一些小擦伤,休养几天便会无碍。"

顾卿然好笑又好气:"说你最近倒霉,还真不是一般的倒霉,去一趟寺院也能光荣负伤,看来短时间内,你还是留在屋子里不要随便出门了。"

霍司铭郑重点头:"人走背运的时候,真是喝口水都塞牙缝。"

段无洛小声附和:"有什么事情,交给我们来办就好。"

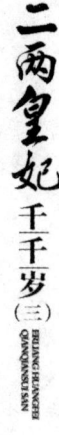

朋友们的关心让慕紫苏倍感温暖，谁说她霉运缠身？回京之后交到这么多重情重义的好朋友，这分明就是上天对她的额外眷顾。

天色擦黑的时候，宫中的几个太监送来了皇后的赏赐。

除了一些金银珠宝之外，最多的就是名贵的药材。

书院其他学生听说皇后派人送来了赏赐，无不羡慕慕紫苏的好运气。

不久前还身陷牢狱之灾，眨眼的工夫就攀上了皇后的高枝，这样的幸运，可不是人人都有的。

慕紫苏知道皇后此举是在给她做脸面，她很感激皇后的抬举，也越发觉得赵维祯能有这样的母亲，简直比赵维瑾幸运一万倍。

结果这个好心情持续到第二天清晨，向来爱四处打听八卦的翠花带回一个意外的消息。

昨天那些在灵泉寺刺杀皇后的刺客，一夜之间全部在牢中自尽了。

谋杀皇后的刺客在刑部大牢集体自尽，这在朝中引起了不小的轰动。

凤临月本以为人证物证俱在，很快便能追查到幕后真凶，结果所有受审的刺客全部自尽，顿时让这起案子陷入了困境。

天晟帝在议政殿大发雷霆，将牵涉此案的一众官员痛骂一顿。

事后，他还亲自来到鸾月宫，安抚皇后切莫着急，就算那些刺客一夜之间全部身亡，他依旧会针对此案展开全面调查，绝不让在背后搞小动作的凶手逍遥法外。

面对皇上满脸的诚挚，凤临月不知该如何形容自己此时的心情。

这个男人虽然是她名义上的夫君，夫妻之间的感情却可以用"荒谬"来形容。

看似彼此之间互相尊重，实际上，她在天晟帝眼中恐怕连陌生人都不如。

见凤临月面沉似水，不动声色，天晟帝好言劝道："这次这件事发生得着实叫人意外，朕已经将所有的涉事官员全部痛责过了。若皇后仍觉得不解气，朕就让刑部那些成事不足，败事有余的家伙跪在你面前负荆请罪……"

闻言，凤临月冷笑一声，语气淡漠道："想要害我的凶手另有其人，皇上拿刑部那些办案大臣撒气又有何用？其实凶手是谁你我心中有数，毕竟这世上没有无缘无故的爱，自然也没有无缘无故的恨。凡事皆有因果，端看皇上如何看待此事。"

天晟帝尴笑两声："皇后此言，倒真让朕倍感为难。在没有确凿证据的情况下，即便是朕也不能随随便便将人抓捕。况且这起刺杀事件的幕后真凶只是皇后单方面的臆测，仅凭臆测便断定一个人有罪，未免会让皇家陷入朝臣及百姓的非议之中。皇后向来深明大义，不会连这么简单的道理都不明白吧？"

天晟帝这番夹枪带棒的讥讽，换来凤临月一声冷笑。

她无畏地迎视着对方的目光，铿锵有力地回道："皇上尽管放心，既然我坐上了这个位置，就已经做好迎接挑战的准备。不管是谁躲在暗处夺我性命，只要她掩饰得够好，我绝对不会出手为难。不过，一旦某些人办事不力，被我抓到证据，到时候，还请皇上能够明断是非，切莫私心作祟，让罪魁祸首逍遥法外。"

天晟帝的脸色阴郁下来，皮笑肉不笑道："只要皇后有本事擒获凶手，朕定会对其以国法论处，决不姑息，决不让皇后受半点儿委屈！"

很快，这起无头案的最终结果就被瑶贵妃身边的婢女彩衣汇报到了自家主子的面前。

此时正在皇家祠堂被罚抄写经书的瑶贵妃，听到婢女递来的消息，慢慢放下手中的毛笔，嘴边勾出一记得逞的笑容："跟我斗，也要看看她背后究竟有没有那么大的靠山。以为将我关进祠堂抄书就能控制我的一切行动，哼！她想得倒美！"

瑶贵妃并不否认，那些黑衣刺客的确是她派去行刺凤临月的杀手。

她的目的只有一个，就是不计代价地将凤临月置于死地。

皇后又如何？若皇后真的受宠，她膝下唯一的儿子又岂会被废去太子之位？

说到底，皇上虽然给了凤临月一个皇后的虚名，却并没有给这个女人相应的宠爱。

在这偌大的深宫之中，只有她霍子瑶才是皇上身边最受宠的妃子。有朝一日，待她的儿子成为太子，她必会取代凤临月的地位，成为真正的后宫之主。

唯一可惜的就是，那些刺客没能如她所愿，将凤临月送上黄泉。

都怪那该死的慕紫苏，每次都会在不经意的情况下坏她好事。

彩衣担心隔墙有耳，压低声音提醒："娘娘，虽然那些刺客已经在牢中全部自尽，奴婢却听说，皇后并未打算放弃追究此事。在这件事情还没有彻底翻过去之前，您最好小心行事，切莫被人抓住把柄。"

作为瑶贵妃身边最信任的婢女，彩衣这些年可没少帮主子做见不得光的事情。

刺杀皇后，听上去惊世骇俗，对彩衣来说，只要帮主子成为人上人，她这个婢女在宫中的地位也会跟着水涨船高。

瑶贵妃自然不是傻瓜，知道这件事一旦泄露牵涉甚广。

这次没能将凤临月送进地狱,她还有机会为下次行动做准备。

总之,凤临月就是她生命中的头号敌人,她一定会想尽办法,将那个女人和她那个残废儿子彻底铲除。

所有受审的刺客一夜之间全部死光,按理说,皇上必会大发雷霆,追究刑部的责任。

事实证明,皇上雷声大雨点小,只是象征性地斥责了涉案官员一通,并没有大开杀戒,闹得朝野大乱。

由此不难看出,皇上也巴不得凤临月早日归西,才睁一只眼闭一只眼地由着那些刺客全部死掉。

不得不说,她暗中培养的这些杀手果然够忠心,刺杀失败之后,便自我了结,不给她带来半点麻烦。

思及此,瑶贵妃心安理得地提起笔,一笔一画地在纸上写下工整的字迹。

凤临月,咱们就好好地斗上一斗,让你尝一尝我的厉害,看看你的命够不够硬。

带着这种自信,自以为躲过一劫的瑶贵妃在回到瑶池宫后,睡得无比香甜。

结果第二天清晨,寝宫之内便传来瑶贵妃尖锐刺耳的呼叫声。

当宫女和太监们循着声音破门而入时,就见平日里将自己打扮得花枝招展、风姿绰约的瑶贵妃,像个疯婆子一样披头散发、狼狈不堪。

她显然是被吓得不轻,哆哆嗦嗦指着窝在床头的一团黑色的东西,惨白着脸大叫:"蛇,有蛇!"

众人定睛一看,无不被吓得浑身发抖。

只见瑶贵妃的玉枕旁边,密密麻麻爬着十几条长短不一的黑蛇。

这些蛇仿佛在瑶贵妃的尖叫声中受到了惊吓,原本只是盘成一团睡得正香,被瑶贵妃这一嗓子吼得全都清醒过来。

它们四处爬动,围着瑶贵妃昂首挺胸,时不时还吐出蛇信子,露出凶恶十足的姿态。

身娇肉贵的瑶贵妃哪里见过这样恐怖的画面?眼看一条条黑蛇向自己这边扑过来,她的尖叫声越来越大,甚至到了歇斯底里的地步。

在瑶池宫伺候的宫女太监也没见过这样的阵仗,好端端的,贵妃的寝宫怎么会出现这么多黑蛇,而且还明目张胆地爬上了贵妃的床?

眼看受到惊吓的蛇群开始四处爬动,已经被吓得快要得失心疯的瑶贵妃拼命挥舞着双手，不顾身上还穿着亵衣，连滚带爬地从床上跌落。

由于过度害怕和紧张，她下床的时候被床上的被子绊了一下，竟"扑通"一声摔落倒地。

这一摔，差点要了瑶贵妃半条命。

那些黑蛇尾随而至，迅速缠上瑶贵妃的脚腕。柔软冰凉的触感让已经吓破胆的瑶贵妃彻底失去了理智，她疯狂地踢打，尖锐地嘶吼。

就算闯进来的宫女太监已经开始手忙脚乱地处理这些不明黑蛇，依旧没能阻止瑶贵妃疯狂的举动。

她越是尖叫挣扎，那些狂躁不安的黑蛇便越是想与这个给它们带来惊吓的人类决一死战。

宫女和太监也是人，也对这些让人毛骨悚然的冷血动物心生畏惧。

林林总总十几条黑蛇，四处爬窜，时不时还吐着蛇信子攻击"敌人"。一时之间，整个瑶池宫陷入了前所未有的恐慌之中。

好不容易将缠在脚腕上的黑蛇踹下去，瑶贵妃飞也似的向宫外逃去。

此时，她衣衫不整，披头散发，仿佛身后有鬼追她似的。

许是她受惊过度，完全忘了这副模样出宫会给她带来多少麻烦。

被群蛇吓得失去理智的瑶贵妃已经顾不得这些，她脑海中只有一个念头，逃出那座人间地狱，哪怕前面等待她的是刀山火海也无所谓。

于是，当失去理智的瑶贵妃穿着亵衣，蓬头垢面逃到宫外时，引来外人的频频注视。

彩衣捧着外袍追在瑶贵妃的身后，焦急地大喊："娘娘，您快停下，已经没事了，快穿上外衣……"

就这么不管不顾跑出好长一段距离的瑶贵妃，这才发现自己衣衫不整，形象全无。

这一刻，她终于意识到自己闯下了弥天大祸。

她的身份是皇帝妃子，身为后宫女人，不注意自己的形象，必会给她的名声带来极大的负面影响。

就算她是皇上的宠妃，若名节有损，说不定会招来皇上的厌弃。这么一想，瑶贵妃心中不免后怕连连。

眼看事情已经没有转圜的余地，瑶贵妃干脆跳进离她最近的一座莲花池。

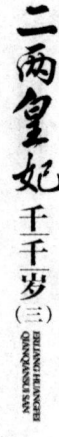

这么做,一来是避免更多的目光投注到她的身上。二来,也想借跳池这个机会,对外宣称她受到刺激,所有的行为都不受自己的控制。

跳的时候想得挺好,当身体落水时才发现有多痛苦。

现在已经进入秋季,早晚气温极低,莲花池就如同一座冰潭,冻得她双腿抽筋,一个劲打起寒战。

一股股夹杂着泥土味的池水不断地顺着她的喉咙灌进她的肠胃,瑶贵妃这才开始拼命拍打水面,并对着岸边大声呼叫道:"救命……救命啊……咕噜噜……"

尾随而来的宫女太监急三火四地向这边扑来,只要瑶贵妃再坚持片刻,就可以被她宫里的下人从水里救出去。

可她落水的时候双腿抽筋,在冰冷的水中根本使不上力气。

莲花池虽然不深,却也足以将她淹没其中。

等瑶贵妃被宫女太监七手八脚救上岸时,她肚子里已经灌满池水,翻着白眼昏死过去。

"哈哈哈,紫紫,你绝对想象不出那个蠢贵妃当时的样子有多凄惨。被人从水里捞出来的时候只剩下一口气,还不停地从口中往外吐水泡。不知真相的人,还以为从莲花池里捞出来的是一条大丑鱼,哈哈哈……这下那蠢货真是要把自己给活活蠢死了。"

抖着翅膀讲人是非的,正是慕紫苏的爱宠翠花。

唯恐天下不乱的翠花最大的乐趣就是仗着自己有两个大翅膀,闲极无事的时候东飞飞、西飞飞,四处打听别人的八卦。

瑶贵妃落水出丑的事情是翠花亲眼所见,看完宫中的热闹,翠花便迫不及待地将自己的所见所闻,事无巨细地与慕紫苏分享。

在翠花无比夸张的讲述之下,慕紫苏完全可以想象得到,那个高高在上的瑶贵妃,今天一早的遭遇究竟有多么狼狈。

越说越兴奋的翠花明显没有闭嘴的意思,它兴致勃勃地飞到慕紫苏身边:"紫紫,瑶贵妃数次算计于你,她如今落到这步田地,你惊不惊喜?意不意外?"

慕紫苏好笑又好气地在翠花的小脑袋上轻轻拍了一下:"你胆子不小,皇宫大院都敢擅闯。你照照镜子看看自己这一身五颜六色的羽毛,简直招摇得跟个花孔雀一般。万一被人逮去拔毛炖肉,那时候可有你哭的。"

翠花不以为然道："我有多大本事你还不清楚吗？虎口逃生绝对是本小爷鸟生中学会的第一技巧。想伤我性命，也得看伤我之人有没有这个本事。"

慕紫苏翻它一记白眼，哼道："不久之前，不知是哪只笨鸟险些被人夺去小命。"

翠花哼哼唧唧道："那只是我鸟生之中的一个意外。好啦紫紫，知道你担心我的安危，你放心，我在打听八卦之时，定会确保自己性命无忧。之前那件事连累到你是我的疏忽，这种蠢事我保证不会再发生。"

慕紫苏当然不会跟一只鸟过不去，指着翠花的小脑袋又教训了几句，才说出自己心中的猜测："瑶贵妃会落得这样的下场，十之八九是维祯的杰作。"

刺杀皇后的凶手一夜之间全部死绝，这让惨遭毒手的皇后成了旁人眼中的笑柄。

幕后凶手究竟是谁，不用查也知道，一定非瑶贵妃莫属。

皇上选择对这件事睁一只眼闭一只眼，摆明了利用帝王的身份来维护自己的宠妃。

皇后肯在这件事上忍气吞声，向来睚眦必报的赵维祯却绝对不能眼睁睁看着伤害自己母后的罪魁祸首逍遥法外。

既然皇上摆明了要袒护真正的凶手，适当让凶手吃些苦头，对赵维祯来说那是非常有必要的。

所以，大清早出现在瑶贵妃枕边的那些黑蛇，定是赵维祯派人所放。

他的本意应该是给瑶贵妃一个教训，结果教训过了头，竟险些要了瑶贵妃的命。

想到这里，慕紫苏忍俊不禁，越发觉得赵维祯这种有仇必报的性子非常符合她的脾气。

那句话怎么说来着？人不犯我，我不犯人。人若犯我，我必不饶人。

幸好黑槐殿人烟稀少，慕紫苏倒并不担心她和翠花之间的对话被旁人听去。

主宠二人闲聊的工夫，一位不速之客的到来，打断了一人一鸟之间的话题。

这个不速之客，居然是差点被慕紫苏忘到天边的赵维瑾。

她已经记不得上一次看到赵维瑾的时候是在什么样的情况下，这个比赵维祯晚出生没多久的少年，虽然顶着一张俊逸非凡的面孔，却让她在无形中生出了一种疏离感。

许是他的生母瑶贵妃想尽办法给她下绊子，久而久之，慕紫苏便将赵维瑾归入敌人的阵营，实在不想与这个人多接触。

像往常一样，皇家出身的赵维瑾，比起绝大多数世家子弟，多了几分自信和骄傲。

他身材修长，个子挺拔，举手投足间也将皇家贵公子的翩翩风度展现得淋漓尽致。

难怪京城大多数千金名媛梦想着有朝一日可以嫁给赵维瑾，如果赵维瑾的母亲不是讨人厌的瑶贵妃，慕紫苏也会对这个各方面都很出色的少年多看一眼，但也只是多看一眼而已。

"慕三小姐，贸然来此，希望没有打扰到你。"

虽然这不是赵维瑾第一次来到黑槐殿，但每次踏进这个地方，都会让他倍感紧张。

他也说不清楚，自己好歹也是堂堂皇子，为何见到四品侍郎家的小姐，会怯懦胆小到这种地步。

在赵维瑾眼中，慕紫苏就像一位高高在上的女神。

无论她的出身在外人眼中有多么不堪，对他来说，她永远都是那么高高在上。

慕紫苏虽然不怎么待见赵维瑾，人家好歹也是当今皇上膝下最受宠的儿子，她无论如何也不能不给赵维瑾这个面子。

于是她温声回道："三殿下真是太客气了，黑槐殿是整个皇家书院最不起眼的地方，你肯光临于此，对我来说是一种莫大的荣耀。"

她一口一个三殿下，唤得赵维瑾心底发堵，说不出究竟是个什么滋味。

连赵维祯那个瘸子都能被她亲昵地直呼其名，他不明白自己究竟哪里做得不够好，居然连一个瘸子都比不过。

想到比自己大不了几天的赵维祯，赵维瑾心中又添了些许嫉妒和不满。

袖袍下，他握紧双拳，拼命告诉自己，迟早有一天，他会将属于赵维祯的一切，尽数夺到自己手中。

内心深处挣扎片刻，赵维瑾露出得体的微笑："慕三小姐千万不要这么客气，其实我今天来，是想当面向你致歉……"

见慕紫苏不解地抬头看向自己，赵维瑾语气诚恳道："国公府害你身陷囹圄，我本想出手相帮，最后却因为各种原因爱莫能助。虽然这些话现在说来为时已晚，但得知你被关进刑部等候受审的那一刻，我是真的发自内心地担心着你的人身安危。得知你安然无恙，我比任何人都高兴。唯一令我觉得遗憾的就是，没能在你遇难的第一时间帮你解围。"

"哼，这种马后炮说出来真是好好笑！"

一道不合时宜的声音在赵维瑾耳边响起，说话的正是躲在一边看热闹的翠花。

只见翠花冲赵维瑾翻了个白眼，抖了抖屁股上的羽毛，冲着赵维瑾重哼一声。

翠花不喜欢瑶贵妃，自然对瑶贵妃的儿子没有任何好感。

赵维瑾早就听说慕紫苏养的鸟十分聪明，可聪明到这种地步，倒让他觉得有些瞠目结舌。

慕紫苏回头瞪了多嘴多舌的翠花一眼，转而向赵维瑾解释："我家翠花有些口无遮拦，若哪句话说得不中听，还请三殿下莫要见怪。"

赵维瑾干笑两声，尴尬说道："翠花……你的鸟，它说得并没有错。现在才来向你道歉，的确有些马后炮的意思。那日顾清漪当着那么多人的面射伤了你的爱宠，这件事确实是她的不对。无论如何，她都不该拿一只鸟撒气，还害得它险些丧命……"

翠花冷笑："小爷的命大着呢，用不着你猫哭耗子假慈悲。"

别看翠花只是一只鸟，对方是真情还是假意却能一眼看穿。

赵维瑾和顾清漪那群人没什么两样，在这些贵公子、阔小姐眼中，它充其量就是一只稍微聪明一点的鸟，死了便死了，根本不值一提。

赵维瑾肯厚着脸皮来这里找紫紫道歉，无非是想趁这个机会接近紫紫，与它是死是活并无关系。

谁是真情，谁是假意，翠花看得十分通透。

它再怎么聪明，也学不来人类的虚假和做作，喜欢就是喜欢，讨厌就是讨厌，它可没兴趣在自己不喜欢的人面前虚与委蛇。

被一只鸟一连挤对了两次，赵维瑾脸上的笑容终于有些挂不住了。

他神色认真地看向慕紫苏："其实早在我看到你的第一眼，就对你留下了极深的印象。慕三小姐，我是真的很欣赏你这样的姑娘，只可惜造化弄人，未等我向你表白心迹，就传来你已经与皇兄定亲的消息……"

赵维瑾不想再等下去，他必须在慕紫苏和赵维祯还没有婚姻事实之前，道明自己对她的心意。

慕紫苏没想到赵维瑾会这么直接，忙不迭地开口阻止："三殿下，请你不要忘了，我现在是明王的未婚妻，你忽然在我面前说这种话，恐怕有些不妥。如果只是同窗之间的关心我会接受，超过这个底线，还请三殿下适可而止。"

赵维瑾面露尴尬，连忙解释："其实我……我就是觉得十分抱歉，没能在你需要

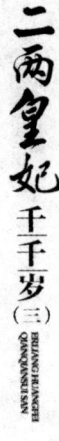

我的时候出手相帮……"

赵维瑾还欲辩解，就听翠花阴阳怪气道："真想替我家紫紫抱打不平，你倒是找那个顾清漪算账去啊！嘴上说抱歉有个屁用，要做，就去做些实际的。"

慕紫苏再次向翠花丢去一记白眼，小声警告："闭嘴。"

翠花轻哼一声，转过身子，用屁股对着赵维瑾。

被一只鸟轻视的赵维瑾，虽然心底窝火，却说不出半句反击之言。

一直以来，他确实没有为心爱的姑娘付出过任何行动。

反倒是赵维祯，每次都在慕紫苏受难之时挺身而出。

难怪慕紫苏会放着他这个手脚健全、各方面都很出色的皇子于不顾，偏要去在乎一个不良于行的废人。

换作他本人，也会对处处帮衬自己的人心生好感，岂会对只会空口说白话的人投入感情？

想通这一点，赵维瑾忽然觉得自己的出现极为可笑。连一只鸟都能看明白的事情，他居然身陷其中犹不自知。

赵维瑾干笑两声，对从始至终并没有将自己放在眼里的慕紫苏道："今日是唐突打扰了，先告辞了！"说罢，象征性地拱了拱手，在慕紫苏略带诧异的目光中转身离去。

直到赵维瑾的背影渐行渐远，翠花才急急劝道："紫紫，我告诉你，这个赵维瑾绝非善类。别看他在你面前表现得和颜悦色，有瑶贵妃那样的娘，绝对教不出心地善良的孩子。说起来，还是祯哥哥与你更配一些。"

慕紫苏好笑又好气地拍了翠花的胖屁股一记："身为一只鸟，你管得太多了。"

翠花拍着翅膀飞到她面前，认真劝道："咱们先不说赵维祯和赵维瑾兄弟二人谁更优秀，那顾清漪对你恨之入骨，这次你没能如她所愿被刑部收监，待她伤好之后，必会想尽办法找你麻烦。所以，咱们现在最该做的就是给自己找一座强大的靠山保护咱们的性命安危。你那个无良的父亲是肯定指望不上了，慕老太太再怎么疼你，也没资本与国公府对抗。唯一能依靠的，目前只剩下祯哥哥。他娘是当朝皇后，这根粗大腿，咱可得抱紧喽。"

慕紫苏被翠花这番话逗得哈哈大笑，她一把将翠花抱进怀里，在它头上胡乱地揉搓了一番，嗔道："就你这小东西最是精怪！"

从黑槐殿离开的时候，赵维瑾的心情陷入了阴郁之中。

迄今为止，他从未发自内心地欣赏过哪家小姐，慕紫苏却是他生命中一个不可预知的意外。

直到现在他都忘不了第一次遇到慕紫苏，她就像个英姿飒爽的女战神，仅凭一人之力，便将逃跑的朝廷钦犯当场逮捕。

从那之后，这个初回京城的姑娘便如同天边最耀眼的一颗星星，无时无刻不在吸引着他的视线。

外界都传慕三小姐出生时斤两不足，甚至还给她冠上一个"二两妹"的绰号。

只有赵维瑾知道，那些传闻，不过是嫉妒慕紫苏之人，用这种恶毒的方式来诋毁她的名声而已。

这种纠结难堪的心情还没有维持多久，他的贴身小厮就递来一个令他诧异的消息。

母妃今天一早掉进了莲花池，情况十分危急。

赵维瑾忙不迭地进宫探望母妃的情况，得知母妃清晨醒来便被忽然出现在枕边的一群黑蛇吓得失去理智，甚至还在惊吓之后逃出瑶池殿，跌入莲花池，并险些丢掉性命，他又是焦急，又是震怒。

好端端的，母妃的床上怎么会出现那么多黑蛇？这明显是有人在暗中做了手脚。

经过太医的诊治，瑶贵妃虽然没有性命之忧，却因为落水着凉，染上了风寒。

皇上在早朝之后也赶来探望，见宠爱的妃子被折腾得俏脸惨白，一脸病容，哪里还舍得追究她衣衫不整，在宫内四处奔逃的罪责。

"查！这件事必须给朕仔细严查。还有那些该死的黑蛇，全都拿去御膳房！宰了！炖了！"

天晟帝在瑶池宫大发雷霆，誓要将谋害爱妃的罪魁祸首绳之以法。

已经悠悠转醒的瑶贵妃本来还沉浸在惊恐和害怕之中，见皇上亲自来探望自己，甚至还大动干戈地要为自己报仇雪恨，她打蛇随棍上，趁机哭诉自己的委屈。

至于皇后之前对她抄经的惩罚，也在她的哭诉之下不了了之。

天晟帝轻声细语地在瑶池宫安慰了瑶贵妃一番，又命人送来不少药材补品及漂亮的珠宝首饰，"奄奄一息"的瑶贵妃这才面露些许喜色，哭哭啼啼地感谢皇上对自己的疼爱和恩宠。

直到内务总管说朝中几位老臣子有重要的朝事与皇帝相商，天晟帝才带着几分不舍，离开了瑶池宫。

皇上前脚刚走，瑶贵妃立马收起楚楚可怜之态，面上充斥着愤怒和恨意。

她将赵维瑾拉到床边，厉声说道："瑾儿，母妃被人害成这样，都是拜皇后和她那个残废儿子所赐。虽然你父皇承诺会替母妃做主，在没有任何证据的情况下，这件事保不齐最后会不了了之。皇后现在重回后宫，你我二人的日子从今以后怕是不会好过。你要争气一点，多在你父皇和朝臣面前露露脸，争取早日将太子之位夺到手中。只有大权在握，咱们母子二人才能不再受制于人。"

见母妃在病榻之上还不忘对自己殷切叮嘱，这在无形中激起了赵维瑾的斗志。

不管是为了自己还是为了母妃，他一定要与赵维祯一争高下。

晌午时分，赵维瑾的伴读兼表兄霍司玉，以及京中几个豪门世家的公子约他去鹤仙楼吃饭。

这些平日里与赵维瑾关系还不错的世家公子，多数都是皇家书院的学生。

虽然赵维瑾现在还没有任何封号，一些有眼力见的家族已经自动将这个最被皇上看好的皇子，视为日后巴结的对象。

各家长辈有事没事就在儿子面前仔细叮嘱，一定要不计代价地讨好赵维瑾，待有朝一日皇上立储，下一任储君人选，非赵维瑾莫属。

正因如此，许多世家大族的公子不管是真心还是假意，都喜欢围在赵维瑾身边打转。

赵维瑾也知道与这些公子哥处好关系，对他日后的前程有极大的帮助。

尤其是霍司玉，他可是霍家目前最得宠的一个儿子，且与自己还是表兄弟关系，所以接到霍司玉的邀请，他丝毫都没犹豫，便应约前来鹤仙楼，与朋友们喝酒叙谈，增进友情。

众人闲聊之间，话题不知怎么扯到了慕紫苏的头上。

盖因不久之前，在场的这些公子哥，亲眼见证了慕紫苏在书院的射猎场，将备受瞩目的顾家大小姐当场踢飞甚至还一箭射伤。

直至今日，娇滴滴的顾大小姐像风筝一样被一脚踹飞的画面仍在众人脑海中挥之不去。

本以为慕紫苏惹下这么大的祸事，必死无疑，没想到她竟有贵人相助，离奇地逃过这一劫。

一个身穿青衣的公子一手捏着酒杯慢慢啜饮，一边摇头晃脑唏嘘感叹："这个慕家三小姐可真是了不得，这才回京多久，就先后做出这么多惊世骇俗的事情。国公府对这件事的处理方式也耐人寻味，前一刻还大张旗鼓地要替挨了打的顾大小姐讨公道，没几天工夫，就亲自下令让刑部放人。依我看哪，这慕三小姐，就不是一个省油的灯。"

坐在他旁边的黄衫公子嗤笑一声："只可惜了她那张漂亮的脸蛋，这要是个温柔贤惠的姑娘，估计整个京城的公子哥都会蜂拥而至，也没其他千金名媛什么事了。"

对这些世家公子来说，无论慕紫苏的外表多么出色，都弥补不了她惹事精的缺憾。

天底下绝大多数男子都抱着娶妻当娶贤的想法，就算他们很欣赏那位慕三小姐绝色的容貌，也绝对不会将这种泼辣的姑娘娶进家门。

一群公子哥旁若无人地谈论着别人的是非，这让从进门起便一直未作声的赵维瑾心中略感不快。

虽然这些人对他将来的前途有着至关重要的影响，不能轻易得罪，但他还是容忍不了别人用这么漫不经心的语气去谈论他心爱的姑娘。

像是看出他眼底的不快，自幼与他一同长大的霍司玉低声问道："今天的饭菜不合你的口味吗？"

赵维瑾牵强一笑，端起酒杯浅酌一口，摇头道："没有，与饭菜无关，只是心里有些不痛快，导致食欲不振而已。"

霍司玉有些担忧："听说姑母病了。"

霍司玉口中所说的姑母，就是赵维瑾的生母瑶贵妃。

赵维瑾并未作声，沉着脸一声不吭地坐在位置上独自啜饮。

那些公子哥依旧口无遮拦地说着别人的八卦，不知是谁居然将话题扯到了姻缘方面，因为一位姓刘的公子不久前与李家小姐定了亲，随着他们的年纪越来越大，家里的长辈也开始张罗他们的婚事。

"三殿下，你与咱们年纪相仿，相信不久之后，皇上和贵妃娘娘也要从各家千金中为你寻找合适的伴侣。"

那青衫公子忽然看向赵维瑾，眼带笑意道："你的婚事可与咱们这些人完全不同，有资格被你娶进家门的姑娘，不但要德才兼备、美貌绝伦，家势财力也要与你绝对匹配。之前参加迷幻森林冒险活动的时候咱们就看出来，国公府的顾大小姐对你情根深种……"

青衫公子话还没说完，就被赵维瑾厉声打断："这是绝对不可能的事情！"

此言一出，原本喧闹的场面瞬间冷了下来。

众人齐齐望向赵维瑾，就见他面色不改道："为了个人恩怨，连一只鸟都不肯放过，这种心肠歹毒之人，已经超过我选择伴侣的底线。既然你们都是我的朋友，今天在这里就帮我做个见证，即便天底下的姑娘全都死光了，我也不会娶顾清漪进我家的门。"

鹤仙楼坐落在京城的繁华之地，此时正值晌午，偌大的酒楼几乎座无虚席。

且来这里吃饭的都是京城中的权贵人物，赵维瑾、霍司玉等人并没有选择包间，周围到处都是吃饭的食客，赵维瑾说这番话的时候，非但没有压低声音，反而还提高了音量，让在场所有的人都听了个真真切切。

心肠歹毒！连鸟都不放过！天底下所有的姑娘都死光了，我也不会将顾清漪娶进家门！

一声重似一声的誓言，将顾清漪的名声败得一无是处。

就连那些原本对顾清漪还心存些许好感的公子，听赵维瑾这么一说，也在瞬息之间打消了念头。

赵维瑾在公众场合抹杀顾清漪名声的同时，还在国公府养伤的顾清漪却因慕紫苏被无罪释放一事跟顾母一哭二闹三上吊。

顾清漪是国公府的嫡出大小姐，由于样貌才华样样突出，她在国公府的地位自然是举足轻重。

此次她被慕紫苏当众射了一箭，虽然没有性命之忧，却元气大伤，被折腾个半死。

如果吃些苦头就能将慕紫苏送进地狱，顾清漪倒是心甘情愿被折腾这一回。

可令人气愤的是祖父竟然亲自下令，撤销对慕紫苏伤人责任的追究。

在府中向来备受宠爱的顾清漪险些被这件事打击得当场晕过去，顾夫人担心女儿有什么三长两短，每天吩咐房中的婢女，一定要将小姐伺候得妥妥当当。

饶是这样，养伤的这些日子里，顾清漪总要哭闹一场，非搞得国公府上下不得消停才肯罢休。

眼看女儿的气色一天不如一天，顾夫人终于按捺不住心底的担忧，对连连落泪的女儿说道："清漪，不是你祖父不疼你，他也是被逼无奈，才做出这个不得已的选择。咱们顾家能有今天的地位，是你祖父当年使了一些手段才为后世子孙争来的荣耀。按常理来说，那个姓慕的丫头将你伤成这个样子，她一定是活不成了。可明王殿下在那丫头正式受审的前一晚单独见了你祖父一面。听你爹的意思，明王手中好像掌握着咱们国公府的把柄，你祖父为了整个顾家的前途，才情不得已做出这样的选择。"

正在哭闹的顾清漪听到这里，抹了把眼底的泪水，心怀不甘道："以咱们国公府目前在朝廷的地位，就算有把柄在明王手中，凭他一个瘸子，还能把国公府怎么样？"

顾夫人连忙掩住女儿的嘴巴，皱眉斥道："你疯了不成？虽然明王现在已经失势，但他背后还有一个皇后娘娘给他撑腰。你可知，这次明王有恃无恐地去找你祖父谈判，皇后娘娘从中可是起到决定性的作用。"

"皇后？"

一直在府中养伤的顾清漪对外面的情况所知甚少，忍不住反问："她不是躲在皇家佛堂里抄经念佛，过着隐居的生活吗？"

顾夫人瞪了女儿一眼："早在数日前，皇后便重现宫闱，执掌六宫。而皇后选在这个时候出现在众人面前，为的就是替明王与咱们国公府谈条件。清漪，娘知道你受了天大的委屈，定是不甘心伤害你的慕紫苏逍遥法外。可明王现在与慕紫苏站在同一战线，明王背后又有一个神秘的凤氏家族给他撑腰，短时间内，咱们恐怕要生生咽下这个哑巴亏。"

顾清漪咬了咬银牙，对于那位传说中的皇后，她印象其实并不深刻。

虽然小时候不止一次听说过这位凤皇后的大名，真正与对方接触的机会却少之又少。

没想到她养伤这段时间，外面竟发生了这么多变故。

如果真如母亲说的这样，那她这一身伤岂不是白受了？

顾夫人担心女儿想不开，忙又劝道："清漪，你尽管放心，虽然你这次受了委屈，但还可以再想办法替自己讨回这个公道。你想啊，再过些时日，说不定贵妃娘娘就要为三殿下选择皇妃。凭你的家世和容貌，绝对是三殿下未来妻子的不二人选。皇上之所以到现在还没有给三殿下封王，就是要寻一个合适的时机将他立为太子。一旦三殿下成为太子，你可就是当之无愧的太子妃。等将来你大权在握，什么皇后，什么明王，还不都要仰仗你的鼻息来生存？到那时，慕紫苏是死是活，可就全在你的一念之间了。"

不愧是自己的亲娘，顾夫人这番劝慰，果然让顾清漪哀痛的心情大为好转。

只是这份好心情还没有维持多久，一个令顾家母女绝望的小道消息就被府中的婢女传了进来。

也不知赵维瑾究竟是有意还是无意，他在鹤仙楼放出豪言壮语，扬言天底下所有的姑娘全都消失了，也不会娶顾清漪进门之类的话，竟在短时间内传遍京城，引起街头巷尾的热议。

顾清漪原本还想利用赵维瑾来替自己翻盘，事实却给了她这样一个措手不及的打击。

天底下所有的姑娘都死绝了……

也不肯娶她……

这字字句句听起来是那么连贯，对早已情根深种的顾清漪来说，却如同一柄利刃，一刀一刀割得她痛不欲生。

第三章 讨公道丧钟敲响

赵维瑾当众放狠话，誓死不娶顾清漪的消息，毫无意外地也传到了慕紫苏的耳朵里。

将这个消息带到她面前的，是阴阳怪气的赵维祯。

没错，就是阴阳怪气。

赵维祯早就知道赵维瑾对慕紫苏别有用心，这次赵维瑾故意当着那么多人的面将他誓死不娶顾清漪的誓言说得那么响亮，无非是在用这种方式替慕紫苏打抱不平。

自己的未婚妻被别人时刻惦记的感觉实在不好，所以当赵维祯讲述这件事时，话语中不自觉地流露出些许醋意。

慕紫苏当然不会将他的这些小情绪当回事，事实上赵维瑾娶不娶顾清漪，和她一点关系都没有。

许是那天赵维瑾被翠花的话给刺激到了，才会在大庭广众之下说出那种侮辱人的字眼。

跷着二郎腿坐在旁边削苹果的顾卿然皮笑肉不笑道："顾清漪阴险毒辣，赵维瑾也好不到哪里去，两个人是一丘之貉，五十步笑百步而已。如果你连赵维瑾的醋都吃，我只能说你在长他人志气，灭自己威风。"

正在生闷气的赵维祯阴鸷鸷地瞪他一眼："与你何干，吃你的苹果去吧！"

顾卿然将削好的苹果分了一半丢过去："我这是在间接提醒你，切莫为了儿女情长便忘了自己的身份。"

赵维祯下意识地伸手接过他丢来的苹果，无可奈何地咬了一口，别说，还挺甜。

慕紫苏和段无洛两人将火锅的食材一一搬了过来，正好看到两人斗嘴的这一幕。

她忍俊不禁道："你们两个还真是，每次见面都要斗上几句。不管是赵维瑾还是顾清漪，与咱们都没半点关系，何必在他们身上浪费时间？喏，这是司铭今天早上猎到的野味儿，正好趁着大家都有时间，尝尝这些野味新不新鲜。本来我想请楚夫子也过来凑个热闹，他老人家好像告了假，不知去了什么地方。"

说话的工夫，霍司铭已经在不远处将篝火点燃。

段无洛很是配合地与霍司铭架好锅，添上井水，又在水中放足了材料，这才将切好的新鲜野味一片一片放进锅里用沸水煮熟。

几人身处的地方是黑槐殿的一个八角凉亭内，对书院的其他学生来说，黑槐殿就像是一个不祥之地，没人愿意踏足此地。

可对从小就在黑槐殿长大的顾卿然、霍司铭和段无洛来说，这里就像是他们的乐土，也是唯一能让他们感觉安全的栖身之所。

见鲜美的肉片在沸水的蒸煮之下很快变熟，众人瞬间食欲大增，纷纷围坐在桌边拿起碗筷，边吃边聊着最近发生在京城的新动向。

赵维瑾死活不娶顾清漪这个话题很快就被几人翻过去，虽然赵维祯说起这件事的时候语气有些发酸，他还没愚蠢到将赵维瑾这个有如跳梁小丑般的对手放在眼中。

大家能在百忙之中抽出宝贵的时间与慕紫苏相聚，是因为不久前慕紫苏在灵泉寺巧遇皇后，阴差阳错之下被刺杀皇后的杀手伤到手臂。

除了赵维祯这个未婚夫对她的伤势十分关心，黑槐殿其他同窗也对慕紫苏救人负伤一事颇为记挂。

听说鹿血补身，已经被送进军队中试练的霍司铭趁着出去执行任务时，顺手打了几只猎物，其中就有一只野鹿。

慕紫苏当然不会独占这些食物，便将几个志同道合的同窗叫到一起，与伙伴们共同享用美味。

吃得最开心的当属翠花，别看它只是一只鸟，却是一个标准的吃货。

一边吃一边称赞肉质的鲜嫩，众人也乐得翠花飞来飞去调解气氛。

向来不擅长与人交际的段无洛，只有在几个挚友面前才能放开胆子说上几句。当然，那也是建立在别人说十句，他应一句的基础之上。

霍司铭对其他话题没什么兴趣，说起他近日在军营中历练的趣事，倒是能一反常态，聊得热火朝天。

赵维祯很小的时候就被他母后丢进军营与那些糙汉子厮混，所以在这方面，他与霍司铭倒是极有话题。

上知天文，下晓地理的顾卿然就是个标准的话痨，无论别人探讨什么，他都能跟着附和一二。

这种融洽的大家庭氛围，令慕紫苏觉得心里暖洋洋的。

当初她用自己精湛的医术帮助这些小伙伴，本存着利用之意，没想到随着时间的推移，她与这些朋友竟在无形中建立了深厚的友情。

人类果然是群居动物，曾经她以为只要跟翠花相依为命，她的人生便再无牵挂。

直到认识了这些志同道合的小伙伴，才渐渐感觉到原本只有黑和白的世界，不知不觉被染得五颜六色。

就在众人聊得热火朝天之际，顾卿然说了一个不合时宜的话题："近日我有个奇怪的预感，不久的将来，会有一位不速之客出现在京城，扰乱咱们现有的平静。"

慕紫苏的放下手中的筷子，莫名其妙地看向他："你那时灵时不灵的预感最近又给你新的提示了？"

顾卿然好笑又好气地瞪她一眼："什么时灵时不灵，预感这种东西本来就说不准，非本心可以控制。感觉来了，我挡也挡不住，没有感觉，我求也求不来。不过这次的预感非常强烈，好像冥冥之中有了不得的大状况即将发生。"

正在小口吃东西的段无洛弱弱地说道："若涉及我们的安危，可以暂时避不露面，说不定还可以躲过一劫。"

顾卿然翻了他一个白眼："瞧你那点儿出息。"

段无洛小声嘟囔："不惹麻烦向来是我的人生准则。"

霍司铭说出心底的疑问："卿然，你说的这位不速之客，究竟是什么来头？"

顾卿然耸了耸肩："是什么来头我不清楚，只知道这人的到来，势必会掀起一场腥风血雨……"

赵维祯忽然接口："你指的这位不速之客，十有八九是不久之后将探访京城的金凌太子南宫爵！"

此言一出，众人齐齐向赵维祯投去好奇的目光。

和在场的几个朋友相比，赵维祯打探消息的途径比其他人多了不少。

好在他也没有藏私的打算，便将探子汇报的消息如实向众人交代了一番："这个南宫爵是金凌的风云人物，他母亲是金凌皇后，他刚一出生，就被金凌国君赐封为太子。此人狂傲自负、行事嚣张，年纪不大的时候便率领心腹游走于各国之间。名为游历，实际却打着游历的幌子四处捣乱。"

赵维祯稍顿片刻，他逐一在众人的脸上扫了一眼，才接着说道："别看这个南宫爵与咱们的年纪相差无几，这些年他做过的事情却让各国国君头痛不已。"

赵维祯的话，让众人陷入了长久的沉默。

虽然天启王朝在大陆板块上占据着举足轻重的地位，和拥有七百多年悠久历史的金凌皇朝相比，天启王朝就像还未成年的孩童，到目前为止，也只建朝两百余年。

世人无不知晓金凌皇朝在大陆板块上占据着霸主地位，像金凌这种强盛大国，周围小国想要存活，只能在金凌面前卑躬屈膝、苟延残喘，以换得一息尚存之地。

天启王朝虽然比那些小国国主强势一些，也不敢在明面上与金凌为敌。

这是一个强者为尊的时代，在各方面实力都不能与之匹敌的情况下，夹起尾巴做人，才是真正的生存之道。

所以，当金凌太子南宫爵这号人物可能会在不久的将来光顾天启这件事，被赵维祯公布出来时，现场顿时陷入沉默。

谁都无法预测，一旦南宫爵来到这里，会给这看似平静的京城，带来怎样的惊涛骇浪。

就连吃肉吃得正香的翠花，听到这个消息之后都不禁露出惊恐的表情："难道天下就要大乱了？"

慕紫苏顺手丢过去一颗花生米，正中翠花的小脑袋。

在翠花的哀叫声中，慕紫苏斥道："吃你的肉去，休要在这里胡说八道。"

斥责完翠花，她又对陷入沉思中的伙伴们说道："不过就是一个金凌太子，瞧你们一个个脸上的表情，好像下一刻天就要塌下来似的。金凌皇朝再如何强大，也没本事公然与所有的国家为敌。还有那个金凌太子，即便他率领心腹来到咱们天启，难不成还能翻出天去？你们可不要长他人的志气，灭自己的威风。"

赵维祯体贴地将一块刚刚煮好的肉片夹到她的面前，笑着说道："紫苏说得没错，兵来将挡，水来土掩，到时候咱们只要见机行事便好。"

在赵维祯和慕紫苏的劝慰之下，金凌太子即将造访京城这件事，很快就被众人忽略过去。

不愧是志同道合的小伙伴，聚在一起，总有聊不完的话题。

从迷幻森林出来之后，天晟帝果然信守承诺，将黑槐殿几个立下功劳的学生分配到各个部门一展所长。

霍司铭在军中历练，段无洛被分去了户部。

赵维祯本欲让顾卿然去刑部学习，最后却在天晟帝的坚持下被送去了钦天监。

钦天监虽然不比刑部重要，却能让顾卿然在那里发挥所长。

当然，凭他们现在的资历，还不足以在这些地方担任重要职务，饶是如此，与皇家书院其他学生相比，他们所创下的成就，已经颇为惊人了。

就在众人宾主尽欢之际，慕紫苏忽然对顾卿然道："有一件事，我一直很想当面与你说声对不起。"

在顾卿然略带不解的目光中，慕紫苏干脆利落道："之前在书院的射猎场，我为了翠花，当众射了顾清漪一箭，虽然没有当场夺去她的性命，却还是用这种方式狠狠打了国公府的脸。即使你自幼便与国公府划清界限，我却没能设身处地为你着想，还

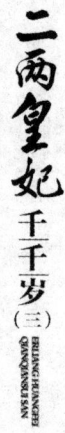

是有些过分了。"

慕紫苏的话还没说完，就被顾卿然笑着打断："你说这种话可就见外了，我早就表明过自己的立场，不会介入你与国公府之间的恩恩怨怨。至于顾清漪……"

说到这个堂姐，顾卿然的眼底尽是讽刺之意："曾经不止一次利用我的哮喘想要置我于死地的罪魁祸首，你以为我会在乎她的死活？"

虽然顾卿然没有抓到确凿的证据，顾清漪数次谋害他的事情，他却心知肚明。

一个将他的性命视为蝼蚁想要除之而后快的宵小之辈，他脑子有病才会在意对方的死活。

慕紫苏看出顾卿然在提起国公府时，眼底流露出来的是深深的恨意。

她看向众人，问了一句令所有人措手不及的话："作为被三大家族丢弃的棋子，你们可曾想过有朝一日，让那些欺你、辱你、笑你之人，皆成为你们的脚下之臣？"

不管是顾卿然、霍司铭、段无洛还是赵维祯，在听到这句话时，无不露出震惊的神色。

像是看出他们心底的惊骇，慕紫苏接着说道："就算你们现如今在皇上的提拔下小有成就，与根基深厚的家族相比，你们的存在感显然是不够的。一旦你们的某些行为触犯到家族的利益，想要拿你们垫背，不过是一念之间的事情。只有将权力掌握在自己手中，才能活得潇洒肆意。"

慕紫苏的一袭话，让所有人都陷入思考之中。多年被忽略、被遗弃的生活，已经让他们渐渐忘了自己从前的出身。

曾经的赵维祯，是天启王朝人人敬畏的太子殿下。

曾经的顾卿然，是整个国公府被寄予厚望的天才式人物。

曾经的霍司铭，是将军府最有机会出人头地的将才。

曾经的段无洛，是丞相府第一位嫡出的子嗣。

他们本该拥有锦绣前程，却在各种造化下成为人人避之不及的过街老鼠。

他们自卑、胆小，只在黑槐殿这个连人影都寻不到一个的"不祥之地"才能找到一息尚存的空间。

要不是慕紫苏帮他们治好了隐疾，改变了命运，恐怕在未来的几十年中，他们将碌碌无为地活到生命的尽头。

认识慕紫苏以前，他们过着行尸走肉般的生活，完全丧失了对生活的热忱和信心，更别提摆脱惨淡的现状去掌握自己的人生了。

是啊，他们明明有能力改变自己，为什么还要平凡而又卑微地活在别人的眼皮子底下？

这一刻，在慕紫苏的提点之下，他们不但开始认真思考这个问题，说不定在不久的将来，还可能会将这种想法付诸行动……

随着时间的流逝，在府中休养的顾清漪身体渐渐复原，并迎来重新回到皇家书院读书的日子。

顾清漪回书院这天，与她私交甚笃的几个千金小姐为她举行了非常隆重的迎接仪式。

被顾清漪视为头号仇敌的慕紫苏之所以会参加到这个迎接仪式之中，是因为身为皇家书院的一员，即使慕紫苏隶属于黑槐殿，每隔半个月，也要与紫云轩、红竹阁的学生一同参加古筝课程。

古筝是专门为书院的千金小姐们准备的课程，之所以每半个月才轮到一节课，是因为传授古筝的夫子是天启王朝一位颇有名气的乐师。

此人姓吴，被书院的学生尊称为吴夫子。

据说这位吴夫子三岁的时候便精通乐理，七八岁的时候已经对各种乐器手到擒来。

十六岁渐渐成名，二十二岁时被朝廷正式封为皇家乐师。

现如今，吴夫子已经五十岁出头，膝下的弟子不计其数。

每逢各种大型场合，吴夫子都会率领弟子为皇上及朝中大臣演奏动听的乐曲。

朝廷对这位吴夫子极其重视，因此皇家书院成立之后，皇上专门下了一道圣旨，让吴夫子指导各家千金学习乐器。

古筝，便是吴夫子最擅长的乐器之最。

因为每半个月才能轮到一节古筝课，在书院读书的这些千金名媛对这节课可以说是十分期待。

学习古筝的地方名叫清幽阁，坐落在皇家书院的最北角。

这座院子占地很广，虽然时至秋日，院子里依旧盛开着各种花花草草。

时不时飞来的鸟儿在枝头发出清脆的鸣叫，空气中散发着泥土与青草混杂在一起的芬芳，给清幽阁带来一种别样的氛围。

在此之前，慕紫苏参加过几次吴夫子的古筝课，关于这位大名鼎鼎的吴夫子的事迹，都是周宝儿讲给她听的。

今天亦是如此。

吃过早饭，慕紫苏只身来到清幽阁，正好看到与其他几位千金一同踏进清幽阁的周宝儿。

见慕紫苏早早来此，周宝儿很是热情地迎了过来，拉着她的手打听翠花的伤势。

得知翠花已经无碍，周宝儿心有余悸道："这次多亏翠花命大，不然我会难过死的。你都不知道……"

说到这里，周宝儿压低声音，小声在她耳边说："当我看到顾清漪不顾一切地将箭射向翠花的时候，吓得我啊，小心脏都差一点儿从喉咙里跳出来。"

回想当日种种，周宝儿又气又怒："不管顾清漪与你之间有什么恩怨，都不该拿无辜的翠花来撒气。"

慕紫苏知道向来没有心机的周宝儿是打心底在意着翠花的死活。

可以说，回到京城之后，除了结识了赵维祯、顾卿然、霍司铭和段无洛这几个至交好友之外，周宝儿的处处相帮，也让慕紫苏对她心生好感。

"还有你啊……"周宝儿担心了一阵翠花之后，又将目光落在慕紫苏的脸上，"虽然你为翠花报仇的行为很是勇敢，可当着全书院那么多人的面一箭将顾清漪射伤，难免要在人前留下诟病和把柄。下次再遇到这种事，可以用委婉些的方式来发泄，可千万别再冲动到让自己身陷牢狱之灾。这次国公府不计较你的过失，难保他们在日后不会给你下绊子。"

慕紫苏被周宝儿的絮絮叨叨逗得忍俊不禁。

两个人明明年纪相当，周宝儿却像个为自己操碎心的小老太婆。

虽然唠叨，言谈之间却处处流露出对她的担忧和关心。

慕紫苏很诚心地接受了周宝儿的善意，拉着她的手说道："放心吧，只要别人不招惹我，我是绝对不会惹事的。"

言下之意，如果有人想找她的不痛快，她一定会让那个人比她更不痛快。

周宝儿岂会听不出她的话外之意？叹了口气，一边担心慕紫苏这种睚眦必报的脾气会不会给她带来麻烦，一边又对慕紫苏敢爱敢恨的性情极为羡慕。

就在两个人有一句没一句地闲聊之时，久未在众人面前出现的顾清漪在十几个千金名媛的簇拥之下，如女王一般踏进了清幽阁。

用"女王"两个字来形容顾清漪并没有夸张，慕紫苏出现之前，顾清漪的确是诸位千金名媛之中独一无二的女王代表。

她背景雄厚，样貌突出，才华横溢，几乎是所有贵公子和贵小姐巴结的对象。

就算慕紫苏的出现打破了顾清漪的骄傲，甚至在不久之前，三殿下还故意放话，说天底下所有的姑娘都死光了，也不会娶顾清漪进门，这依然改变不了顾清漪在众人心中女王的形象。

首先，顾清漪身后有国公府给她撑腰。

国公府是天启王朝三大家族之一，连皇上都不敢轻易撼动顾家的地位，目前还没有任何封号的三殿下还不具备那个实力将顾清漪踩在脚下肆意欺负。

其次，慕紫苏虽然当着众人的面射伤了顾清漪，之后迎接她的，必然是无穷无尽的麻烦。

像周宝儿这种看不清形势，明知道慕紫苏已经惹上大麻烦，还上赶着往她身边凑的傻瓜，恐怕整个书院除了黑槐殿那些弃子之外，周宝儿称得上是独一份儿。

最重要的一点，这些千金小姐还肯将顾清漪视为领袖型人物，有一多半也是来自对慕紫苏的嫉妒。

如果慕紫苏出身高贵，来历不凡，没人会对她的嚣张跋扈有半句微词。

问题就在于慕紫苏只是四品侍郎家的小姐，论身份、地位，根本没资格与她们平起平坐。

可就是这么一个名不见经传的小人物，居然在京城混得如鱼得水、有滋有味，这怎么能不让其他姑娘羡慕嫉恨。

所以，当顾清漪休养归来，那些看慕紫苏不顺眼的千金小姐们就像找到了主心骨，恨不能将顾清漪捧到天上，以此来表达她们对慕紫苏深深的怨怼和不满。

被众千金簇拥着踏进清幽阁的顾清漪，一进门，便与慕紫苏的目光撞到一起。

正所谓仇人见面分外眼红，阔别数日，当顾清漪再次看到这个为了一只鸟险些夺去自己性命的罪魁祸首时，第一个闯进她脑海中的想法，便是不顾一切地将慕紫苏撕个粉碎。

可她知道，与慕紫苏对抗，无疑是以卵击石，根本没有任何胜算。

于是，顾清漪颇有风度地冲慕紫苏投去一记善恶不明的冷笑："慕三小姐近来可好？"

慕紫苏岂会被顾清漪释放出来的威压吓到？她皮笑肉不笑地回了顾清漪一记浅笑："不但好，而且非常好。"

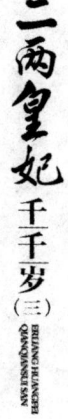

慕紫苏从来不怕得罪任何权贵，尤其是顾清漪，别人奉她为女王，在她眼中，这位顾大小姐不过是一个跳梁小丑。

顾清漪眯了眯双眼，语带恶毒道："听说你养的那只鸟差点儿归西。"

慕紫苏回了她一记比她更恶毒的目光："在你归西之前，我家翠花一定会活得绚烂多姿。一旦它有什么三长两短，我会让所有参与伤害它的人为它陪葬。关于这句话的真实性，不久之前，我已经用实际行动向在场的诸位证明过了。"

慕紫苏的话掷地有声，吐出来的字字句句，如同锋利的刀刃，狠狠剜着顾清漪的胸口。

有生以来，她从未见过像慕紫苏这种嚣张大胆的女子，她究竟是哪来的勇气，敢将自己堂堂国公府的大小姐给欺辱到这步田地？

眼看气氛陷入僵局，吴夫子的到来，打破了这种凝重的气氛。

这位吴夫子虽然年过五十，却生得优雅俊逸，比同龄人看上去年轻不少。

他肤色很白，五官俊朗，这样浑身上下都散发着干净气息的儒雅男子，本会令人感到舒服，可他留着八字胡，看似修剪得工工整整，却总给人一种说不出来的疏离之感。

至少，慕紫苏对这位吴夫子，绝对没有其他学生那般仰慕崇拜。

吴夫子出现之后，早已经赶过来的学生们全部回到自己的位置。

周宝儿回座位之前，轻轻扯了扯慕紫苏的衣袖，仿佛在说，千万不要再为了一时之气给自己惹祸上身。

慕紫苏向周宝儿投去一记安抚的笑容，这才坐到桌前，百无聊赖地听吴夫子讲述古筝方面的知识。

来清幽阁学古筝的学生林林总总二十多人，每个人都有属于自己固定的桌椅，桌子上摆放着一架由书院提供的古筝，虽然不是什么世间极品，能够被这些千金小姐所用，也绝对不是市面上卖的廉价货。

待吴夫子讲完基础知识，便要求每个学生按照他提出的要求进行实际演练。

不愧是皇家书院的灵魂型人物，在吴夫子的教导之下，顾清漪的弹奏技巧很是令人赏心悦目。

如小桥流水般美妙的琴音流淌而出，吴夫子一边倾听，一边称赞："指法熟练，音色标准，并且将曲调的意境表达得淋漓尽致，小小年纪便在乐曲上有这样惊人的天赋，顾小姐的才华着实令老夫赞叹。"

一曲结束，几个力挺顾清漪的千金小姐无不为她精湛的琴技拍掌叫好。

得到莫大殊荣的顾清漪骄傲地朝慕紫苏扬了扬下巴，仿佛在说，凭你武功再高，画技再好，在乐曲造诣方面，又怎及得上我万分之一？

被她当众挑衅的慕紫苏连个白眼都欠奉一个，至于顾清漪自以为无人能敌的高超琴技，在她眼中也无趣到不值一提。

吴夫子无视二人之间的暗潮汹涌，他将目光落在周宝儿的脸上，对她说道："周小姐也来效仿顾小姐选择的曲目弹奏一首。"

被夫子当众点名的周宝儿神色一振，盖因顾清漪弹得太好，正所谓没有对比就没有伤害，以她现在的琴技，岂敢与顾清漪一较高下？

本来就很紧张的周宝儿，这下更是心生畏惧。

结果在双重压力之下，她手指刚碰到古筝的琴弦，就听"当"的一声，好好的琴弦，竟然齐根断掉。

这突如其来的变化，令整个清幽阁瞬间安静下来。

吴夫子眉头紧锁，厉声斥道："周小姐，这就是你学习的态度？"

周宝儿脸色惨白，手足无措道："不……不是的，我也不知道究竟发生了什么事，手刚碰上去，弦就断了……"

吴夫子冷笑："这些都是书院专门为学生配备的古筝，虽说不是出自名家之手，琴弦也不至于一碰即断。你若弹奏不出令人满意的乐曲可以直说，使小伎俩弄坏古筝来逃避责任，这是小人行径。"

这下，周宝儿真的委屈得要哭了。

从夫子进门直到现在，她连琴弦都不曾碰过一下，怎会如夫子所说，故意弄坏书院的东西？

旁边传来几个学生的嗤笑，显然是在看周宝儿的笑话。

尤其是顾清漪，她姿态慵懒地支着下巴，周宝儿越是窘迫，顾清漪的笑容便越是得意。

一直未作声的慕紫苏暗中观察众人的脸色，很快就被她猜到，这起弦断事件，很有可能是顾清漪和她那些支持者暗中做的手脚。

思及此，她迎向顾清漪的目光，正好看到顾清漪也在这个时候看向自己。

从顾清漪那毫不掩饰的嘲笑中不难看出，周宝儿能有这个下场，顾清漪脱不了干系。

好啊,斗不过她慕紫苏,便将矛头指向周宝儿。

整个皇家书院恐怕除了周宝儿之外,再没人敢接近自己。

正因为周宝儿如此大胆,才成了这些千金小姐捉弄的目标。

眼看吴夫子继续用犀利的语气斥责无辜的周宝儿,慕紫苏解围道:"琴弦断了只是意外,相信周小姐本人也没想到会发生这种变故。"

吴夫子没想到有人敢在这个时候反驳自己,他瞪向慕紫苏,语气不善道:"身为一个乐师,如果连自己的琴都保管不好,还有什么资格坐在这里听我讲课?"

慕紫苏淡然回道:"学习乐理只是个人的兴趣和爱好,还没有进阶到成为乐师的地步。"

吴夫子显然被慕紫苏漫不经心的态度气到了,怒道:"不管将来是不是乐师,既然选了我的课,就要尊重我提出来的每一个要求。连自己的乐器都保管不好,这种学生,我绝不再教。"

说罢,向门口的方向比画了一下,对周宝儿道:"出去,这堂课你不必参加了。"

周宝儿面色窘迫,泪珠噼里啪啦地往下掉。

顾清漪等人露出一脸的得意,周宝儿现在的下场,显然在她们的意料之中。

慕紫苏见吴夫子这么不讲人情,当下起身,一把拉住周宝儿的手臂,对疾言厉色的吴夫子道:"连最基本的为师之道都没有,你这样的夫子,也不配得到我们学生的敬仰和尊重。"

说罢,在吴夫子和其他人的震惊之中,慕紫苏头也不回地将目瞪口呆的周宝儿给拉出了清幽阁。

直到两人离开了清幽阁那块是非之地,慕紫苏才对周宝儿道:"抱歉,这次是我连累你了。"

慕紫苏向来是个通透之人,知道周宝儿能落得今天的下场,皆是因为她。

本来被夫子骂哭的周宝儿听到这话,眼底露出不解的神色。

慕紫苏这才将心底的猜测说给周宝儿听,本以为听完事情的来龙去脉,周宝儿会像其他人一样远离自己。结果,周宝儿只是用力抹了把脸上的泪痕,义愤填膺道:"难怪我桌上的古筝会莫名其妙坏得那么彻底,竟是顾清漪那些人在暗中做了手脚。经你这么一说,我忽然想起,吴夫子当年之所以会成为皇家乐师,多亏了国公爷的大力举荐。"

话及此，周宝儿对慕紫苏道："你不必对我说什么抱歉，就算没有你的连累，顾清漪那些人也不好相与。我可不想像李小姐、刘小姐、张小姐那样，为了在书院有一席之地，逢迎讨好我不喜欢的人。顾清漪心思歹毒到连一只鸟都不肯放过，这种人，我还是能离多远就离多远吧。"

慕紫苏被周宝儿一席话逗得忍俊不禁，越发觉得这个单纯可爱的姑娘，就如同皇家书院一道最亮眼的风景线。

按目前的情况来看，古筝课肯定是上不成了。

慕紫苏干脆请周宝儿去自己居住的地方做客，顺便探望一下伤势已经大好的翠花。

听说可以见到翠花，周宝儿非常高兴，屁颠屁颠地跟着慕紫苏踏进黑槐殿。

经过这起小小的波折，竟促成了两个姑娘之间真挚的友谊。

慕紫苏欣赏周宝儿的单纯直率，周宝儿也羡慕慕紫苏的敢爱敢恨。

至于吴夫子和古筝课，谁爱去谁去吧。

直到太阳快落山，周宝儿才道别慕紫苏和嘴甜会哄人的翠花，依依不舍地离开了无人问津的黑槐殿。

的确是无人问津。

自从霍司铭他们在皇上的一道圣旨之下，被分配到各个部门参与历练，书院的很多课程，他们可以不必像其他学生那样参加。

偌大的黑槐殿，除了以酒为伴，且时不时会失踪一段日子的楚夫子之外，现如今就只剩下慕紫苏和爱出去打听八卦的翠花。

周宝儿的到来，给黑槐殿带来了些许人气。

周宝儿一走，黑槐殿又恢复了死气沉沉的模样。

慕紫苏对这种死气沉沉并不排斥，当年与师父在凤凰山相依为命时，两人的栖身场所便是空荡荡的天竺寺。

早在许多年前，天竺寺起了一场大火，那场大火几乎烧死了寺内所有的僧人，自那之后，天竺寺的香火便一日不如一日，沦落到最后，只剩下慕紫苏和她师父天机先生两个人，外加翠花一只鸟。

之前的十年一直都是这么过来的，所以慕紫苏虽向往亲情、爱情和友情，这种孤独和寂寞的环境却并不会令她无法适应。

眼看太阳慢慢下山,顾清漪的到来,打破了慕紫苏享受这份宁静的美好心情。

见慕紫苏露出诧异的神色,不请自来的顾清漪勾唇冷笑:"我的到来是不是让你觉得颇为意外?"

短暂的诧异过后,慕紫苏很快便恢复了从容冷静:"你怎么来了?"

闯进院门的顾清漪没有回答她的问题,而是环顾四周,打量着慕紫苏的居住场所。

来皇家书院读书的学生,都是京城官宦人家的公子小姐。因此,书院提供给每个学生的住所,环境可以说是非常不错。

尤其是紫竹轩、红竹苑的学生,他们个个来自豪门贵胄之家,不久的将来,可能还会在朝中担任重要职位。

为了让这些学生有一个良好的学习环境,书院在吃住方面的安排可谓是十分周到。

虽然黑槐殿与其他两个地方相比条件稍差一些,但能够拥有这样的独门独院,对寻常学子来说已经非常不错了。

顾清漪简单欣赏了一下这里的环境,才看向慕紫苏,眼中尽是挑衅之意:"你这么聪明,应该不会猜不到我今日的来意。慕紫苏,虽然你没有因为伤我之事受到惩罚,咱们之间却有很多笔旧账要算。今天在清幽阁,周宝儿的下场你已经亲眼看到了吧?"

顾清漪这番话,摆明了是在告诉慕紫苏,周宝儿在清幽阁被吴夫子当众驱赶,正是拜她所赐。

顾清漪这么直截了当地说明来意,倒让慕紫苏对她刮目相看。

虽然早就猜到周宝儿的遭遇是顾清漪在暗中做的手脚,但亲耳听到她承认此事,慕紫苏心底还是生出一股无名的火气。

这个顾清漪仗着身后有国公府为她撑腰,便肆意妄为地将别人的尊严踩在脚底。

一旦让这种人手握大权,可想而知,死在她手中的冤魂将会不计其数。

慕紫苏从小就对这种仗势欺人的富家子或富家女深恶痛绝,见顾清漪丝毫不为自己伤害别人的行为感到愧疚,反而得意扬扬地站在她面前炫耀她所谓的资本,慕紫苏看向她的眼神中便多了些许冷厉与厌恶。

这时,听到动静的翠花从屋子里飞了出来,边飞边问:"紫紫,宝儿姐姐又回来了吗?"

待翠花看清来人的模样，接下来的话被它硬生生给吞了回去。

正所谓仇人见面，分外眼红，直到现在，翠花都忘不了当日被顾清漪一箭射穿身体时的绝望与疼痛。

顾清漪亦是如此。

就因为她出手伤害了这只畜生，慕紫苏居然以其人之道，还治其人之身，当着那么多人的面将她揍得鼻青脸肿，甚至还效仿她对这只畜生的行为，在她的身上留下一道永远也无法掩去的伤疤。

翠花恨她，她更恨翠花。

一人一鸟四目相对，彼此眼中同时释放出对对方的深切恨意和厌恶。

翠花在慕紫苏的肩膀上停了下来，眼神不善地盯着顾清漪，用很低，但绝对可以让顾清漪听到的声音询问："这个蛇蝎女人怎么来了？"

"蛇蝎女人"这个形容，让顾清漪的脸色变得难看了几分。

她恶狠狠地看向慕紫苏，怒声说道："你养的畜生和你一样招人厌弃。"

"呸！"

翠花对着顾清漪啐了一口，反唇相讥道："像你这种连畜生都不如的毒妇，难怪会被人放出大话，天底下所有的姑娘全死光了，也不会娶你顾清漪进门。哼！你就等着待在家里当一辈子的老姑婆吧。"

"你这死鸟……"

顾清漪刚要破口大骂，见慕紫苏环着双臂，像看小丑一样看着自己，她硬生生将即将爆发的怒意收敛起来。

深深吸了一口气，她重新挂上得体的笑容："和一只畜生计较，倒降低了我高贵的身价。慕紫苏，我今日来此，要给你下一封挑战书。你现在有两个选择，第一，带着这只多嘴多舌的畜生滚出京城，从今以后别再让我看到你的身影，或是听到你的消息。这样，你还能保住一命，获得一次苟延残喘的机会。如果你不想走……"

顾清漪恶毒地瞪向慕紫苏："那么，你身边所有的亲人和朋友，谁都别想过得好。周宝儿今天的遭遇，只是我对你报复的第一步。你知道我们国公府在京城的地位连当今皇上都无法撼动，捏死一个周宝儿，对我来说简直易如反掌。你可以保护她一次，却不能保护她一世。还有顾卿然、霍司铭、段无洛那几个蠢货。真以为在迷幻森林闯出些名堂，就能打入朝廷内部，从家族弃子摇身变成京城权贵？别做梦了，凭他们几个人的本事，还翻不出我的手掌心。只要他们还活着，我有的是方法让他们生不

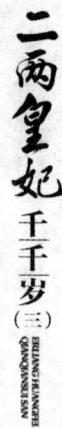

如死。哦，对了……"

顾清漪忽然狞笑一声："千万不要幻想着将明王视为你的求助目标，不管赵维祯以前有多么风光，现在的他，只不过就是一个不良于行的瘸子。凭你慕紫苏的惹祸本事，别指望那个瘸子能够护你一生一世。"

她一口一个瘸子，听得慕紫苏面色阴沉，表情冷肃。

将这一幕看在眼中的顾清漪像是刺激不够她似的继续说道："不管那个瘸子现在对你有多好，充其量你也是在捡我不要的二手货。整个京城的人都知道，赵维祯没瘸之前，是我的未婚夫。可惜啊，他现在已经配不上我国公府大小姐的身份了。你将自己未来的人生托付在一个废人身上，除了愚蠢，我已经想不到更好的词来形容你现在的处境。"

顾清漪敢公然在慕紫苏面前放出这样的狠话，是因为她早就知道黑槐殿人烟稀少，根本不怕隔墙有耳，将她这番大逆不道之言给传扬出去。

她就是要让慕紫苏知道，得罪她顾清漪，等待她的只有死路一条。

原以为在她这番刺激之下，慕紫苏一定会被气得七窍生烟，甚至在狂怒之下对她大打出手。

让顾清漪颇为意外的是，被狠狠警告过的慕紫苏，非但没有大发雷霆，反而敛起眼底的怒意，扯出一抹好看的笑容。

她像老朋友一样在顾清漪的肩膀上轻轻拍了一下，语气温和道："你的警告，我收下了。至于会选择前者或是后者，容我考虑之后再给你答案。顾小姐，有劳你多跑这一趟了。"

慕紫苏这诡异的态度，令顾清漪颇为不解。

这种感觉，就像挥出的重拳砸向柔软的棉花，让她感觉不到丝毫成就。

不过很快，顾清漪便释然了。经过刚刚那番警告，想必慕紫苏已经意识到了事情的严重性。

周宝儿的下场就是最好的说明，慕紫苏再怎么强大，也不能时时刻刻保护别人的周全。

不管是周宝儿，还是黑槐殿其他几个废物，一旦在慕紫苏的连累下命丧黄泉，对她造成的打击将会是毁灭性的。

除非慕紫苏想要与她玉石俱焚，不然，但凡有点脑子的人，都会选择前者，夹着尾巴灰溜溜滚出京城。

这么一想，顾清漪便将慕紫苏现在的态度视为她的怯懦和妥协。

带着这种强大的自信，顾清漪在放完狠话后，得意扬扬地离开了黑槐殿。

顾清漪前脚刚走，翠花便气急败坏地脱口而出："紫紫，你疯了不成，居然由着那个坏人骑到你头上来撒野？她居然威胁你，甚至还咒骂祯哥哥是个不良于行的瘸子。不行，我要去祯哥哥那里告她的状，就说姓顾的在他背后说坏话……"

懊恼地吼完，翠花就要展翅飞走，被慕紫苏揪着屁股上的羽毛一把抓了回来。

只见慕紫苏嘴角勾出一个邪气的弧度，对翠花说道："急什么？好戏，咱们要安排到最后再来欣赏。"

第二天，宫中举办了一场盛大的宴会。

这次宴会主要是庆祝"闭关"数日的皇后娘娘凤临月重新执掌后宫大权。

不管皇上对他这位结发妻子是真心还是假意，场面上的应酬，皇上做得可谓是面面俱到。

自从前太子赵维祯双腿受伤，皇后就像人间蒸发一般在后宫失去踪影。

本以为太子失势，皇后会从此一蹶不振。

没想到随着时间的流逝，已经渐渐从人们视线中消失的这位当朝国母，竟会以崭新的姿态重新出现在众人面前。

不愧是凤氏家族的嫡系传人，凤临月一出场，她的风姿和气度瞬间让天晟帝后宫所有的妃子自惭形秽。

今天的凤临月，身穿桃粉色绣金凤袍，长长的袍摆拖在地上，整个背部绣着一只金灿灿的凤凰，看上去霸气冲天。

她头上戴着一顶精致的凤冠，一粒珍珠垂在额前，衬得她肤白如玉，煞是好看。

以这种浑然天成的女王之姿展现于人前，即便是天晟帝也不得不承认，在他的众多后妃之中，凤临月无论是容貌还是气质，都足以傲立群芳，碾压她人。

帝后二人并肩而坐，其他的妃子，按照身份等级，被分配到各自的位置。

有些不受宠的妃嫔，恐怕一年到头都见不到皇上一面，自然被分配到角落处，这当然不包括如今正得圣宠的瑶贵妃。

以瑶贵妃在后宫的身份，她的位置与皇上皇后最是接近。

即使是这样，看着将自己宠上天的天晟帝与另一个女人并肩而坐，自己却只能像个下堂妇一般被排斥在外，这种懊恼又嫉妒的心情，恐怕在场的宾客没人可以理解。

经过几天的休养，瑶贵妃的风寒已经好得差不多了。

皇上专门为皇后的复出举办这种盛大的宫宴，瑶贵妃一边羡慕嫉妒恨，一边又努力在人前展示自己的骄傲，试图用美丽的容貌和华丽的衣饰在众人面前胜过凤临月一头。

事实却抽了瑶贵妃一记重重的耳光，和凤临月比容貌、比气度，她根本就是在自取其辱。

当风姿绰约的凤临月穿着那袭耀眼华丽的凤袍出现在人前时，瞬间吸走所有人的视线。

凤氏家族能够繁衍至今，可以说是经历了无数个朝代。外界都盛传，凤氏家族的老祖宗是大名鼎鼎的凤栖梧。

凤栖梧在野史中之所以会有这么大的名气，是因为凤栖梧的父亲，正是千年前曾名噪一时的荣德皇帝轩辕尔桀。

轩辕尔桀不但娶了一位可以驾驭世间百兽的妻子洛千凰，他的父皇轩辕容锦，以及母后凤九卿，在当年也是响当当的大人物。

历史上享有盛名的两个女人，除了洛千凰之外，便是曾权倾天下的凤九卿。

凤栖梧之所以会将凤这个姓氏继承下来，便是他祖父荣祯皇帝对妻子凤九卿爱的诠释。

当然，经过时光的变迁，现在的凤氏家族与当年大名鼎鼎的凤九卿究竟有没有关系，已经无从考证。

毕竟黑阙皇朝已经在很多年前被淹没在历史的洪流之中。

凤临月的父亲凤西杰如今镇守边陲，已经多年不参与朝廷争斗。

凤临月向来我行我素，不看重权势和富贵，用她特有的方式管理着后宫的秩序。

皇上可以不待见她，却不敢不尊重她。所以，凤临月高调地宣布复出之后，天晟帝很快便吩咐礼部，势必要在最短的时间内为皇后举办一场盛大的宴席。

能够参加皇后的宴席，对大多数人来说是一种莫大的荣幸。除了皇上以及宫中的妃子之外，朝中四品以上的大臣及家中女眷，皆有资格被请进皇宫前来用宴。

按照历来的规矩，慕若晴和慕若灵两姐妹也拥有进宫面圣的机会。

可不久前两姐妹的生母孙静婉犯下大错，在慕老太太的惩治之下被贬为姿室，导致慕家两姐妹从嫡女变成了庶女，同时也失去了进宫的机会。

慕老太太不久前又住进了灵泉寺吃斋，慕青流临时接到朝廷的指派，三天前被派往外省办事，半个月后才能回来。

所以，整个慕家，只有慕紫苏一个人出席。

这种身边没有亲人陪伴的感觉并不会让慕紫苏无所适从，事实上，她很享受这样的氛围。

正所谓一人吃饱全家不饿，唯一可惜的就是，为了避免翠花惹祸，她只能忍痛将翠花留在黑槐殿自娱自乐。

赵维祯、赵维瑾兄弟二人也在其列。

霍司铭、段无洛和顾卿然这几个已经在朝廷各部门当差的少年郎，因为都有差事在身，没办法参加这个宴会。

从头到尾，慕紫苏一直心安理得地坐在她的位置上，坦然自若地吃喝，并没有像其他大臣家的千金那般，为了讨皇上皇后开心，无所不用其极地溜须拍马，讨好奉承他们。

虽然这期间她数次与凤临月目光对视，两人之间却并没有过多交谈。

倒是赵维瑾，总是用复杂而又纠结的眼神打量慕紫苏。

慕紫苏假装什么都看不到，宴席开始，便认真享用着桌上的美食。

赵维祯冷冷向赵维瑾投去几记警告的目光，看向满脸状况外的慕紫苏时，眼底却流露出醉人的宠溺。

每个人都有自己的小心思。有人习惯默默无闻，自然也有人喜欢高调炫耀。顾清漪便是其中的典型代表，为了获得皇后的好感，她无所不用其极地展示着自己在诗词歌赋、琴棋书画方面的天赋。

听说慕紫苏在灵泉寺上香的时候，意外救了皇后一命。

还以为皇后会在今天这个场合对慕紫苏另眼相看，可从宴席开始直到现在，皇后非但没有主动跟慕紫苏说过一句话，就连慕紫苏的座位也被安排得很靠后。

由此看来，慕紫苏深得皇后器重这个传言并不是事实。

虽然顾清漪与皇后之间没有利益关系，但为了更好地在京城混下去，得到皇后的赏识，这是非常有必要的。

而且，能在这个场合将完美的自我展现出来，对她日后的婚姻也有极大的帮助。

果不其然，当顾清漪又是吟诗，又是作画，获得赞誉无数时，皇后看向她的目光之中，也多了些许兴味和深意。

"好！很好！非常好！"

一连三声好,出自皇上之口。

盖因顾清漪画了一幅百花齐放图,给这场宴会带来了喜意。

"不愧是国公府精心培养出来的才女,顾小姐在作画方面的天赋果然令朕大开眼界。"

吴夫子作为皇家殿堂级的乐师,在这样的场合中自然也有一席之地。

见皇上对顾清漪大力称赞,他附和道:"皇上有所不知,顾小姐不但在吟诗作画方面有着惊人的才气,古筝乐器也极为拿手。琴弦在她的指下就像被注入灵魂,弹出来的乐曲简直比我这个夫子还要出色。"

"哦?"天晟帝来了兴致,"吴爱卿在乐理方面向来恃才傲物,有幸得你称赞的才子才女屈指可数。听说你目前在书院任职,朕对书院的情况了解得却不甚详细。能够成为吴爱卿门下的弟子,想必定然在乐曲方面有着惊人的造诣。"

吴夫子先是看了不远处正在吃东西的慕紫苏一眼,这才对皇上说道:"并非如此。书院的学生虽然不少,真正在乐理方面有天分的却并不多。虽然有些话在这个场合说出来不太合适,但作为负责的夫子,微臣还是想多一句嘴。姑娘就该有姑娘的样子,整日里舞枪弄棒、顶撞夫子的不良学生也大有人在。"

说着,再次将目光移向慕紫苏,仿佛在用这种方式告诉众人,他口中所说的舞刀弄棒、顶撞夫子的罪魁祸首,就是慕紫苏本人。

赵维祯的脸色瞬间阴沉下来,这个吴夫子究竟是怎么回事,居然当着这么多人的面诋毁紫苏?

凤临月从始至终脸色不变,就好像在欣赏一出有趣的戏剧。

顾清漪见吴夫子处处帮衬自己,眼底露出得意的神色。

瑶贵妃本来对顾清漪没什么感觉,在解读出吴夫子话中的含义之后,故意打破砂锅问到底:"吴夫子不会在教琴的时候遇到不懂事的刺头了吧?"

吴夫子冲瑶贵妃施了一礼:"贵妃娘娘果然慧眼如炬,现在的学生都了不得,本事不大,脾气倒不小。像顾小姐这种既聪明温柔又懂事乖巧的学生,如今已经不多见了。"

瑶贵妃笑容满面道:"除了顾小姐之外,在场还有几位小姐也是吴夫子门下的学生。尤其是那位慕三小姐,之前在迷幻森林中可是立下了大功。"

她故意将矛头指向慕紫苏,存心不想让慕紫苏好过。

吴夫子岂会听不出贵妃的言外之意,他面带轻蔑地哼了一声:"不是哪个学生都能跟顾小姐相提并论的。"言下之意，慕紫苏在音乐方面的才能根本不值一提。

吴夫子越是捧高踩低，瑶贵妃便越能确定吴夫子这是明摆着在跟自己唱双簧。

好！很好！只要能让慕紫苏不痛快，她不介意配合吴夫子将这个讨人厌的慕三小姐踩在脚下。

瑶贵妃笑着对天晟帝说道："既然顾小姐和慕小姐都是吴夫子的学生，不如趁今天这个机会，让两位小姐当着众人的面比试一下。毕竟顾小姐琴技精湛，只是吴夫子的一面之词。只有得到众人的喝彩，才能成为最后的赢家。"

这番话，表面听着像是在替慕紫苏争辩，实际上，瑶贵妃却要用这种方式让慕紫苏当众出丑。

天晟帝觉得这个比试甚是有趣，点头同意道："好啊，朕也想听听，吴夫子的得意门生琴技究竟高超到什么地步。"

瑶贵妃拍手称赞："皇上果然与臣妾想到了一起。"说罢，还示威一般看了面无表情的凤临月一眼。

面对瑶贵妃的挑衅，凤临月连一个多余的眼神都欠奉，这让一心想在凤临月面前争个高下的瑶贵妃感到颜面大失。

好在接下来就可以看到慕紫苏大出洋相，多多少少让她找回一些心理安慰。

赵维祯不解这其中因果，见慕紫苏早已停下吃东西的动作，似笑非笑地静观事态的进展，他想要开口制止，却被凤临月一个眼神给挡了回去。

赵维祯只能按捺住心底的不满，看来上次的蛇患之灾，并没有让瑶贵妃从中吸取到任何教训！

他暗暗发誓，一旦紫苏在今天的宴席上发生变故，他势必会想办法让瑶贵妃付出沉重的代价。

第四章 掀巨浪 风云再起

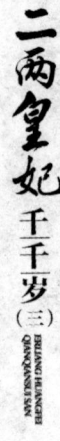

赵维瑾也对母妃露出不赞同的眼神,他喜欢慕紫苏,自然不希望慕紫苏受到任何责难。

从吴夫子的话中不难听出,慕紫苏好像在音律方面一无所知,若她今日当众出丑,岂不又在顾清漪面前失了一局?

不管众人心中有何想法,都改变不了皇上的一道命令。

很快便有太监抬来古筝,还有宫人在大殿正中置放了桌椅,小心翼翼地将古筝摆放在桌子上面。

这是一架十六弦古筝,琴头琴尾皆用雪檀木打造而成。

懂筝之人,都知道雪檀木的古筝音色纯正,韵味十足,余音较强。

摆在众人面前的这架古筝,无论是材质还是色泽,皆称得上是古筝中的极品。

见古筝已经摆好,瑶贵妃唯恐天下不乱道:"不知顾小姐和慕小姐谁先来展示琴技?"

顾清漪笑着说道:"不如让慕小姐先来。"

知道逃不过去的慕紫苏笑容可掬道:"既然顾小姐是吴夫子的得意门生,想必在场的诸位早已对顾小姐的琴技有所期待。"

说着,她冲顾清漪做了一个请的手势:"所以你先请!"

顾清漪当然不会错过这个打响第一炮的大好机会,她要用自己高超的琴技,狠狠将慕紫苏的尊严踩在脚下。

所以,当慕紫苏提出让她先来时,顾清漪只是象征性地客气两句,便堂而皇之地坐到古筝面前。

顾清漪演奏的曲目名叫《鹣鲽》,是当年某位大才子为了纪念自己的亡妻,花了长达三年的时间编写出来的一首曲子。

这首曲子中充满了这位大才子对亡妻的爱慕和思念,曲调悲情却不失唯美,仿佛在诉说着一段动人的故事。

顾清漪将这首曲子弹奏得有声有色,听曲子的大臣们,也沉浸在这婉转悠长的乐曲之中陶冶心境。

就在一曲即将结束之时,只听"啪"的一声,琴弦忽然断了一根,声音戛然而止,这让正沉浸在美妙乐曲中的听客们心神一颤。

顾清漪也被这个变故吓了一跳,她茫然无措地坐在古筝前,双手保持着弹琴的姿态,却因为琴弦断掉,无法继续接下来的动作。

整个大殿陷入死一般的沉寂，在帝后面前出了这样的大丑，不但顾清漪颜面尽失，就连将她夸上天的吴夫子也是一脸菜色。

想他之前在清幽阁时，还当众怒斥周宝儿不懂得爱惜手边的乐器，这才只过了一天，相同的变故，居然在顾清漪身上上演。

一直未作声的凤临月忽然轻笑一声："看来顾小姐的琴技并没有吴夫子说的那么神乎其神，这架古筝，是太皇太后生前最喜爱的乐器之一，通体都是用名贵的雪檀木打造而成，不管是材质还是音色皆属上上之品。真正爱惜乐器之人，应该看得出这架古筝的价值，可是现在……"

凤临月做了一个惋惜的手势："好好的一架古筝，居然在顾大小姐的弹奏之下断得这么离谱。吴夫子，这就是你口中所说的惊世天才？"

吴夫子一张老脸羞得无地自容。

之前还跟吴夫子唱双簧的瑶贵妃也缩起肩膀，越发觉得自己之前张牙舞爪的姿态像极了跳梁小丑。

顾清漪没想到皇后娘娘不开口则矣，一开口就这么毒舌，她难堪得不知该如何是好，只能傻呆呆地坐在古筝前任由旁人向自己投来或同情或讥讽或嘲弄的目光。

眼看气氛陷入僵局，慕紫苏忽然走到顾清漪身边，冲她做了一个让开的手势。

脑海一片空白的顾清漪机械地站起身让到一边，慕紫苏修长漂亮的手指在剩余的琴弦上抚了一把，指尖划过之后，流淌出一串优美动听的旋律。

随着一阵仿佛泉水叮咚声在耳边滑过，慕紫苏从荷包中取出几个小物件，当着众人的面，开始修理断掉的琴弦。

她一边修理，一边用手指有意无意地拨弄着琴弦。声音时而轻柔，时而急促。看似没有任何章法，但那时不时流淌出来的韵律，却如同小猫的爪子，总是抓得人心头痒痒的。

慕紫苏一边修琴，一边弹琴，一边对震惊中的众人说道："看得出这架古筝的前主人对它极为关爱，不但琴身残留着被经常擦拭的痕迹，每根琴弦的手感也是刚中带柔，柔中带韧，仿佛曾经被演绎出无数美妙的乐曲……"

她悦耳的声音伴随着随意弹奏出来的叮咚声悠然响起，那根断掉的琴弦，竟在这须臾之间被修复完好。

忽然，一阵激昂的旋律响彻整个大殿，那些原本沉浸在轻柔乐曲中的听客没有任何心理准备。这种感觉，就如同一盆冷水浇灌下来，泼得他们浑身一颤。

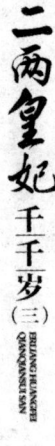

慕紫苏并没有给众人喘息的机会，随着一波强似一波的旋律在大殿中骤然响起，那种有如无数铁蹄践踏在草原上的沉重之感，让在场所有武将出身的大臣们感到肃然起敬。

即使慕紫苏并没有说出这首乐曲的名字，在战场上驰骋多年的将士们，仍旧可以从这急促、激进、奋起的旋律中感觉到自己的鲜血在沸腾。

有人神情肃穆，有人热泪盈眶，呈现在众人面前的，不再是浮华的宫殿，而是一片广袤无垠的战场。

慕紫苏指下的琴弦，在这一刻真正被注入了灵魂，每一个音节，每一个转换，无不牵引着在场众人的心弦。

就连没上过战场的文人墨客，在这种激昂乐曲的刺激下，也仿佛置身于万马奔腾的战场之上，看着战火纷飞，听着将士们的呐喊，绝大多数人甚至流下泪水，完全沉浸在忘我的世界当中。

渐渐地，一串轻柔、优美的乐声取代了之前的亢奋与激昂，慕紫苏左手拨弄琴弦，右手有节奏地在古筝的面板上轻轻击打，配着那婉转的乐声，就像马儿的四蹄在草原上翩翩起舞。

这种激进式的逆转，让思绪陷入战乱中的听客们心头一松。

如同战争过后，终于迎来了梦想中的和平年代。

宾客们渐渐收起了泪水，被那轻柔美妙的叮咚声抚平了心头的伤痕。

当最后一个音符骤然停止，整个大殿陷入了死一般的安静。

慕紫苏缓缓起身，冲众人微微颔首，坦然报出了这首乐曲的名字："锦绣江山！"

雷鸣般的掌声响彻大殿，那些参加过数次战役的武将纷纷起身，为这首给他们带来震撼的乐曲喝彩。

在这些武将的带动之下，其他人也效仿他们的举动，不吝于献上自己的掌声。

天晟帝目光灼灼地看向慕紫苏，这个年纪不大，却神通广大的漂亮姑娘，一次又一次刷新他的认知，用奇女子来形容她恐怕也不为过。

凤临月唇边带笑，并不意外慕紫苏会给众人带来这样的奇迹。

瑶贵妃面带尴尬，虽然心底赞叹慕紫苏高超的琴技，想到自己和这丫头曾经的种种恩怨，最终还是将这种赞叹转换成了愤恨。

原本还对她倍感担忧的赵维祯，见自己心爱的姑娘再一次在人前创下奇迹，他与有荣焉的同时，对慕紫苏能有这样的天赋惊叹不已。

赵维瑾的双瞳之内却迸发出两道精光，这个无论在哪种场合都耀眼夺目的姑娘，无论付出多大代价，他都要将其纳入羽翼之下。

总之这一刻，众人心中想法各异。

直到掌声渐渐退去，慕紫苏才笑着对众人说道："刚刚在皇上皇后和诸位大人面前献丑了，这首《锦绣江山》，是我师父天机先生早年的作品，我五岁的时候被父亲送去凤凰山休养，后被天竺寺的天机先生收为弟子。我现在所拥有的一切，皆从天机先生那里所学。不精之处，还请皇上皇后及诸位大人多多包涵。"

言下之意，就算你吴夫子的能为再怎么强大，也休想在我身上占到半点便宜。

这让之前还在帝后面前诋毁慕紫苏名声的吴夫子自惭形秽，慕紫苏刚刚展示出来的那手琴技，简直可以在瞬间碾压他这个夫子。

他这次真是看走眼了，才在慕紫苏面前摔了这么大的跟头。

当慕紫苏收获无数掌声和赞誉时，被晾在一边的顾清漪则像极了一个跳梁小丑。

不管是她之前吟的诗，作的画，抑或是当众弹奏的那曲情意绵绵的《鹣鲽》，与慕紫苏所造成的轰动相比，是那么渺小而又不堪一击。

亏她还自诩是京城第一才女，自从慕紫苏回到京城，所有的荣耀和光芒仿佛全被她一个人抢走。

想到在迷幻森林时被慕紫苏捉弄，在射猎场被慕紫苏痛揍，在宴会大殿被慕紫苏碾压，压在顾清漪心中的愤恨和不满，在这一刻，终于不可抑制地爆发出来。

只见她双目赤红，情绪激动，看向慕紫苏的眼神中充满深深的恶念与恨意。

就在众人还沉浸在那首激荡的乐曲中时，顾清漪忽然抓起一个客人桌上的盘子，对着慕紫苏疯狂地砸了过去。

反应灵敏的慕紫苏早在她有所动作时便提高警惕，在盘子砸过来的一瞬间，她侧身一躲，轻巧地避开盘子的袭击。

慕紫苏是躲过了一劫，慕紫苏身后的人却倒了霉。

那只装有一整条黑鱼的大盘子，就这么毫无预兆地朝着瑶贵妃的面门砸去。

瑶贵妃可没有慕紫苏的本事，她本来存着看热闹的心态，没想到就在这千钧一发之际，一只脸盘大小的盘子"砰"的一声将她砸了个满脸开花。

这突如其来的变故惊得在场众人无不大惊失色，瑶贵妃衰到极点，当场就被盘子砸得晕死过去。

换作平常，自知惹下大祸的顾清漪肯定会有所收敛，可此时的她，就像被恶魔附体，失去理智，抓起第二只盘子，继续向慕紫苏丢去。

君前失仪可是大罪，不知是谁在人群中喊了一嗓子："救驾，快来救驾！"

皇家宴席少不了大内侍卫维持秩序，一旦有人试图危害皇上，无论是谁，都会被立刻抓捕。

赵维祯早在顾清漪发狂的时候便转动着轮椅将慕紫苏护在自己身后，现场因为顾清漪的失态乱作一团。

顾清漪像是根本没意识到自己闯下了弥天大祸，她将慕紫苏视为头号敌人，不顾一切地想要将她置于死地。

她边动手边大放厥词："慕紫苏，你毁我声誉，夺我荣耀，害我难堪，我要你去死，马上去死……"

纷纷赶来的侍卫欲制止住顾清漪疯狂的举动，念在她是顾家大小姐的分上，侍卫们不敢对她太过粗暴。

可侍卫们忘了，从小学过功夫的顾清漪可不是什么省油的灯，虽然在拳脚方面不如慕紫苏那么厉害，但对付几个不敢轻易伤她的侍卫还不在话下。

眨眼之间，几个侍卫就被顾清漪踢翻倒地。

宾客们被这突如其来的混乱吓得纷纷退后，这顾家大小姐不过就是输了一场比赛，有必要疯狂到当着帝后的面下死手吗？

眼看自己的母妃被顾清漪一盘子给砸得满脸开花，早已经对顾清漪厌恶透顶的赵维瑾怒气冲冲地走到顾清漪面前，抡起手臂，对着她的脸狠狠抽了一耳光。

挨了打的顾清漪并没有从这种疯狂中醒过神，她捂着肿胀的脸颊恶狠狠地瞪向赵维瑾，此时，她双眸的颜色变得更加赤红如血，见侍卫腰间挂着佩剑，她一把夺下长剑，对着赵维瑾的胸口便刺了下去。

砸伤贵妃，刺杀皇子，在皇后的宴席上大打出手，这已经颠覆众人对顾清漪形象的认知，这位国公府的顾大小姐，已经彻底疯了。

赵维瑾岂能让顾清漪伤到，在对方的剑刺过来的一瞬间，他侧身躲过，并在顾清漪意图刺过来第二剑的时候当胸踹了她一脚。

顾清漪当场被踹飞出去，手中的长剑抛向半空，再掉下来时，不偏不倚，正好刺向她自己的胸口。

谁都没想到变故会发生得这么突然，被一剑刺穿心脏的顾清漪，没挣扎几下，便口吐鲜血，当场咽气。

顾清漪死了！这么离奇的结果，出乎所有人的意料。

虽然导致顾清漪死亡的源头可以牵扯到很多人，但当时在场参加宴会的宾客亲眼所见，要不是顾清漪因嫉妒对慕紫苏起了杀意，她也不会将自己逼上绝路。

国公府陷入绵绵不断的麻烦之中。

一边要为意外死亡的顾清漪操办丧事，一边又担心惹起祸端的顾清漪，会不会给国公府带来麻烦。

这位顾大小姐当众将贵妃娘娘砸晕的画面可是有目共睹，就算她最后惨死，也怪不到别人头上。

看到女儿早上好好地出门，回来的时候却成了一具冰冷的尸体，顾夫人当场就哭晕过去，国公府顿时乱成一团。

这件事发生之后，凤临月私下将慕紫苏召进鸾月宫，她开门见山地问："顾清漪失去理智，大闹宴席，你从中做了不少手脚吧？"

慕紫苏略一诧异，见凤临月眼神笃定，完全不给她辩驳的机会，她神色倨傲地勾了勾嘴角，承认道："没错，前天傍晚，顾清漪去黑槐殿踢馆，话语中尽是对我的威胁和警告。甚至还放出豪言壮语，我一天不滚出京城，她便会使手段让所有与我有关的人死掉。我这个人做事有一个最基本的原则，别人不来招惹我，我绝不会去招惹别人。但若是惹到我头上，我也绝不姑息……"

慕紫苏的语气森冷了几分："我会让那人尝到最残酷的报复，顾清漪临走之前，我在她身上下了药，药的名字叫心魔。顾名思义，一旦她心底对我产生恶念，就会丧失理智，做出连她自己都控制不了的疯狂举动。我早就猜到她会在皇后的宴席上为难我，只要她能适可而止，心魔的药性根本无法发挥。可事实如何，皇后已经亲眼所见。我本意只想让她出丑，没想到她会以这种离奇的方式结束生命。"

既然皇后猜出顾清漪的死与她有关，慕紫苏也懒得遮掩自己的所作所为。

即使这位高高在上的皇后娘娘可能会在不久的将来成为她的婆母，这个婆母可能会因为她的恶毒和算计讨厌她，她依旧不会改变自己做人的本性。

师父说过，人活一世，如果连自己都不善待自己，也别指望别人会对她心存善意。

本以为坦然承认顾清漪的死与她有间接关系，会换来凤临月的厌恶与嫌弃，可让慕紫苏没想到的是，凤临月非但没有厌弃她，反而还亲切地拍了拍她的手臂，语气柔和道："你是个率直的好姑娘，之所以会用这种方式召你进宫，并没有兴师问罪的意

思，只是单纯地好奇这起事件与你究竟有没有关系。如果没有，我自然无话可说，若是有，你今后面临的挑战恐怕会不计其数。国公府那些人不好相与，凭你现在的能力，想要与国公府对抗，恐怕还没有那个能力与实力。"

慕紫苏有些吃惊："娘娘难道不觉得我是个很恶毒的人？"

凤临月莞尔一笑："我十五岁嫁进皇宫，这些年见过的恶毒之人不计其数。想要在这个弱肉强食的世上存活下去，没有些心计和谋略，只能处于挨打的位置。你是祯儿选中的姑娘，你的前途和安危，与祯儿息息相关。我不反对你用自己的方法为人处世，只是在必要的时候提醒你，在保证自己性命无忧的情况下，才可以使出极端手段去攻击敌人。不然……"

凤临月压低声音，在她耳边说道："你若有个三长两短，很多人都会为你伤心难过的。"

这一刻，慕紫苏的心情极其复杂。

既有被警告的尴尬，又有被关心的感动。世上除了师父之外，她很少会真心敬佩什么人，经过几次接触，慕紫苏已经在无形之中，将凤临月这个奇女子放在了与师父同等的位置上。

她敛起满身的芒刺，难得表现出乖巧的一面，她诚挚地冲凤临月点了点头："娘娘的教诲，紫苏记住了。"

凤临月的眼底溢出些许欣赏，笑着道："你明白就好！"

听说，顾清漪的葬礼举办得非常潦草，前去吊唁的宾客寥寥无几，敢在这个时候去国公府为顾清漪奔丧的，绝大多数与老国公爷都是铁杆深交。

毕竟，顾清漪在帝后面前的所作所为太过狂妄大胆，深得帝宠的瑶贵妃现在还在瑶池宫躺着呢。

不管顾清漪曾经在京城有多么风光，现如今做了这样大逆不道的事情，皇上暂时不予追究，已经是对国公府最大的恩赐。

作为国公府当年最有前途的少爷，顾卿然并没有去参加顾清漪的葬礼。

得知慕紫苏险些在皇家宴会被顾清漪算计，黑槐殿的几个小伙伴急三火四地赶回来探望她。

除了顾卿然、霍司铭和段无洛几个少年之外，赵维祯和周宝儿也加入了这个小群体。

这是周宝儿第一次以慕紫苏朋友的身份，与曾经被称为弃子的这些人坐到一起。

周宝儿是真心喜欢慕紫苏这个好朋友，几次相处下来，她对慕紫苏的其他几个小伙伴也是发自内心地赞赏。

周宝儿长了一张可爱的娃娃脸，圆脸大眼睛，虽然不像慕紫苏那么美貌，笑起来却极为甜美，很是讨人喜欢。

几个小伙伴聚在一起，少不得又要吃吃喝喝，说说笑笑。

顾卿然虽然是顾清漪名正言顺的堂弟，对这位心思恶毒的堂姐，他却没有半点儿感情。

况且顾清漪死得那么可笑，顾卿然可不愿意跟那号人物扯上关系。

霍司铭和段无洛对顾清漪是死是活倒是没什么感觉，两人只关心慕紫苏有没有被牵连进这起事件中，万一牵连进去，该如何帮紫苏脱身。

顾卿然感慨："皇上到底还是对国公府有所忌惮，不然，顾清漪当众做出那样的举动，国公府肯定要被牵连。"

赵维祯好奇道："你巴不得国公府倒霉是吧？"

顾卿然往嘴巴里塞了一粒葡萄，无所谓道："国公府倒不倒霉，与我何干？"

周宝儿这时端了一大碗亲手煮的鱼汤来到众人面前，献宝似的说："这是我最后一道拿手菜，希望大家不要嫌弃。"

周宝儿虽然是千金小姐，在厨艺方面却有着惊人的天赋。

桌上摆的几道饭菜，皆出自周宝儿之手，众人尝过之后，无不啧啧称奇，就连向来挑嘴的赵维祯都忍不住多夹了几筷子。

慕紫苏拉着周宝儿坐在自己身边："快别折腾了，你本是咱们黑槐殿的客人，最后却成了做饭的小厨娘。说好了只做两三道菜给大家尝尝，你看看这满桌子盛宴，简直比御膳房的大厨还要厉害。"

周宝儿腼腆一笑，不好意思道："做美食对我来说就像是一种本能，当我看到小厨房的那些食材，就不由自主地做了一大桌子。"

顾卿然吃得满嘴流油，边吃边点头："有空常来咱们黑槐殿做客啊！"

霍司铭虽然没有像顾卿然那么直接，从他一碗接一碗的饭量来看，已经是给足了周宝儿厨艺上的肯定。

清雅俊秀的段无洛和其他几个小伙伴略有不同，无论在何种场合，他永远都是一副彬彬有礼的模样，即使在吃饭的时候，也是一小口一小口地细嚼慢咽，将谦谦君

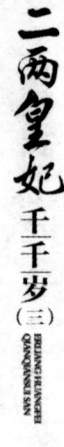

子、温润如玉的姿态展现出来。

当周宝儿将一大碗鱼汤放在桌子正中间时,段无洛小声说道:"这条鲫鱼身上有四片鱼鳞没有被处理干净。"

周宝儿本来沉浸在众人的夸赞之中,段无洛这句无心之言,就如同一盆冷水,将她浇了个透心凉。

她讷讷地看向段无洛,就见对方一本正经地指向那几处没有被刮干净的鳞片:"鲫鱼的鳞片腥味太重,没刮干净的话,会影响汤的口感。"

周宝儿无辜地眨了眨大眼睛,小声解释:"马有失蹄,人有失手,可能我在收拾鱼的时候没有处理干净……"

段无洛幽幽说道:"像这种低级错误,喜欢下厨的人应该不会疏忽。"

周宝儿翻他一个白眼:"你这人可真是挑剔。"

顾卿然哈哈大笑,他一手搭向段无洛的肩头,对周宝儿道:"这孩子就是这副德行,周小姐你别搭理他,哪里有什么腥味,这汤是我这辈子喝过的最好喝的汤。"

段无洛有些委屈,小声强调:"鲫鱼的鳞片的确比其他鱼腥了很多……"

周宝儿瞪他:"你可以不喝的。"

段无洛满脸认真:"鲫鱼汤大补,对身体很好。"

周宝儿无语:"既然是大补,你干吗还要挑三拣四?"

段无洛小声咕哝:"我就是在说一个事实……"

看着身边的朋友不断增多,慕紫苏暖心的同时,对这一份份来之不易的友情也是十分珍惜。

酒足饭饱之后,夜幕降临。

她和赵维祯坐在庭院的石桌前,有一句没一句地聊着最近发生的种种变故。

赵维祯的目光十分温柔,自始至终,都深情地凝视着慕紫苏的双眼,畅谈良久,才出其不意地说道:"谢谢你!"

慕紫苏挑眉询问:"怎么了?干吗突然谢我?"

赵维祯隔着窗子看了屋子里正跟众人笑闹的翠花一眼,说道:"顾清漪那天找你麻烦的事情,翠花已经告诉我了。虽然她能有这样的下场出乎所有人的预料,我却知道,她当着你的面骂我是残废这件事,才是导致你出手教训她的最终理由。"

见慕紫苏不解地看向自己,赵维祯低声说道:"母后私下找过我。"

言下之意,他已经知道顾清漪那日在皇家宴席上丧失理智,与慕紫苏暗中做手脚有莫大的关系。

赵维祯鼓励地捏了捏她的手心："且放宽心，今后无论你想做什么，我都会无条件支持你！"

瑶贵妃最近甚是倒霉，先是被人暗中算计，差点丢掉一条小命。好不容易身体痊愈，又在皇后的宴席上被人一盘子给砸得满脸开花。

那只装有大黑鱼的盘子简直就是一件致命武器，硬生生砸在瑶贵妃的脸上，虽不至于毁容，却因为鼻青脸肿，短时间内是绝对不敢出门见人了。

赵维瑾对母妃的伤势颇为担忧，处理完手边的事情，便匆匆赶到瑶池宫探望瑶贵妃的伤势。

经过一夜的恢复，瑶贵妃已经从剧痛中略有好转，此时的她，也不再像往日那般貌美如花。

她鼻头红肿，脸颊瘀青，赵维瑾来到瑶池宫时，瑶贵妃正躺在软榻上，由着彩衣用冰袋帮她敷着青肿的部位。

见赵维瑾来了，彩衣恭恭敬敬地冲对方行了一礼，道："三殿下。"

瑶贵妃也从软榻上坐起来，冲彩衣挥了挥手，示意她先行退下。

彩衣将冰袋放到榻边的桌子上，才退着身子，掩门离去。

待房间只剩下母子二人，瑶贵妃将赵维瑾拉到榻边，急切地问道："顾清漪真的死了？"

顾清漪这三个字，令赵维瑾心生反感，他先是关心了一下母妃的伤势，得知并没有性命之忧，才稍稍放心，点头应道："是的，国公府这次在顾清漪的连累下颜面尽失，顾清漪的葬礼办得也是极为潦草。目前，除了不肯接受现状的顾夫人叫嚷着要给顾清漪主持公道，国公府其他当权者，已经默默接受了这个事实。"

赵维瑾说起顾清漪死亡的过程时，并没有任何情绪上的波动，就好像死掉的只是路边的猫狗，和他没有任何利益关系。

真要细数起来，顾清漪会死得这么离奇，他至少要负一半的责任。

可当时的情况有目共睹，是顾清漪发疯在先，赵维瑾为了阻止顾清漪胡闹才出手制止。

他并没有将顾清漪置于死地的想法，是陡生意外，最终导致顾清漪丢掉了性命。

听儿子讲完事情的来龙去脉，瑶贵妃一边用冰袋敷着脸上的红肿之处，一边恨声说道:"都怪那该死的慕紫苏,要不是因为她,我怎么会遭到这种无妄之灾?"

虽然昏迷之后发生了什么事情,瑶贵妃知道得不甚详细,但昏迷之前的事情她记得清清楚楚,那只盘子本来要砸的人是慕紫苏,结果她成了替罪羊,代慕紫苏生生挨了这一记。

醒来之后,被脸上的剧痛折磨得求生不能、求死不得的瑶贵妃将慕紫苏骂得狗血喷头。

至于顾清漪,人都死了,再恨还能如何?

赵维瑾本来对母妃的伤势十分担心,见母妃不分青红皂白将所有的过错怪罪到慕紫苏头上,他略带不满地解释:"所有的麻烦都是顾清漪那个蠢货搞出来的,母妃怎么能将这个责任推到紫苏的头上?"

"紫苏"两个字被儿子唤得这么亲切,瑶贵妃当场翻脸,厉声喝道:"瑾儿,你当母妃是傻的吗?当日在宴席之上,若非慕紫苏的所作所为刺激到顾清漪,顾清漪怎么可能会做出那么疯狂的举动?说一千道一万,搞出这起事端的源头就是慕紫苏,是她高调地在众人面前展露琴技,备受荣宠的顾清漪才会受不了打击,导致性情大变。我早就说过慕紫苏不是省油的灯,你瞧瞧她那个德行,明明精通琴技,却故意诱导吴夫子显露她琴艺不佳。估计她早就猜到顾清漪会在皇后的宴席上与她一争高下,才利用那个场合让顾清漪当众出丑。哦对了……"

说得很亢奋的瑶贵妃拔高声音:"顾清漪当时的琴弹得本来好好的,琴弦忽然断得莫名其妙,肯定也是慕紫苏从中搞的鬼。"

见瑶贵妃还欲再说下去,赵维瑾有些不高兴地打断她的话:"母妃,您为何对紫苏有这样大的成见?她明明就是一个聪明漂亮又懂事的好姑娘,怎么被您一说,就变成了罪大恶极的女魔头?儿臣知道因为之前发生的几件事情,令您对她颇有误会。可您仔细想想,除了在出身这方面慕紫苏比不得顾清漪高贵,其他地方,她哪里不如顾清漪?"

见儿子处处与自己针锋相对,瑶贵妃有些懊恼:"瑾儿,你莫要忘了,慕紫苏现在是赵维祯名正言顺的未婚妻。你对她夸赞有加,难不成还对她存有什么想法?"

事已至此,赵维瑾也不再掩饰内心深处对慕紫苏的欣赏,他郑重点头:"没错,这个慕紫苏,儿臣势在必得!"

瑶贵妃被儿子那一脸认真的态度气得七窍生烟,她尖着嗓子骂道:"你疯了不成?那个姓慕的究竟哪里值得你上心,让你一次又一次为了她顶撞自己的亲生母亲?"

先不说她已经是赵维祯的未婚妻，即便不是，像这种嚣张跋扈、不懂是非的姑娘，我绝对不会同意你娶进家门。"

赵维瑾也一反之前对母妃的顺从，怒声道："和赵维祯相比，现在的儿臣各方面都比他优秀百倍。以儿臣的条件，将慕紫苏娶进家门简直易如反掌，可是，那个耀眼夺目的姑娘，她宁愿选择一个瘸子，也不愿意多看儿臣一眼。您知道这是为什么吗？"

在瑶贵妃惊愕的目光中，赵维瑾一字一顿地说道："就因为您毫无理由地从中阻拦，才将她逼到别人身边。母妃，儿臣这辈子从未发自内心喜欢过什么人，慕紫苏是第一个让儿臣动心的姑娘。您但凡对儿臣关心一些，也不会用那种极端的方式将儿子喜欢的姑娘越推越远。"

瑶贵妃气得眼睛都红了，扯着嗓子大吼："所以你今日进宫，是对我兴师问罪来了？"

赵维瑾固执地回道："不管您如何看待这件事，儿臣都不会改变自己的主意。"说罢，无视瑶贵妃的怒斥与咒骂，甩开衣袖，扬长而去。

有生以来，这是儿子第一次顶撞自己。

瑶贵妃气得浑身发抖，看着赵维瑾早已远去的背影，她胸口起伏不定，恨不能将导致这场争吵的罪魁祸首碎尸万段。

慕紫苏，你给我等着，早晚有一天，我要亲手将你送进地狱。

天晟十一年九月二十八，金凌太子南宫爵带领着他麾下的上千人马，浩浩荡荡地踏进了天启王朝的皇城。

金凌皇朝是大陆板块上的霸主国，金凌太子作为下一任金凌国君，他的到来，自然是得到天启王朝朝野上下的高度重视。

天晟帝亲自率领文武百官前去迎接。

为了给金凌太子留下一个好印象，迎接仪式十分隆重。

长长的街道被打扫得干净整洁，皇城侍卫队井然有序地守护着京城的秩序，这样的阵仗，可以说给了金凌太子足够的面子。

金凌太子造访京城这一天，慕紫苏和赶上休沐日的几个黑槐殿的小伙伴，在鹤仙楼的三楼订了一个包间。

从包间的位置看下去，正好可以看到皇上率领文武百官迎接金凌太子的画面。

除了性格有些内向的段无洛对这位金凌太子不怎么感兴趣之外，慕紫苏、顾卿然还有霍司铭，三人齐齐趴在窗边，一睹金凌太子霸气的风采。

结果，当一个肉嘟嘟的小黑胖子，穿着锦衣，戴着玉冠，骑着高头大马雄赳赳、气昂昂地出现在众人面前时，慕紫苏和小伙伴们不由自主地面面相觑。

几人异口同声地问对方："这小黑胖子难道就是大名鼎鼎的金凌太子？"

问完，众人纷纷笑开。

就连不爱多管闲事的段无洛也在这个时候凑过来，向窗外看了一眼。就见一个十七八岁的小黑胖子，颇有气势地坐在马背上，享受着天启朝国君的恭维与迎接。

段无洛挑了挑眉，小声道："这副尊容，有些颠覆我对太子这个称号的认知。"

顾卿然哈哈大笑："金凌太子长成这副模样，要么是皇上太丑，要么是皇后太丑。"

霍司铭一本正经道："人不可貌相，说不定这位小黑胖……咳，说不定这位金凌太子败絮在外，金玉在内。"

话虽如此，众人还是无法接受，声名显赫的金凌太子，真正的容貌居然会这般颠覆众人的想象。

这倒不是他们以貌取人，实在是这个黑胖少年与太子殿下的形象相差甚远。

长得黑胖倒也罢了，整体五官放在一起，让人有一种说不出来的诡异之感。

就在众人谈论之际，翠花从窗外飞进来，一进包间，就听它喉间传出清脆的笑声，一边笑，一边将金凌太子其貌不扬、又黑又胖的外表嘲笑一番。

"紫紫啊，和祯哥哥相比，这位金凌太子真是毫无太子风范，还是咱们家祯哥哥最帅。"

慕紫苏没有理会翠花的胡言乱语，她总觉得这个金凌太子有些不对劲，可究竟是哪里不对劲，一时之间，她又说不出个所以然来。

据说金凌太子虽然年纪不大，从小也是一个天才式的人物。

几年前，金凌太子开始带着身边的心腹四处游历，所经之处，无不引起当地的动荡。

胆敢在这么多国家中高调现身，他的本事和能耐肯定非寻常人所能比拟。

难道真如霍司铭说的那样，看人不能光看外表？

慕紫苏思忖的工夫，顾卿然正在跟翠花打趣："花儿呀，你是不是忘了，你祯哥哥现在已经不是太子了？"

翠花很是不满地瞪向顾卿然，扯着高八度的小嗓门怒道："说了多少次，不要叫人家花儿。"

顾卿然揪了揪翠花的尾巴，取笑它道："你看你浑身上下的羽毛长得这么花哨，叫你一声花儿，十分贴合你的形象。"

屁股上的毛险些被揪下来的翠花慌忙飞到霍司铭的肩膀上，趾高气扬地对顾卿然道："你讨厌。"

霍司铭像哄孩子似的拍了拍翠花的小脑袋："翠花不气！"

翠花立刻小嘴甜甜道："司铭哥哥最好了。"

顾卿然翻了它一个白眼，转身继续跟慕紫苏讨论那位颇具传奇色彩的金凌太子。

随着迎接的队伍渐渐走远，慕紫苏等人也收回探究的目光，继续享用鹤仙楼的美味。

这顿饭一直吃到黄昏快要降临，无忧无虑的一天即将过去，迎接他们的，是未知的忙碌和挑战。

几人依依不舍地相互道别，临走前，顾卿然莫名其妙地看了慕紫苏一眼，说了一句让她摸不着头脑的话："我忽然有一种奇怪的预感……"

话只说了一半，又被他咽了回去，他张了张嘴巴，欲言又止，最后还是说道："最近你小心一点儿，可能会有麻烦缠身，能不出门，尽量不要出门。"

慕紫苏挑眉："你预感到我近日会遇到危险？"

顾卿然抓了抓耳朵："我也说不好，就是刚刚出门的那一刻，脑海中灵光乍现，好像在给我某种提示，当我想要抓到思绪时，那种感觉又消失了。"

慕紫苏笑着拍了拍他的肩膀："好，我知道了，多谢提醒，我会小心的。"

与众人道别，慕紫苏带着翠花溜达着往皇家书院的方向走。

一人一鸟，边走边有一句没一句地聊着八卦。

绝大多数时候都是翠花在说，慕紫苏在听。

翠花今天的话之所以会这么多，还真是拜了那位金凌小黑胖所赐。

许是围绕在翠花身边的姑娘公子要么是俊俏多金的少年郎，要么是年轻貌美的富家千金，就算这些姑娘公子之间有长相过于平凡的，也没平凡到像小黑胖那种离奇的地步。

从踏出鹤仙楼到现在，翠花一直津津乐道地描述着小黑胖的长相："金凌太子长成这个样子，金凌的千金小姐们怕是都要哭晕了。嫁吧，太丑；不嫁吧，又会与荣华富贵失之交臂。哎哟，我的娘呀，这还真是一道艰难的选择题。"

慕紫苏被翠花的自言自语逗得忍俊不禁："好啦，嫁的又不是你，你倒是操心个什么劲儿？再说了，人家金凌太子虽然外在条件差了一些，真才实学这方面却早已天下皆知。这世上有很多女子爱才不爱貌，只要金凌太子是个有大本事的，会有无数人对他投怀送抱。"

翠花认真地问："紫紫你呢？你会喜欢上那样的金凌太子吗？"

慕紫苏白了翠花一眼："关我什么事？"

翠花点头："也对，你已经有祯哥哥了。"

慕紫苏在翠花的头上敲了一下："这是人类才会关心的问题，身为一只鸟，你未免管得太多了。"

从鹤仙楼出来的时候接近黄昏，快到皇家书院时，天色已经沉下来。

为了避免外面的嘈杂会影响学生们静心读书，皇家书院建立在一处相对安静的地方。

拐过一条繁华的街道，人潮渐渐退了下去。

放眼望去，前面的巷子空无一人，这条路一向人迹罕至，白天的时候不觉得怎么样，一旦天色黑下来，就会显得十分空旷。

慕紫苏并不是一个害怕走夜路的人，事实上她连深更半夜时在坟头睡觉都并不觉得有多可怕。

但是，此时此刻，她隐约感觉到某种未知的危险正在接近。

原本聒噪的翠花不知为何安静下来，它神色冷肃地站在慕紫苏的肩膀上，一双只有绿豆大的小眼睛，警惕而又精明地观察着周围的动向。

慕紫苏轻声问道："翠花，你是不是也发现了不对劲？"

翠花点头，低声说道："似乎有人来者不善……"

翠花的话还没说完，巷子两旁的高墙上，便接二连三跳下来十几个蒙面的黑衣男子，这些人手中提着致命的武器，气势汹汹地朝慕紫苏这边杀过来。

慕紫苏一把将肩头的翠花抛向半空，喊道："你先离开……"

说话的工夫，她已经以迅雷不及掩耳之势与这些突然出现的黑衣人打斗到一起。

对慕紫苏来说，这样的突发事件并不会让她感到惊慌。

她那个喜欢捉弄人的师父，最爱做的事情就是设计突然袭击，来考验她的应变能力。

可以毫不夸张地说，从小到大，她经历过无数次这样的突袭，起初还会感到惊慌害怕，次数多了，她已经可以非常从容地应对这种措手不及。

抖着翅膀飞到半空的翠花眼看那么多黑衣人冲着紫紫下黑手，它一边尖叫，一边挥着翅膀，趁那些黑衣人不注意的时候搞偷袭。

别看翠花只是一只鸟，战斗力却极为强悍。

它体型巨大，嘴巴尖锐而坚硬，啄在人身上，疼痛难当，黑衣人们显然没想到一只鸟会有这么强大的战斗力，举着长剑就要将翠花活活砍死。

慕紫苏担心翠花受伤，边应付敌人，边警告翠花："你快走，我应付得来。"

翠花知道紫紫能力非凡，怕自己拖紫紫后腿，啄伤几个人之后便飞到高处。

不过，它并没有立刻飞走，而是撅着屁股，对准那些黑衣人一连拉了好几坨粪便。

翠花的粪便又稀又臭，就算那些人蒙着面，被粪便泼到的时候，还是被恶心得不行。

在翠花的捣乱之下，与慕紫苏对抗的黑衣人不禁有些分神。

慕紫苏找准时机，挥舞着之前从腰间抽出的长鞭，鞭法极准地将扑过来试图伤害自己的黑衣人抽倒在地。

她手中这条鞭子可不是普通的鞭子，虽然不能与凤临月的雌雄双剑相媲美，所发挥出来的威力却让人难以承受。

这是她师父用上好的蛇皮编制而成，鞭尾处夹着涂满剧毒的倒刺，一旦被倒刺剐到，会立刻中毒身亡。

这是师父专门给她保命用的，不到万不得已，慕紫苏并不想动用这条鞭子。

可这些黑衣人显然是想取她的性命，在性命垂危之时，她已经无暇顾及敌人的死活。

随着中毒的黑衣人一个接一个地倒下，慕紫苏也在心底猜测这些人的真正来头。

就像凤临月所说的那样，这个世上想要夺她性命的人不计其数，按照目前的情况来看，不计代价也要将她置于死地的幕后凶手有二。

第一个就是国公府，顾清漪虽然不是她亲手所杀，却是间接因她而死。

加上她和顾清漪之前积下的那些恩怨，如今顾清漪一死，国公府肯定要将这笔账算在她的头上。

但是，国公府目前正处于风口浪尖，一旦选择在这个时候对她痛下杀手，很容易

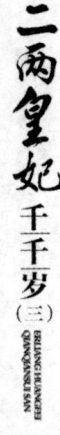

被人抓到把柄，麻烦缠身。

所以，她暂时将国公府排除在外。

那么，就只剩下第二个目标，正是一直看她很不顺眼的瑶贵妃。

那天在皇后的宴席上，瑶贵妃间接被她连累，听说顾清漪那一盘子砸下去，差点害得瑶贵妃容貌尽毁。

凭瑶贵妃那睚眦必报的性子，绝对会在清醒后想办法将她置于死地。

所以，这批不明杀手真正的主子，十有八九就是瑶贵妃所指派。

看着十几个黑衣刺客纷纷中毒不支倒地，慕紫苏迅速收起手中的长鞭，眼前只剩最后一个活口，在对方惊恐的目光中，慕紫苏如闪电般蹿至对方面前，一把揪住黑衣人的衣领，用力扯掉他脸上的黑布。

黑布下是一张年轻而又平凡的面孔，眼中流露出对她的深深恐惧。

慕紫苏粗暴地将他推到墙边，厉声问："派你们来杀我的究竟是谁？"

黑衣人紧咬牙关，眼中原本的惊恐慢慢被绝望取代。

猛然间，慕紫苏想起当日在灵泉寺刺杀皇后的那批死士，她一把捏住对方的下巴，强迫对方张开嘴巴，果然在牙齿的缝隙中看到一枚毒药。

"嗬！"慕紫苏冷笑一声，"看来，你背后的主子非瑶贵妃莫属。"

这些死士与之前刺杀皇后的那些人手段雷同，那些人在一夜之间全部自尽，正是因为牙齿内藏了剧毒，没等刑部对他们进行审问，便服毒自尽，结束他们短暂的一生。

慕紫苏一边憎恨这些死士的使命，一边又同情他们悲惨的身世。

她粗暴地将对方牙齿中的毒药抠出来，在对方震惊的目光中，狠狠抽了他一记嘴巴："没用的东西，回去告诉瑶贵妃，她今日送我的大礼，我照单全收。有朝一日，我定会双倍奉还。"

说罢，狠狠踹了对方一脚："滚！"

慕紫苏还肯留下这么一个活口，就是要让这个人回去告诉瑶贵妃，她已经猜到自己今日的遭遇，是她霍子瑶亲手所为。

直到那黑衣人连滚带爬狼狈离去，慕紫苏才渐渐敛去眼中的杀气。

看着满地狼藉的尸体，她伸出手臂，示意站在枝头的翠花回到自己身边。

这时，一道微不可闻的笑声从宁静的巷子里传了出来。

慕紫苏耳力极佳，在翠花还没有飞回来之前，飞也似的朝笑声的发源地追了过去。

然后，她看到近在咫尺的一棵大杨树上，坐着一个俊俏的少年。

那少年身材修长，容貌俊美，嘴边挂着邪气逼人的笑容。

此刻夜幕已经降临，借着微弱的月光，慕紫苏还是隐约看到了对方的轮廓。

当她想要进一步看清对方的长相时，他身影迅速一闪，在慕紫苏猝不及防之际，消失不见。

这时，翠花屁颠屁颠地追了过来，不解地问："紫紫，你在找什么？"

慕紫苏看着夜色下空荡荡的大杨树，茫然地摇了摇头："许是我看错了，咱们回去吧！"

慕紫苏回皇家书院途中遭到刺客袭击这件事，很快就传到了赵维祯的耳朵里。

趁着天色还不太晚，赵维祯带着几个心腹匆匆赶到黑槐殿探望慕紫苏。

得知那些刺客已经被处理得干干净净，只留下一个活口回去向指使者复命，赵维祯满脸不认同道："既然抓住活口，你怎么把人给放了？直接送进刑部，说不定还能供出幕后真凶。"

慕紫苏哼笑一声："你忘了之前在灵泉寺刺杀皇后的那些刺客是什么下场？我要是没有猜错，这些人都是某个当权者花大价钱培养出来的死士。一旦执行的任务以失败告终，便会立刻结束自己的性命。那个被我留下活口的刺客见身边的同伴全部死掉，你以为他会选择独自存活？像他们这种从小就接受严苛训练的刺客，除了在牙齿中藏毒之外，有无数种方法在被抓之后结束性命。"

赵维祯气不打一处来："只要你将人送到本王手中，本王也有无数种方法逼他开口。"

"好啦！"慕紫苏安抚性地拍了拍他的肩膀，"我这个遇袭者都没生气，你气个什么劲儿？有些不法之徒，连皇后娘娘都束手无策，我这个四品侍郎家不受宠的小姐想要求一份正义，怕是难上加难。再说了，金凌太子今日造访京城，就算幕后凶手被当众揪出，以皇上对她的维护程度，你猜结果会是什么？无非是雷声大、雨点小地略施小惩罢了。"

慕紫苏说得云淡风轻，在赵维祯听来却十分刺耳。

母后和慕紫苏，是他生命中最重要的两个女人。

可瑶贵妃接二连三使出下作手段欲将她们置于死地，这让赵维祯深深地意识到权

力的重要性。

只有将权力紧紧抓在自己手中,才可以掌控大局,保护自己想要保护的人。

好在慕紫苏并没有在这起突袭事件中受到伤害,不然,就算在没有确凿证据的情况下,他也会不计后果地让瑶贵妃为她愚蠢的行为付出代价。

慕紫苏当然也咽不下这口恶气,但眼下金凌太子造访京城,有些私人恩怨,只能等金凌太子离京后再来清算。

提到金凌太子,慕紫苏心中的好奇又被勾了起来,作为皇子,赵维祯已经被封为明王,自然也被列入迎接金凌太子的队伍之中。

由于他腿脚不便,被安排在宫中负责接待事宜,白天的时候,已经与那位大名鼎鼎的太子殿下有过接触。

提及此人,赵维祯露出一个颇为复杂的笑容:"恐怕这次真应了顾卿然的预言,南宫爵一行人造访京城,势必会掀起一股巨大的风浪。"

第五章 迎贵客 一争高低

提到顾卿然的预言，慕紫苏才猛然想起临别时他对自己的嘱咐："卿然的预言越来越准，他已经猜到我最近会麻烦缠身。"

见赵维祯向自己投来不解的目光，她这才一五一十将顾卿然临走前对自己的警告如实道出。

赵维祯听完之后便有些恼怒："既然他已经预料到你会遇到危险，你为何还要单独行动？你但凡多在意一下自己的安危，也不会给那些刺客营造下手的机会。不行，回头本王要多派几个暗卫在你身边护你周全，像今天这样的事情，本王绝不允许再发生第二次……"

"你够了吧！"慕紫苏拒绝他的独断专行，"我才不要暗卫时时刻刻监视我的一举一动，再说我又不是没有自保能力，不需要麻烦别人来护我周全。"

见赵维祯还欲再说，慕紫苏用食指掩住他的嘴唇："你担忧我安危的心情我能理解，但皇家书院人多眼杂，不便于暗卫在此行走。你这么安排，不但会让那些暗中盯梢的暗卫为难，对我也会造成许多不便。我可以向你保证，我有足够的应敌经验，至少在外公的冤案被平反之前，我绝对不会让自己陷入危局。"

赵维祯知道这个被自己喜欢上的姑娘坚强而独立，想要左右她的人生，无疑是对她的束缚和管控。

好在她的个人能力不同寻常，只要防范得当，不管是国公府还是瑶贵妃，短时间内都无法威胁到她的安危。

得知翠花在慕紫苏遇袭的时候帮了不少忙，赵维祯难得有了些许耐心，将翠花抱进自己的怀里，在它圆滚滚的小脑袋上揉了几把："虽然你的名字起得不够霸气，但你的能力和忠心程度得到了本王的赞赏和肯定。翠花，你要记得，无论何时，都要将你家紫紫的性命安危放在第一位。一旦她遇到危险，随时去明王府向本王汇报。"

被帅气的祯哥哥一顿夸，翠花高兴得有些飘飘然。

它用毛茸茸的小脑袋在赵维祯的掌心中拱了拱，声音娇脆道："放心吧，祯哥哥，我一定会尽自己最大的能力保护紫紫的安全。不过话又说回来……"

话锋一转，翠花眨巴着两只小眼睛看向赵维祯："你干吗要说人家的名字起得不好？翠花难道不好听吗？"

虽然和大多数鸟类相比，翠花可以称得上聪明绝顶，但在它的思维逻辑里，"翠花"这两个字却寓意非凡，最重要的就是，"翠花"这两个字，可是师父亲自给它取的。

赵维祯当然不会跟一只鸟计较名字这么幼稚的话题，他笑着哄道："谁说翠花这名字起得不好？不但好，而且朗朗上口，令人记忆深刻。"

这就是一个看脸的世界，赵维祯年轻俊美，怎么看都是一个帅气逼人的小哥哥，翠花原本对他质疑自己的名字不够霸气感到不满，被帅气的小哥哥柔声一哄，它的小心脏瞬间柔软下来。

慕紫苏看着这一人一鸟说得不亦乐乎，哭笑不得的同时，竟不知不觉地沉浸在这种温馨的气氛之中。

金凌太子大驾光临，朝廷为了表达对这位太子殿下的重视，专门为这位赫赫有名的大人物举办一场隆重的接风盛宴。

这场宴席的规模比之前给皇后举办宴席的规模要盛大许多，举办宴席的地点，是朝廷专门用来招待贵客的承恩殿。

承恩殿是一个可以容纳上千人的大型宫殿，殿内被布置得张灯结彩，隆重非凡。

皇上皇后在接风宴当天共同出席，像往常一样，帝后二人盛装打扮，显然格外重视这次会面。

尤其是凤临月，上天对这个女人十分厚待，不但容貌生得堪称绝色，与那些二十来岁的年轻姑娘相比，已经人到中年的凤临月，既拥有成年女子的雍容，又兼具年轻少女的清丽。

反观已经临近五十的天晟帝，在凤临月这个皇后身边略显出几分老态。

天晟帝比凤临月年长十余岁，用老夫少妻来形容他们的婚姻也不为过。

当然，已经步入中年的凤临月现如今也三十岁出头，许是她长年吃素，外加修心理佛，平日对养生之道颇有研究，所以，和后入宫的那些只有二十岁出头的妃子相比，凤临月的整体气质超凡脱俗，远非其他妃子所能比拟。

论容貌，现场唯一可以与凤临月相媲美的，恐怕只有慕紫苏一个人。

可惜，只有十五岁的慕紫苏年纪太小，就算生了一张绝世美颜，和凤临月这种经历过大风大浪的一国之母相比，她的美，还是显得过于青涩和稚嫩。

没错，慕紫苏也在受邀的名单之中。

倒是瑶贵妃没能获得出席的机会，她也很想在这个场合露脸，可惜她脸上还残留着被盘子砸过的青肿，就算拼命在脸上涂脂抹粉，也掩盖不住未消的红痕。

与其顶着一张不堪入目的面孔出席金凌太子的接风宴，惹人非议，还不如躲在瑶池宫生闷气。

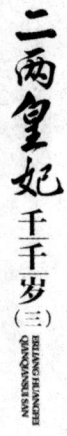

慕紫苏遇到的那些刺客就是瑶贵妃所指派。

近日以来,她一连两次派出死士,第一拨刺杀皇后,以失败告终;第二拨刺杀慕紫苏,又以失败告终。

最可气的就是,慕紫苏留下一个活口,并让那活口给自己带话,警告她们之间的账早晚有一天会被清算。

瑶贵妃没想到区区一个慕紫苏竟然难对付到这种地步,她又气又恨,偏偏又拿对方毫无办法。

所以,她只能心情抑郁地躲在瑶池宫生闷气,顺便想办法,如何才能迅速而有效地铲除慕紫苏。

按下瑶贵妃心中憋闷暂且不提,承恩殿内却是一派喜气洋洋。

不管应邀来此的宾客对金凌太子是真心欢迎还是假意恭维,在不影响两国利益的情况下,面子上的礼数,天启王朝绝对会做到尽善尽美。

除了皇上皇后之外,赵维祯和赵维瑾兄弟二人也在其列。

还有三大家族,以及三大家族门下登得上台面的公子小姐也都出现在承恩殿的宾客位上。

代表慕家出席的依旧只有慕紫苏一个人,不过她并不孤独,因为她在黑槐殿结交的几个小伙伴与她同桌而席。

这几个孩子在其他人眼中是各个家族中公认的弃子,顾卿然、霍司铭还有段无洛没有与各自的家人坐在一起,已经摆明了他们不想被家族牵连的决心。

老国公爷顾天恒不久之前痛失最心爱的孙女,现下还没有从悲痛之中走出来,当他看到顾卿然明目张胆地不将自己这个祖父放在眼中,反而跟慕紫苏这个国公府的头号敌人坐在一起,心底高涨的怒气可想而知。

身为朝廷的丞相爷,也就是段无洛的父亲段玉科,一直以来都保持着文人的形象。

他对段无洛这个儿子并没有太深的父子之情,而且他从未将段无洛放在眼里。

就算段无洛目前受到皇上的赏识,被分配到户部担任一个不起眼的小职位,在段玉科看来也不过是小孩子在过家家酒,说不定哪天皇上厌烦了,就会收回皇命,将那个倒霉鬼打回原形。

唯一值得一提的也只有将军府的霍老将军,曾几何时,他对霍司铭这个孙子是真的极为看重,可惜,当年出了那样的变故,为了维护将军府的声誉,他才不得不做出将霍司铭逐出家门这个残忍的决定。

看着傲然挺拔、俊美霸气的霍司铭像根标枪一般坐在不远处，再看看霍家其他几个看似优秀，其实只是绣花枕头的小辈，霍老将军心中真有种说不出的感慨和遗憾。

罢了！不管日后如何，且看上天安排吧。

在大太监的高唱之下，金凌太子南宫爵正式以霸主国未来储君的姿态出现在众人面前。

虽然慕紫苏等人早已在鹤仙楼的包间处，有幸见识过这位名气大震的金凌太子，但当一个身材圆润、肤色漆黑、五官平凡到可以用丑来形容的胖子，踩着沉重的步伐出现在天启王朝帝后及众位大臣面前时，慕紫苏和几个小伙伴脸上还是流露出不言而喻的滑稽情绪。

这真不是慕紫苏以貌取人，之所以会觉得滑稽，是因为那身华丽的太子袍穿在一个小黑胖身上，真真应了那句话：穿上龙袍也不像太子。

顾卿然性格向来直率，一个没忍住，当金凌太子肥壮的身躯经过他身边时，他"扑哧"一声笑了出来。

挺胸抬头努力摆出威严姿态的金凌太子并没有发现异样，倒是太子身边一个身穿黑色侍卫装的高挑少年，目光犀利地向慕紫苏这一桌瞥了过来。

事情就是那么巧，当黑衣侍卫向顾卿然这边看过来时，慕紫苏也刚好抬头，与那个侍卫的视线碰到一起。

两人四目相对的那一刻，不但慕紫苏露出诧异的神色，黑衣侍卫在看清了慕紫苏的容貌后，也露出些许兴味的目光。

短暂的目光交汇，两人脸上都流露出复杂的神色。

慕紫苏向来有过目不忘的本事，这个黑衣侍卫，不正是她那晚在皇家书院附近遇袭时，躲在大杨树上看热闹的那个神秘人吗？

虽然当时天色昏暗，她并没有看得很清楚，可她记忆力超乎寻常，哪怕只是惊鸿一瞥，也能在最短的时间内记住对方的样子。

那是一个俊美而邪气的少年，五官精致，唇瓣上扬，最突出的就是他那双仿佛会说话的丹凤眼，很漂亮，也很邪气。

她可以笃定，这个侍卫就是那晚与她有过一面之缘的俊俏少年。

当慕紫苏想要再多打量黑衣侍卫几眼时，对方已经收回探究的目光，尾随在金凌太子的身后向大殿正中央走过去。

接下来的流程无非就是皇上代表整个天启诚心欢迎太子殿下的到来，好在小黑胖

长得不怎么样，说出口的话却是条理分明，既有上位者的高傲，也不失谦恭礼让。

至于金凌太子究竟说了什么，慕紫苏无心多听。

此时，她脑海中不断分析着那个黑衣侍卫的来历。

没想到这个人居然来自金凌，且他还是金凌太子的心腹。

既然他远来是客，为何那晚会出现在皇家书院附近？难道他在执行金凌太子下达的某个命令？

随着太子殿下被请到上座，原本凝重紧张的气氛也因为金凌太子的平易近人稍稍缓和。

坐到位置上之后，小黑胖说道："此番被贵国热情招待，本太子十分欣慰。早就听说天启王朝是礼仪之邦，能得帝后这般重视，是本太子的荣幸。"

天晟帝笑着回道："太子殿下不远千里来我天启做客，对朕来说，才是莫大的荣幸。就是不知太子殿下此次造访我天启，有何赐教？"

自古以来，两国相交都是建立在利益互惠的基础上，天晟帝可不相信，名声大噪的金凌太子，会无缘无故来访天启。

小黑胖笑得不卑不亢，直率道："没错，本太子此番来天启，的确有一笔买卖想与贵国相谈。世人皆知，我金凌占地极广，物产丰富，其中最出名的莫过于北部黑山盛产的人参。目前在市面上流通的人参，绝大多数都是从我金凌所购。除了人参之外，金凌还盛产其他常用药材。无论在任何时候，药材都是人们生活中不可或缺的必备物品，不若这样，我金凌愿以五十根一百年人参、二十根五百年人参，外加一根千年人参，再配以两百斤常用药材，换贵国边境处的一座城池如何？"

话一出口，整个承恩殿瞬间陷入死一般的安静。

这个小黑胖到底在开什么玩笑？

虽然千年人参的确价值不菲，对天启朝来说却没有名贵到要割让城池来交换。

小黑胖一开口，便要用区区几根人参交换人家的城池，他是太把自己当回事，还是不把天启当回事？

天晟帝心生懊恼，面上却不露声色，他客气地笑道："太子殿下远道而来，这些利益上的事情，咱们稍后再说也不迟。"

小黑胖眉头一挑，语气不悦道："怎么？莫非皇上不想应下这桩交易？"

被当众逼问的天晟帝很想发火，奈何眼前这个黑胖子是金凌太子。他可以不将金凌太子放在眼中，却不敢不将金凌放在眼中。一旦得罪了这位太子殿下，迎接天启的，很有可能是一场恶战。

一时之间，天晟帝不知该如何回应。

倒是坐在天晟帝身边的凤临月露出一个大气的笑容："金凌药品丰富的确是远近闻名，但我天启这些年在药材的开采方面也并不逊色。几年前，地方官员向朝廷进贡了三根千年人参，现如今就在皇家库房中被精心保管。"

言下之意，我天启不缺你们金凌那几根人参。

在凤临月的和稀泥下，天晟笑着打圆场，对金凌太子道："太子初到京城，有什么话不如等用过宴后再来相商。"

说罢，天晟帝对宫中的内侍做了一个手势，一个眉清目秀的小太监急忙将玉质的托盘端到金凌太子面前，并恭恭敬敬地为这位太子殿下倒了一杯酒。

待杯中酒被斟满，天晟帝举起自己桌前的酒杯，对金凌太子说道："朕代表整个天启王朝，先敬太子殿下一杯。"

话落，他举起杯子，将杯中的酒液一饮而尽。

金凌太子也在众目睽睽之下拿起酒杯，仰头灌入口中。

按照历来的规矩，皇上代表朝廷和众臣子敬客人一杯，接下来就要吩咐御膳房开始传膳。

结果意外发生了，喝完整整一杯酒的金凌太子，在放下酒杯的时候忽然当众摔倒在地，并口吐白沫，当场身亡！

事情发生得过于戏剧化，以至于在场的众人还没从之前的客套中回过神，金凌太子便当场气绝。

那个容貌俊美的黑衣侍卫忙不迭地上前去探自家主子的鼻息，随后，他面色大变，厉声对天晟帝和一众目瞪口呆的大臣说道："为了泄私愤，你们居然当众毒杀我金凌太子！"

随着黑衣侍卫的厉声指控，整个承恩殿陷入了死一般的僵滞之中。

除了这个黑衣侍卫，此次跟金凌太子一同进宫的侍卫一共有十八个。

从这十八个侍卫的外貌特征来看，个个精明干练，身手不凡，想来是太子精心培养出来的精英式人物。

那黑衣侍卫在太子口吐白沫的第一时间，便将泄私愤杀人这个罪名扣在天晟帝的头上，这让完全没有心理准备的天晟帝怔愣在当场无言以对。

事实上，连天晟帝也不清楚，好端端的，太子殿下怎么会中毒身亡？

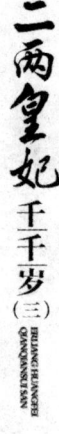

就算他对太子提出的那个交易颇为不满,也绝对干不出当众杀人这种罪大恶极的事情。

金凌可是人人惧怕的霸主国,除非天启朝想要灭国,不然,谁会胆大妄为到将太子诛杀?

沉稳淡定的凤临月也在小黑胖倒下去的那一瞬间拧起眉头,这看似简单的一个变故,背后像是隐藏了无数的深意。

不但帝后愣在当场,大臣及家眷们也屏着呼吸等待事情的进展。

离奇!这实在是太离奇了!

潜意识里,他们对一开口就要人家一座城池的金凌太子十分厌恶。可按照大局来想,没人愿意发生这场悲剧。

再说,皇上怎么可能会愚蠢到当众毒杀一国太子?

慕紫苏和坐在她身边的几个朋友面面相觑,颇有兴致地静观事情的动向。

还是赵维瑾最先开口,面对黑衣侍卫的指控,他沉稳以对:"父皇身为一国之君,代表着整个天启的门面和形象。先不说天启与金凌两国古往今来从未有过任何纷争,即便有,父皇堂堂天子,岂会当众做出这种伤天害理之事?"

说着,他一手指向那个倒酒的小太监,厉声斥道:"一定是这个狗奴才不怀好意,故意在酒中下毒,以引起两国之间的争端。"

那小太监此时已经傻了眼,见三殿下将所有的罪责怪到他的头上,他"扑通"一声跪在地上,脸色惨白地摇头道:"奴……奴才什么都不知道啊!"

黑衣侍卫冷笑一声,对赵维瑾道:"发生了这样的事情,你妄想用一个奴才来抵消贵国所有的错误,未免太不将我金凌放在眼中了吧?"

说罢,他一脚将跪在地上瑟瑟发抖的小太监踢至一边,怒声说道:"太子殿下死得如此离奇,贵国若给不了金凌一个合理的说法,我金凌势必不会善罢甘休。"

赵维瑾没想到对方一个区区侍卫,竟然狂妄放肆到这种地步,他脾气也上来了,不甘示弱道:"不会罢休还能如何?"

眼看赵维瑾与金凌的侍卫对峙,不想惹麻烦的天晟帝忙开口制止:"瑾儿,休得无礼!"

赵维瑾岂能甘心?这件事若处理不好,恐怕天启与金凌之间必有一战。

他还欲再开口辩解几句,天晟帝故作沉稳地说道:"朕在这个皇位坐了整整十一载,虽然不敢自称是一代明君,最起码的人情世故还是通晓的。太子殿下忽遭不测,这完全出乎朕的意料。虽然现在才说这种话有些为时过晚，但贵国各位不如仔细想想，朕有什么理由在众目睽睽之下做出这种伤天害理之事？"

黑衣侍卫语带刻薄道："很简单，皇上认为我金凌太子之前提出交换城池的条件过于苛刻，所以才在怒极之时，直接毒杀了太子殿下。一旦太子的死讯被传到金凌，不但我等活不成，恐怕皇上及在座的诸位大臣也别想苟活。"

如此嚣张狂妄之言，气得在场众人七窍生烟。

赵维瑾怒道："你们到底想如何？"

黑衣侍卫眯了眯细长的丹凤眼，桀骜不驯道："太子被我国国君寄予无限厚望，现在他莫名其妙死在天启，一旦国君追究起来，两国之间必有一战。眼下你们天启有两个选择，一是做好与我金凌兵戎相见的准备，下场就是金凌的铁蹄会在不久的将来踏平整个天启王朝。二是将天启名下一半的疆土划分到我金凌旗下，以解国君丧失爱子之痛。"

"呵呵！"

一道不合时宜的轻笑声在黑衣侍卫说得愤慨激昂时骤然响起，循声望去，发出这声嗤笑的，居然是明王殿下赵维祯。

黑衣侍卫向赵维祯投去一记冰冷的目光，语带不善地反问："你什么意思？"

赵维祯目光犀利地与黑衣侍卫对峙，片刻后，他语气笃定道："南宫爵，戏演完了，你该收手了！"

南宫爵？

明王殿下在说什么？

在场的众人先是露出好奇的表情，很快，又将目光移到黑衣侍卫脸上。

不否认这个黑衣侍卫的长相的确出众到令人啧啧称奇，但他的五官样貌生得再好，也不能与金凌太子相提并论吧？

赵维祯转动着轮椅来到黑衣侍卫身边，虽然两个人一站一坐，有着明显的身高差，可在高大俊美的黑衣侍卫面前，轮椅上矮他一大截的赵维祯却丝毫不输气势。

在黑衣侍卫猝不及防之际，赵维祯"哗"地撕开对方薄薄的衣衫，呈现在众人面前的，是黑衣侍卫精瘦而又健硕的上半身。

初时，赵维祯出其不意的举动令围观众人感到诧异，待看清黑衣侍卫左胸延至脖颈处，竟有一块深红色的形似火凤凰一样的胎记时，全都露出震惊的表情。

黑衣侍卫显然没料到这个轮椅少年的动作居然会这么直接，当他反应过来，想要遮挡身上的胎记时，身上的火凤凰已经暴露在众目睽睽之下。

赵维祯将扯掉的上衣揉成一团丢至一边，对狠狠瞪向自己的侍卫说道："早在金凌太子即将探访天启之前，本王便对这位太子殿下做了初步了解。金凌嫡出的皇子，出生时身上都会带有一块火凤凰的胎记。凤凰胎记是金凌皇族的象征，只有拥有胎记之人，才有资格被纳入接管金凌江山的行列。南宫爵，你找一个冒牌货代替你出席今天这场宴会，然后借这个势头向我天启进行勒索，这步棋，你走得还真是胆大妄为啊！"

经明王这么一解释，众人才知道，原来死在当场的那个小黑胖，居然只是一个冒牌货。

本以为"黑衣侍卫"还欲再争辩几句，被赵维祯当场揭穿之后，他忽然朗声大笑："本太子用这个伎俩糊弄了无数人，没想到今天却栽在一个少年郎身上。"

说着，他上上下下打量了赵维祯一眼："若本太子没有猜错，你便是天启朝曾经的太子赵维祯吧？"

说话的工夫，已经有人将一件做工精致的锦衣华服捧到赤裸着上半身的少年面前。少年动作自然地接过袍服，迅速而又利落地将这套华丽的衣袍穿在身上。

前一刻还是精明干练的黑衣侍卫，换上锦袍之后，摇身变成贵气十足的翩翩公子。

在场有不少千金小姐，看到霸气凛然的南宫爵以金凌太子的形象重新示人，无不向他投去仰慕的目光。

与各方面条件都很优秀的三殿下赵维瑾相比，这位金凌太子周身上下的气势显然要更胜一筹。

难怪众人都觉得那个小黑胖穿上龙袍也不像太子，原来真正的太子另有其人。

无视旁人频频递来的惊异目光，真正的南宫爵在换上华丽的衣饰后，踹了"断气"的小黑胖一脚，不客气地说道："你可以滚下去了！"

然后，奇迹发生了。

原本已经倒地身亡的小黑胖被南宫爵踹了两脚，翻身而起，一把抹去嘴边的白沫，欠了欠身，听话地离去。

看到这一幕的众人心底无不憋着闷气，还以为承恩殿发生了血案，没想到那个小黑胖只是诈死。

南宫爵完全不在乎其他人对自己的看法，他摆出一副"我就是在耍你们，你们能奈我何"的姿态，笑着对目瞪口呆的众人说道："既然本太子的身份已经被当场揭穿，再玩下去，倒失了兴味。现在，让本太子重新做一下自我介绍。我，南宫爵，金凌太子，初访天启，与诸位开了一个小小的玩笑，还望各位莫要见怪。"

在皇上面前开这样的玩笑，这南宫爵分明是没有将皇上放在眼中。

被耍了一场的天晟帝气得牙根直咬，大臣们也被这嚣张跋扈的金凌太子气得郁愤难平。

偏偏南宫爵对这些人的愤慨完全无视，他落落大方地坐回自己的专属位置，甚至还当着众人的面，自顾自地端起酒杯自饮一杯。

忍受不了这样屈辱的赵维瑾怒声喝道："这就是你们金凌一贯的作风？"

南宫爵戏谑地看了赵维瑾一眼，语气狂妄道："是又如何？不是又如何？"

赵维瑾气得咬牙切齿："你当众戏耍了在场的众人，一句莫要见怪就想大事化小，小事化了？"

南宫爵勾起嘴角，扯出一个邪气的笑容："不然你还想怎么样？"

轻飘飘的一句话，将赵维瑾反驳回来。

是啊，不然他还能怎么样？

无论是领土占地还是军方实力，金凌处处碾压天启，一旦两国之间针锋相对，天启势必处于挨打的位置。

与气得不知该说什么才好的天晟帝，和想要争面子却无从辩驳的赵维瑾相比，凤临月这个当朝国母，从头到尾，将沉稳淡定表现得十分到位。

见承恩殿的气氛再次陷入僵局，她笑容可掬道："年轻人有太子这样的挑战精神，勇气十分可嘉。既然之前的事情只是一个小小的玩笑，我天启自然不会因为一个玩笑让太子难堪。"

南宫爵冲凤临月拱了拱手："皇后娘娘果然是传说中的女中豪杰，您的体贴关怀，本太子笑纳了！不过，本太子游走五湖四海，有一个不成文的习惯，无论去哪里，都喜欢与当地最有能力的人比试一番。皇后您看，这次随本太子一同进宫的，都是我金凌的精英人物。早在来天启之前便听说，贵国有一个专门培养精英的皇家书院。不如咱们两国趁这个机会来比试一场，看看金凌与天启，哪国的人才更加厉害！"

经南宫爵这么一说，众人这才扫向南宫爵身边那几个虽默不作声，气场却极为强大的年轻男子。

看来，南宫爵此番进宫，是有备而来。

果然，南宫爵的下一句话，再一次勾起众人的怒火，只听他说道："五局三胜者将会成为最终赢家，输的一方，要付出相应的代价，而代价就是，边境的五座城池。"

南宫爵开口闭口要人家城池，这对天启王朝的众人来说，无异于强取豪夺。

难怪金凌皇朝这些年的领土越扩越大，仗着霸主国的地位，强行欺压周边小国，南宫爵这种野蛮行为，和土匪强盗并无两样。

可在场的众人面对这样的挑衅，却敢怒不敢言。

南宫爵抬高声音道："怎么？还没比试，你们该不会就怕了吧？"

一直在看热闹的慕紫苏出其不意道："天启输了，让出边境的五座城池，金凌输了，同样让出边境的五座城池吗？"

南宫爵向慕紫苏投去意味深长的一眼，勾唇邪笑道："金凌不会输！"

慕紫苏寸步不让地迎视着他的目光："万一输了呢？"

南宫爵狂妄地大笑几声，用在场所有人都听得到的声音回道："万一输了，本太子自然承诺，会让出金凌边境的五座城池，归你们天启所有！"

话虽如此，他对金凌的实力却充满自信。

赵维瑾被南宫爵刺激得怒火中烧，在天晟帝还没有点头同意之前，便拍板说道："好，比就比！"

赵维瑾贸然替天启接下这场比试，令天晟帝皱起了眉头。

输的代价是五座城池，现在可不是意气用事的时候。可赵维瑾毕竟是皇子，代表着整个天启的形象，话已出口，再收回来是万万不可能的。

就算皇上和在场的大臣有些担心，为了面子，还是硬生生接下了南宫爵的挑战。

当然，也有一部分人在暗中为赵维瑾叫好。

不愧是皇上最重视的皇子人选，三殿下果然比身有残疾的明王更加有胆识和魄力。

好好的一场接风宴，在南宫爵的捣乱下，居然变成了比试场。

第一场比试名为武斗。

所谓武斗，就是由金凌和天启各出几位射箭高手，在皇家射猎场，比试射箭技术。

还以为南宫爵会提出多刁钻的比赛规则，没想到竟会如此简单。

赵维瑾本来还对自己之前冲动之下的决定有些担忧，现在已经彻底放下心。

因为他对自己的伴读霍司玉非常有信心，将门出身的霍司玉，是最有资格继承霍老将军衣钵的继承人，同时，也是皇家书院当仁不让的射猎小能手，由他代表天启比试，会有八九成的胜算概率。

代表金凌出场的是一个十八九岁的少年，据南宫爵介绍，此人在金凌也是响当当的一号人物，家世与霍司玉相差无几，也是将门之后。

这个少年名叫金博文，名字取得斯斯文文，身材却生得高大威猛，他皮肤黝黑，双眸有神，一看就是从小在军中厮混的刺头型人物。

代表天启的自然是霍老将军最器重的孙子霍司玉，与金博文相比，霍司玉更具备世家公子的气质和风度。

两个少年身高相仿，气势相当，双双出现在众人面前时，瞬间夺走所有人的视线。

皇家射猎场颇具规模，可以容纳数百名看客。

既然两国进行比试，不管是帝后还是朝中的诸位大臣，都不可能错过这场涉及国家领土主权的比试。

待所有宾客全部移步到射猎场，赵维瑾代表天启问南宫爵："来说说这第一场比试的规则吧。"

南宫爵也不跟他客气，开口说道："很简单，一共六箭，胜四者就是最后赢家。公平起见，比试的时候，双方一人一个回合，中途可以更换人选。"

所谓一人一个回合，就是金凌选手射一箭，天启的选手再射一箭，按照射程和精准度来决定最后的赢家。

至于中途更换人选，这在比赛中也是被允许的。第一个参赛者若感到力不从心，可由第二个参赛者代替出场。

无论从哪方面来分析，南宫爵提出的这个要求都不过分，赵维瑾暗暗松了一口气，同时也将全部希望寄托在霍司玉的身上。

虽然他的箭法同样精湛，和从小就在军营中长大的霍司玉相比，到底是差了一些准头。

稳妥起见，赵维瑾不敢在这个时候轻易托大。

从头到尾，南宫爵一直表现得十分随意，在说完比赛规则之后，问道："谁先来？"

赵维瑾露出一个颇有风度的笑容："远来是客，自然由你们金凌来射这第一箭。"

南宫爵冲不远处的金博文比画了一个手势："看你的了！"

金博文神色肃然，接过太监递来的弓箭时，先是掂了掂弓的重量，又试了试手感，他露出满意的表情，才对那个小太监道："去将箭靶再往后挪三丈。"

这是命令，而不是请求。

小太监愣在当场，其他人也对金博文提出的要求倍感诧异。

五丈是射靶的基础距离，为了让这场比试更加精彩，射靶已经按照原来的距离向后拉了一丈有余。

金博文一开口，就要求将射靶再移三丈，这明显是在给霍司玉制造压力。

好在霍司玉并没有因为金博文的提议露出怯意，他颇有风度地冲小太监使了个手势，说道："按金公子的要求来做。"

待箭靶被移到相应的位置，金博文动作利落地拉弓搭箭，在众人毫无防备的情况下，精准而又干脆地射出。

这一箭，又快又准，直中箭靶的红心位置。

等众人反应过来的时候，金博文已经漂亮地完成了第一局的比试。

如此强悍而又嚣张的射箭技术，让在场围观的一些老将也为之惊叹。

不愧是从霸主国来的强将，一出场，就给人造成这样的轰动。

有了金博文的一箭开局，霍司玉如果还维持之前的距离，明显要输掉这一局。

在金博文挑衅的注视下，霍司玉接过弓箭，试了试手感，然后，对小太监说道："将我的箭靶也向后移三丈。"

九丈的距离，还难不倒霍司玉。

待太监挪完场上的箭靶，霍司玉深吸口气，花了些许时间做好前期准备，一箭射出的时候，围观的众人纷纷屏住呼吸，生怕这一箭射歪。

只听"砰"的一声，那一箭正中红心，与金博文堪称旗鼓相当。

饶是如此，霍司玉这一箭还是在气势上略输一筹。

已经射过一箭的金博文并没有因为霍司玉与自己旗鼓相当便露出怯意，他态度嚣张地让太监将箭靶向后再移三丈，然后，动作迅猛地一箭击中红心。

如此高超的箭法，让在场的看客无比心惊。

箭靶被拉得这样远，还能准确无误地直射红心，这个叫金博文的少年，箭术已经高超到令人望尘莫及。

天晟帝不自觉地流露出担忧的神色。凤临月动作优雅地品着杯中的茶水，仿佛结果是输是赢，与她没有任何关系。

慕紫苏和几个小伙伴边聊天边嗑着瓜子，完全将场上的比试当成一场供人观赏的好戏。

轮椅上的赵维祯又恢复了不问世事的姿态，继续演绎他不良于行的废人形象。

唯一将提心吊胆四个字表现在脸上的，只有赵维瑾，因为他已经从霍司玉略带紧张的神态中，看到了些许不自信。

是的，再次将箭靶向后移三丈，对霍司玉来说的确是一个巨大的挑战。

十二丈，这已经超出了他能射准的最远距离，万一失手，他将会成为全场的笑柄。

可眼下的情况已经不容他多做思量，如果不移箭靶，金博文将毫无疑问胜出这第二局，不得已的情况下，霍司玉只能硬着头皮效仿金博文，将箭靶向后移三丈。

权衡再三，霍司玉勉强射出了第二箭。

羽箭离弦的那一刻，天启朝的众人无不提着一口气，生怕这一箭失误，会导致天启以失败收场。

"砰"的一声，箭的确射到了靶子上，可距离红心有整整一寸远。

这意味着，霍司玉的箭法，已经被金博文比下去。

南宫爵高调地冲金博文吹了一记口哨："好样的！"

金凌那边欢呼雀跃，天启这边则是满面愁容。

霍司玉失了一箭，额头渗出一层薄薄的冷汗。

他不敢去看别人的目光，这种在人前出丑的行为，已经让他这个将门虎子颜面尽失。

南宫爵戏谑地对脸色同样难看的赵维瑾道："失了一局，贵国要不要选择换人？"

赵维瑾强作欢颜道："六局四胜，现在我天启只失了一次手，提换人未免为时过早。"

他也很想换人，可放眼看去，在场的这些世家子弟，没有一个人的箭法能够超越霍司玉。

换人？换谁？

不得已的情况下，霍司玉只能硬着头皮继续上。

第三局，金博文依旧效仿前两局的惯例，让太监将箭靶继续往后移三丈。

这下，众人已经彻底失去看热闹的兴致，这哪里是比赛，这分明就是挑衅。

毫无意外，金博文的第三箭，依旧正中红心。

轮到霍司玉时，他已经在心理上背负了巨大的压力，因此射出的第三箭，别说正中红心，连箭靶的边都没贴到，直接越过箭靶，射了一支空箭。

如此难看的画面，让天启王朝的众人颜面尽失。

南宫爵毫无顾忌地哈哈大笑，对脸色彻底黑下来的赵维瑾道："这就是你们天启的全部实力？"

天晟帝的脸色并不比赵维瑾好看多少，霍司玉的确是年轻一代的佼佼者，如果连霍司玉都被人比下去，他不敢想象，接下来等待天启的命运会是什么。

最难堪的当数霍老将军，他做梦也没想到，第一个在场上丢人的，居然会是他最重视的孙子。

南宫爵嚣张跋扈道："你们天启一连输了两局，接下来还要再比吗？不如直接认输吧！"

赵维瑾被他的嚣张狂妄气得说不出话，霍司玉脸色颓然地冲赵维瑾摇了摇头，明确表示，这么远的距离，他根本无法与金博文相抗衡。

就在场上的气氛陷入僵滞时，坐在慕紫苏身边的霍司铭忽然起身，他信步走到霍司玉面前，动作强势地从他手中夺过弓箭，然后对金博文道："接下来的三箭，由我来跟你比。"

谁都没想到，霍司铭会以这种方式出现在人前。

严格说来，霍司铭是一个存在感非常低的人，他寡言少语，行事低调，被放逐在黑槐殿的这些年，让外界的人几乎已经忘了霍家还有一位嫡出的五公子。

虽然之前在迷幻森林中表现突出，可真正赢得众人眼球的，却是慕紫苏这个漂亮姑娘。

所以当霍司铭试图代表天启与金凌比试时，不少人对他的能力抱着怀疑的态度。

霍老将军皱起眉头，厉声说道："胡闹，凭你现在的体质，有什么能力与人对抗？"

霍司铭筋骨已断，就算后期接受过治疗，也不可能恢复到最佳状态。

霍司铭无视祖父的警告，对根本没将他放在眼中的金博文说道："前三场的规矩由你们金凌来定，这后三场，不如由我们天启来定。"

"噢？"金博文对他的提议颇感兴趣，"说来听听！"

霍司铭指了指天上偶尔飞过的小鸟，笑着说道："看到那些鸟儿了吗？比试的规则很简单，将它们毫发无伤地射下来。你我各有三次机会，谁射到的最多，谁就是最后的赢家！"

金博文瞪圆双眼："我听错了吗？毫发无伤地射……下……来？"

"没错！"

霍司铭郑重点头："死掉的不算！"

见金博文没有应声，他语带挑衅地问："怎么，不敢比？"

从小到大，金博文从未被人怀疑过他在射猎方面的天赋，当下便点头同意："比就比，你先来！"

　　他就不信，有人会毫发无伤地将天上正飞的鸟儿射下来。

　　霍司铭并没有给他喘息的机会，他拉好弓箭，随意向半空射了一箭，本以为他放了一支空箭，当一只小鸟尖叫着落地，众人无不露出震惊的目光。

　　小太监将掉在地上的鸟儿抱了起来，只见那鸟儿拍打了两下翅膀，"嗖"的一下瞬间飞走了。

　　这一幕发生得太过突然，以至于很多人还没有看清来龙去脉，霍司铭已经完成了他的任务。

　　别人看得不甚清楚，金博文看得可是真真切切。

　　竟然真的有人可以做到。

　　见霍司铭似笑非笑地看着自己，一向不将别人放在眼中的金博文，第一次对于对手这个身份有了新的认定。

　　不过，经霍司铭刚刚那么一演示，金博文也猜出那只鸟儿之所以会在毫发无伤的情况下被射下来，是受到了强烈的箭气冲击。

　　厉害！看似不经意的一箭，却含了如此巨大的力度。

　　金博文不甘示弱，效仿霍司铭的方法，试图用箭气将天空正在飞翔的鸟儿射下来。

　　结果，小鸟的确是被射了下来，可惜身中一箭，当场死亡。

　　看着小鸟的尸体，金博文嘴角抽搐，这是不是意味着，他已经输了一局？

　　围观的天启大臣们长长舒了一口气，同时，也对霍司铭这个很少在人前露面的少年多了几分重视和在意。

　　尤其是天晟帝，目光中充满兴味。

　　霍老将军脸色通红，亏他之前还试图当众教训这个孙子，没想到他这个当祖父的，竟对孙子的能力一无所知。

　　现场除了金博文的脸色难看之外，霍司玉的表情也可以用扭曲来形容。

　　一记响亮的口哨适时响起，吹口哨助威的，正是顾卿然。

　　慕紫苏也应景地冲霍司铭拍手助威，仿佛在赞赏他干得漂亮。

　　霍司铭向几个小伙伴投去一记默契的笑容，接着，他放出第二箭，这次，一连有三只鸟儿被他的箭气震了下来。

　　和之前那次一样，三只鸟儿在落地之后没多久便拍着翅膀逃命去了。

这一回，抓狂的人变成了金博文，不出意外，金博文的第二箭，依旧让无辜的小鸟丢掉了性命。

霍司铭并不意外这个结果，最后一箭，他没有再对着半空射小鸟，而是以霍司玉为准，连连向后退了十几步，然后，对准被隔开将近二十丈的箭靶，同时连发三箭，每射一箭，他便向后退三步。

在众人的惊呼声中，连续射出的三箭，准确无误地正中红心，远距离射箭本来就是极大的挑战，霍司铭在射下这三箭的时候不停地移动脚步，这在无形之中将难度提高到了无人能及的等级。

饶是自信满满的金博文，在见识过霍司铭的射术之后，也露出心悦诚服的目光。

他将手中的弓箭递给旁边的小太监，诚心说道："你赢了！"

虽然金博文没有射最后一箭，却并不代表金凌输了。

因为，前三局是霍司玉处于下风，就算后三局金博文惨败，两国最多也算打个平手。

所以第一局，以平局作为最后的收场。

即便霍司铭并没有为朝廷赢下第一局，他在射猎场上惊艳的表现，也足够让围观众人对他留下深刻的印象。

不知是谁提出心底的疑问："我怎么记得，霍家五郎早些年曾受过重伤？"

霍司铭对提出疑问的那个人说道："我的伤，早在进迷幻森林之前，就被慕家三小姐给医好了！"

看似简单的一句话，却在无形中将慕紫苏的医术拔到了无人能及的地步。

虽然慕紫苏懂得医术这件事并不是秘密，能在短短时间内将霍司铭医治得比正常人还要强健，这的确出乎众人的意料。

要知道，霍司铭当初因为触犯家规，受到的惩罚是极其严厉的。霍家没有夺他性命，却断他筋骨，让他这辈子都没有出人头地的机会。

慕紫苏的出现，彻底改变了霍司铭的命运，这让不少人对慕家三小姐的医术产生了浓厚的兴趣。

与此同时，自大狂妄的南宫爵也在无意识的情况下将目光落在慕紫苏的脸上，心中暗道：慕家三小姐？

无视别人频频投来的好奇视线，为朝廷争回颜面的霍司铭在放好弓箭之后，便回到了自己之前的位置。

从皇上那炙热的目光中不难看出，霍家老五，已经引起了他足够的重视。

霍老将军的眼底露出复杂的神色，不知该庆幸霍家儿郎没有让朝廷丢脸，还是该感叹这样一个好苗子，居然被他们霍家逐出家门。

按下众人各怀心思不提，在南宫爵的带动之下，第二场比试也正式开始。

第一场是武斗，那么，第二场就是文斗。

按照以往文斗的规则，无非是书书写写、对诗作画，南宫爵却觉得这种斗法毫无趣味，于是，他提出一个特别有意思的比赛方式，考验双方的记忆能力。

这次代表金凌出场的是一个面白如玉的小书生，此人名叫汪哮天。别看名字取得这么霸气，这个只有十六七岁的少年，却是一个标准的弱书生。

南宫爵笑着介绍："这是我们金凌有名的天才，一岁开口讲话，两岁熟读《诗经》，三岁吟诗作词。当然，这些都不是重点，重点是，他拥有超凡的记忆能力，只要看过一遍的书籍，便可以从头到尾背诵下来。所以，咱们这第二局，就考记忆和应变能力。在一炷香的时间里，谁背的字最多，谁就是最后的赢家。"

这个规则，可着实把赵维瑾给难住了。

皇家书院虽然不缺聪明的才子，但过目不忘，可不是谁都能做到的。

好在赵维瑾的拥趸并不在少数，且这些人在才学方面都有些自恃清高，过目不忘虽然有些难度，只要认真去记书中的内容，也不至于在人前丢丑。

更何况，对这些饱读诗书的人来说，市面上绝大多数的书他们多多少少都读过一些，只要再加深一下印象，就不信被那个白净小书生给比下去。

自告奋勇与金凌应战的，是丞相段玉科的侄子，也就是段无洛的表兄，在段家排行老三的段子豪。

这个段子豪是段玉科堂弟的儿子，与赵维瑾私交不错，在皇家书院绝对称得上是才子型的人物。

众人对段子豪的出现并不感到十分意外，段玉科虽然是天启的丞相，可他膝下的儿女，除了段无洛从小就被送进黑槐殿之外，其他几个孩子都是由第二任妻子所生。

那几个孩子年纪太小，平时很少有机会出现在众人面前，所以，段家小辈中比较有名气和才华的，非段子豪莫属。

不愧是段家最出色的儿郎，段子豪相貌堂堂、温润如玉，与金凌的汪哮天相比，在气势和外貌上略胜一筹。

而且段子豪的才华连书院的夫子都赞叹有加，由他来代表天启应战，众人也能有些底气。

事实证明，理想太丰满，现实太骨感，与随便翻看一本书便能将书中文字倒背如流的汪哮天相比，段子豪的记忆能力虽然惊人，当越来越多的书籍被汪哮天背诵出来，段子豪已经有些力不从心。

从头到尾，斯文俊秀的汪哮天一直面色沉稳，淡定自如，经他手的书籍，也是五花八门，种类奇多。

看着段子豪因为用脑过度，脸色渐渐变得惨白，他笑着说道："段公子若是累了，可以暂时休息片刻。"

段子豪岂能在这种时候败下阵来？他僵笑着回道："不用！"

一炷香的时间已经所剩不多，浪费下去，只会让他陷入必败之地。

嘴上说着硬气话，其实心底早已经败下阵来。

赵维祯看出段子豪应对得十分吃力，冷冷地下了一道命令："换人，无洛，你来！"

比赛途中可以换人，这是从一开始就定下的规矩。

虽然在场围观的众人也看出段子豪已经应付不来，但见识过汪哮天惊人的记忆力，就算有人同情段子豪的遭遇，也不敢在这个时候贸然出头。

赵维祯的话，就像一阵及时雨，再让段子豪继续比下去，他一定会不支倒地，输在当场。

未等被点名的段无洛应声，赵维瑾不客气地与赵维祯对峙："此事涉及天启的未来，贸然提出换人，你可曾想到后果？"

赵维祯面无表情地看了赵维瑾一眼："正因为本王在意比试的后果，才选在这个时候提出换人。"说罢，冲段无洛使了个眼色，示意他上场。

南宫爵饶有兴味地看着赵家兄弟二人针锋相对的画面，虽然不知道那个叫无洛的小鬼是什么来头，几次对峙下来，却让他对那个轮椅上的少年留下了深刻的印象。

不愧是天启朝的前太子，即使双腿残疾，气场依旧强大到令人不敢小觑。

第六章 演武场 扬名天下

被点名出列的段无洛从头到尾，脸上都流露出一种天然的呆萌。

他胆子小，不擅长交际，做人低调到时常会让人忽略他的存在。

他一出场，段玉科的脸色就难看起来，他对这个儿子有多不待见，在朝为官的同僚几乎是尽人皆知。

段子豪勇于挑战金凌那是为段家争光，段无洛要是敢出这个头，那就是为段家抹黑。

可是让段无洛出列是明王殿下的意思，段玉科再怎么不喜欢段无洛这个儿子，也不能当众违背明王殿下的命令。

汪哮天不怎么在意地看了缓缓从人群中走出来的段无洛一眼，忍不住问："你是哪位？"

段无洛回答得很小声："在下姓段，名无洛，还请汪公子赐教！"

汪哮天挑高了一边眉头："你也姓段？那你和他是什么关系？"

汪哮天口中的他，指的自然是脸色惨白的段子豪。

段无洛回得面无表情："理论上是堂兄弟，实际上没有任何关系！"

此言一出，满堂皆惊。这段无洛，真是不开口则矣，一开口惊人。

人群中看热闹的周宝儿终于知道，自己不是第一个被段无洛"欺负"的倒霉蛋。想到上次聚会，她仅仅因为少刮了四片鱼鳞，就招来段无洛一阵碎碎念，她已经切身体会过一次对方的毒舌。

汪哮天则眼带讥讽："原来又是同宗兄弟！"

段无洛很是认真地纠正他："我说了，实际上，我和他没有任何关系。"

他执拗又认真的模样，让汪哮天无言以对，也让向来高调的段子豪脸色阴沉。

对段无洛这个堂弟，段子豪是没有任何好感的，两人从小到大几乎毫无交集，所以段无洛说他们之间没关系，并非夸大其词。

可即便是这样，在众目睽睽之下否定他们都是段家的子嗣，也让他颇有些下不来台。

此时，段子豪内心无比复杂，他一边不希望天启输掉，一边又对段无洛这种救场方式感到厌烦。

不管段无洛是输是赢，都不是他想要的结果。

可惜没有人理会段子豪内心的想法，不如人就是不如人，再继续和汪哮天比下去，他只会一败涂地。

汪哮天则对什么人与自己比试毫不在意，他有强大的自信，在记忆力和应变能力方面，他的天赋无人能及。

况且，眼前这个叫段无洛的少年，虽然生得眉清目秀，却像八百年没见过阳光似的，皮肤虽白，却白得不怎么健康。

还有他那低眉顺眼的样子，哪里有大家公子的气度？倒像一个畏畏缩缩的胆小鬼，这种人，别说背书，恐怕连一句完整的话都说不利索。

事实证明，汪哮天轻敌了。

段无洛虽然存在感低，却不代表他没本事，短暂的畏缩之后，他抬起目光，对汪哮天道："咱们也换一个新玩法吧。"

说着，看了香炉一眼，香炉内的香只剩下一少半，这意味着，他们的时间都不多了。按目前的情况来看，显然是金凌略胜一筹。

段无洛提出了新玩法，这引起汪哮天的兴趣，忙问："你想怎么玩？"

段无洛向四周看了一眼，见没什么用得上的工具，便对小太监道："去御膳房取一袋干黄豆过来。"

小太监虽不明所以，却还是乖乖服从了他的命令。

不一会儿工夫，一袋黄豆被递了过来。

段无洛当着众人的面将袋子里的黄豆倒进一只大盘子里，虽然只是小小的一袋，但也有五六斤。

段无洛指着大盘子里一颗颗珠圆玉润的黄豆，对汪哮天说道："看到盘子里的这些豆子没有？你我一人分一半，谁能在最短的时间内数出这些黄豆的颗数，谁就能赢得这场比试，怎么样？"

开什么玩笑？

汪哮天像看怪物似的看着段无洛："这些黄豆加在一起足有几千颗，没等数完，那炷香已经燃完……"

段无洛面无表情地打断他的话，一脸认真道："所以，在这炷香烧完之前，你和我必须得出准确的数字。"

见汪哮天不动声色，段无洛反问："不敢比？"

被当众挑衅的汪哮天岂能受得了他这样的语气？当下说道："谁说我不敢比？"

不管是背书还是数豆子，比的无非就是记忆力，只要计算出豆子的大概重量，就可以根据重量推断出大致数字。

他就不信,这个叫段无洛的小鬼,能够说出准确的数字。

时间有限,满满一大盘豆子,很快就被分成两盘。一人一盘,很公平。

就在汪哮天尝试着用最短的时间将豆子的数量数清楚时,从头到尾连分出来的豆子都没摸过的段无洛,已经开口说道:"我这盘豆子,一共一千八百二十六颗!"

什么?

仍沉浸在数豆子中的汪哮天不敢置信地看了他一眼:"你是蒙的吧?"

段无洛依旧是一脸正色:"不信的话,可以让人数一数。"

不但汪哮天不信,在场的其他人也完全不信,他连数都没数,就说出一组精确的数字,这简直就是在信口开河。

天晟帝觉得这个叫段无洛的小孩根本没将这场比试放在眼中,大臣们也觉得段无洛是在拿众人寻开心。

南宫爵完全是抱着看好戏的心态等着事情的进展,赵维瑾眼底露出不屑的神色,还示威般向赵维祯投去一记不认同的目光。

凤临月依旧处变不惊,从头到尾都像在看戏一样静观事态的进展。

慕紫苏吃得双颊鼓鼓,时不时还与身边的伙伴说说笑笑。

很快便有人将他那盘豆子拿去数,为了比试公平,参与数豆子的见证者,有天启的,也有金凌的。

须臾,众人便将各自数出来的数字加在一起,得出来的总数,让在场的人瞠目结舌。

一千八百二十六,一颗不多,一颗不少。

汪哮天已经彻底震惊:"你是怎么做到的?"

段无洛认真回道:"太监往盘子里倒豆子的时候我就已经在数了,咱们这局比的不是过目不忘吗?"

众人大惊,过目不忘还有这种玩法?

就连段玉科都忍不住看了这个被他忽略多年的儿子一眼,天才,这才是真正的天才吧。

汪哮天虽然很不甘心,可在这方面,他的天赋的确不能与段无洛相提并论。

虽然很不甘心,他还是语气艰涩地说道:"你赢了!"

当"你赢了"这三个字脱口而出时,按捺不住兴奋的周宝儿大声喝彩:"段无洛,你是最棒的!"

周宝儿之前对段无洛有多不待见，看到段无洛将对手碾压得毫无反击之力时便有多痛快。

被当众喝彩的段无洛下意识地向周宝儿那边望过去，就见有着一张娃娃脸的周宝儿，正眨巴着一双乌溜溜的大眼睛，崇拜地看着自己。

段无洛俊脸微红，有生以来，他还是第一次以这样高调的方式出现在众人面前。

周宝儿兴奋地喊了两嗓子之后，也意识到自己的行为有些失常，她忙不迭地坐回原位，双手捂脸，一脸害羞。

慕紫苏被周宝儿那可爱的样子逗得忍俊不禁，为了避免周宝儿尴尬，她也效仿周宝儿说道："段无洛，你的确是最棒的！"

在周宝儿和慕紫苏的带领下，很多名媛千金、世家公子，都向段无洛投去赞赏的目光。

为朝廷赢下一局的段无洛感觉自己的心脏在怦怦直跳，前十几年，他一直活得战战兢兢，就算被人欺负了，也是躲在角落里舔舐伤口，哪曾想过，像阴沟老鼠一样的自己，有朝一日也会以这样的方式站在人前为国争光！

他感谢慕紫苏为他治病，也感谢赵维祯给他机会。

他不再是孤孤单单一个人，也不用再活在黑暗中承受着别人的诅咒。

这一刻，段无洛终于挺起胸膛，像个真正的男子汉一般，退去满身的怯懦，以胜利者的姿态，重新建立自己的人生。

这一局，天启略胜一筹。

本来对段无洛没什么期待的天晟帝，眼底尽是掩不住的喜意。

没想到黑槐殿那几个不起眼的少年，竟给朝廷带来了这样的转机。

原本并没有将天启放在眼中的南宫爵，见局势发生这样的逆转，他终于收起玩笑的心态，开始认真对待接下来的比赛。

第三场比赛规则，依旧由南宫爵所定。

并非文斗也并非武斗，这一次，南宫爵提出一个刁钻又有挑战性的比试，隔空猜物。

规则就是，将被猜的物品放在一个密封的箱子里，由天启和金凌各出一位比试者，共同猜测箱子中装的究竟是什么东西。

一共三局，快者胜！

此次代表金凌出席的，同样是一个十七八岁的少年。

和金博文、汪哮天相比，这个名叫方奕的少年，浑身散发着一股阴郁的气质。

他表情冷峻，态度高傲，一出场，便给人一种目空一切的疏离感。

赵维瑾当场便提出质疑："这算什么见鬼的比试？"

南宫爵戏谑地看了赵维瑾一眼，慢悠悠说道："隔空猜物，也是对个人能力的一种考验。难道三殿下没听说过这世上有一种术法，通过推演测算，可以得到想要的结果？这种术法，也被称之为数术！"

赵维瑾冷笑："这简直就是在故弄玄虚。"

南宫爵语带讥讽："那也要有故弄玄虚的本事。"

这下，赵维瑾真的是词穷了。

皇家书院的学子虽然很多人都拥有真才实学，但旁门左道这种东西，对这些学生来说极为陌生。

钦天监倒是有几位老臣子多年以来精通此道，可在钦天监任职的都是一些上了年纪的老爷子，让一把年纪的老爷子出来与金凌的少年郎相比，气势上便已经输了一截。

见赵维瑾眉头紧锁，无言以对，南宫爵挑衅道："不敢应战的话，你们可以直接认输。"

这一刻，赵维瑾还真不敢硬气地接下这场挑战。

数术？这对皇家书院的学生来说，无疑是天书一样难解的东西。

平日里那些喜欢表现自己的公子小姐，这个时候，全都偃旗息鼓，缩在角落中尽量不让人看到自己。

谁也不想被点名叫出去参加这么奇葩的比试，丢脸事小，丢了天启边境的城池，他们的罪过可就大了。

赵维瑾被那些平时在他面前吹嘘自己有多能耐的纨绔子弟气得七窍生烟，眼下正是需要拥趸力挺之际，一个个躲在暗处算怎么回事？

南宫爵露出一脸讥讽与嘲笑，狂妄道："怎么样，要不要低头认输？"

不管是天晟帝还是围观的诸位大臣，都被南宫爵那嚣张跋扈的态度气得牙根直痒。

这个金凌太子实在过分，完全没有将天启朝的国君和大臣放在眼中。

就在现场的气氛陷入僵局时，一道清亮的声音在人群中响起："这场比试，由我来！"

循声望去，开口说话的，居然是吊儿郎当的顾卿然。

与霍司铭和段无洛相比，顾卿然的存在感向来不低。

他容貌俊美，行事高调，即使这些年被国公府抛弃在黑槐殿，依旧不改嚣张本色，时不时便在公开场合语出惊人。

顾卿然落落大方地从座位上走下来时，老国公爷顾天恒的脸色顷刻间变得铁青，他对顾卿然这个孙子的感情十分复杂，如果说从前对他是既爱又恨，在顾清漪惨死之后，他是彻底恨上了顾卿然。

顾清漪是国公府备受宠爱的大小姐，也是顾卿然名正言顺的堂姐。

种种原因之下，顾清漪因慕紫苏而死，顾卿然非但没有因为堂姐的死而与慕紫苏为敌，反而还在顾清漪去世之后，与慕紫苏走得更近。

这种大逆不道的孩子，顾天恒实在没办法再将他当成国公府的血脉来看待。

可惜从头到尾，顾卿然对顾天恒这个祖父连一个多余的白眼都欠奉，他踩着轻快的步子走到方奕面前，语带狂傲地问道："你懂得数术？"

自幼出生于术士家族中的方奕，很小的时候便在长辈的精心培养之下，对各种数术颇有研究。

见走到自己面前的是一个容貌精致、气度不凡的俊俏小公子，方奕用同样傲慢的语气回道："没错，我的确对此道十分了解。不知这位公子如何称呼？有哪方面的天赋？"

顾卿然笑着回道："我姓顾，顾卿然，只是皇家书院一名普通的学子，并没有什么天赋，但是……"

话锋一转，顾卿然的语气又狂妄了几分："这并不代表，我无法在实力上碾压你。"

方奕被他嚣张的态度气得直皱眉头，反唇相讥道："休要口出狂言。"

顾卿然勾了勾嘴角："是不是口出狂言，比试之后就知道了！"

说着，他冲负责准备道具的内侍做了一个可以开始的手势。

没一会儿工夫，便有两个小太监，抬着一只黑色的大木箱子，从大殿后面走过来。

为了比试的公平性，放在密封箱子里的东西，由天启和金凌专门挑选出来的人共同放入，往箱子里放东西的时候，周围没有闲杂人等。

东西放好之后，迅速用封条封好，再由另外两个人将箱子抬出，就连抬箱子的人都不知道箱子里放的究竟是什么东西，所以上场之后，不管是金凌还是天启的侍从，都没办法通过作弊的方式对双方选手做出提示。

贴着封条的箱子安安稳稳摆在承恩殿的大殿正中，箱子是用上好的檀香木打造而成，非常厚实，两张长长的封条贴在上面，让参赛者根本没办法看到里面到底装的是什么东西。

比试正式开始。方奕和顾卿然双双上场，两人站在距箱子两丈左右的位置。

按照比试规则，谁能在最短的时间内猜出箱内的东西，谁便是最后的赢家。

当然，隔空猜物也是有时间限制的。不管是靠猜、靠蒙，还是靠观察、靠术法，不能超过半炷香的工夫。

在场的众人虽然对数术了解不多，却也多多少少知道，术法是需要一定的计算过程的。

为了在众人面前一展所长，方奕在箱子搬来之后，便盘膝而坐，摆出一副世外高人的姿态，闭眸凝思，十指掐诀，口中咕咕哝哝念叨着什么。

虽然看上去有些神道，但小小年纪就能表现出这样的高人之姿，围观的众人无不对这位方小公子高看一眼。

结果，就在方奕一本正经地想要利用术法来猜测箱内的东西时，在他旁边转悠了几圈的顾卿然漫不经心道："那里面装的是三只苹果！"

话一出口，正沉浸在术法之中的方奕猛然睁眼，他瞪向顾卿然，顾卿然则回了他一记玩世不恭的笑容。

按照规矩，只要一方说出答案，不管答案是对是错，内侍都会当众开箱验看。

若答案正确，则顾卿然胜；若答案错误，则方奕胜。

谁都没想到，顾卿然会在这么短的时间内说出箱内的东西，就算靠蒙，他至少也要权衡一阵再说答案。

现场有人欢喜有人愁。欢喜的，自然是以南宫爵为首的金凌看客。

这个叫顾卿然的少年实在是太儿戏了，从头到尾，摆出一副漫不经心的轻慢态度，显然没有认真对待这场比试。

眨眼之间就说出箱内的东西是三只苹果，他究竟是哪里来的自信？

愁的一方自然是天启的君臣，天晟帝对顾卿然这种玩闹的态度十分不满，亏他之前还觉得这位顾七公子是个人物，哼！分明就是一个只知道扮酷耍帅的臭小鬼。

众人各怀心思时，两个小太监已经手忙脚乱地将密封的箱子当众打开。

当三只红色的大苹果展示在众人面前时，承恩殿陷入了死一般的寂静。

这……这怎么可能？

尤其是方奕，从小就精通术法的他，最快也要花半刻钟才能计算出箱中之物。

顾卿然却如同儿戏一般随口说出正确答案，这让一向对自己十分自信的方奕如何接受得了？

他脸色变得极为难看，当下嚷道："你们天启是在作弊。"

这种没有证据的指控，换来赵维祯一阵冷笑："比试的条件和规则是由你们金凌提出，不管是前期准备还是后期入场，都有你们金凌的人在现场监视。你们比谁都清楚，这是一场十分公平的比试。技不如人可以认输，当众闹脾气就显得幼稚不堪了。"

赵维祯可不像天晟帝那般畏首畏尾，并不会一味地纵容所谓的霸主国太子在天启君臣面前为所欲为。

公道自在人心，无缘无故给天启扣上一顶作弊的大帽子，他是绝对不能接受的。

赵维祯义正词严的一番话，说出了众人的心声。

南宫爵再如何狂傲，大局面前，却保持着绝佳的风度，他对满脸不服气的方奕说道："愿赌服输，这第一回合，的确是顾公子胜了。"

方奕气得满脸不甘，对太监说道："再来！"

第二只密封的箱子很快被抬了过来，为了争取最快的时间，方奕十指掐动的速度快了好几个频率。

一心想给金凌难堪的顾卿然岂会让方奕得逞？箱子刚刚落地，他便慢悠悠说道："里面是一顶四品官员的帽子。"

方奕倏地瞪大双眼，像审视怪物一样看向顾卿然。

既然已经说出答案，负责办事的小太监迅速打开箱子，果不其然，箱子里的确是一顶四品官员的帽子。

这下，原本还以为顾卿然是靠蒙来隔空猜物的众人，无不对顾卿然的本事啧啧称奇。

所谓的术法，在顾卿然漫不经心的态度下简直不堪一击。

天启接连赢了两局，按照规矩，天启已经胜了，不肯服输的方奕却大声嚷道："再来！"

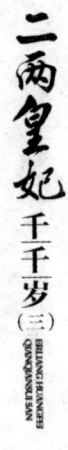

还要来？

众人对这个叫方奕的少年心生不满，就算对方来自霸主国，这种如同小孩子抢不到糖便撒泼耍赖的姿态也太难看了。

南宫爵双瞳微眯，虽未制止方奕的行为，却也表现出些许的不认同。

既然比试的次数是三场，自然准备了三只箱子。

第三只箱子刚搬过来，顾卿然便笑着说道："一只绣花枕！"

打开箱子，的确是一只五颜六色的绣花枕。

从头到尾根本连发挥机会都没有的方奕被顾卿然戏耍自己的态度气得双眸刺红，他恶狠狠地问："你究竟用了什么妖术？"

顾卿然笑得见牙不见眼："这个妖术啊，就是直觉！"

"放屁！"方奕破口大骂，"单靠直觉，怎么可能会准确到这种地步？一定是你们故意在暗中做了手脚，才会这么快猜出箱中之物。不行，这次不算，再来……"

"够了！"南宫爵厉喝一声，"输了就是输了，不要让自己输得这么难看。"

被自家主子当众训斥，方奕又是狼狈，又是难堪，脸色涨成了猪肝色，他极不甘心，又不得不面对眼前残酷的事实。

层层不满和压力之下，一口鲜血就这么毫无预兆地喷了出来。

现场顿时陷入一阵慌乱，明眼人都看得出来，这位方小公子之所以会落得这个下场，十之八九是被气的。

世上的确有这么一群人，自以为很有本事，自恃清高、目空一切，当他们遇到挫折时，因无法承受心理落差，便会怒气上涌，郁结于心，伤害到自己的身体。

方奕此时的情况便是如此，那一口鲜血喷出来时，他的脸色也随之变得惨白不已。

他捂着胸口，想要张嘴说什么，又有两股鲜血破喉而出，他目光涣散，表情惊惧，最后，在体力不支的情况下竟轰然倒地。

虽然这位方小公子的态度一直不怎么友善，若他真在天启出了变故，天晟帝也不好向金凌太子交代。

见方奕被气得当场昏厥，天晟帝急忙命令："快……快传御医。"

御医匆匆赶来的时候，方奕已经被众人抬到了旁边的座位上。

经过一番细心检查，诊断结果迎合了众人的猜测，方小公子因为气性过大，生生把自己气吐血了。

像这种心胸狭窄、嫉贤妒能之人，最怕的就是伤肝动气。

想来方奕在金凌的时候应该是自幼受宠，不管是家人还是朋友，都给予他足够的恭维和礼让，久而久之，养成他目空一切的性情。

今日在承恩殿比试的时候连败三局，又被南宫爵这个主子当众斥责，他心下不忿，又不敢出言反抗，郁结于心，才导致气血不通，伤了肝气。

伤肝动气最易致命，并且从脉象来看，这方小公子的体质较之常人有些孱弱，几个太医面对这种突发情况，都有些束手无策。

虽说方奕的情况有些不可思议，但医学案例上确实有些患者是被活活气死的。

由于方奕的情况比较特殊，太医不敢贸然下手，按方奕目前的身体状况来看，若得不到有效的治疗，他很有可能会因为怒极攻心而当场丧命。

这……这可如何是好？

像是看出太医们的为难，天晟帝忙问："方公子的情况怎么样了？"

"回皇上……"其中一个资历比较深的太医愧疚地说道，"方公子怒急攻心，引发心疾，眼下的状况，有些……危急。"

言下之意，他们无法保证可以将方奕治愈。

天晟帝心急地说道："去将太医院所有的太医都叫过来……"

凤临月冷静地打断他的话："这几位都是宫中医术最精湛的几位太医，如果他们束手无策，其他太医过来恐怕也无济于事。"

说着，她看向慕紫苏："既然霍五公子的伤是由慕三小姐所医，不如请慕三小姐出手一试，说不定事情还有转圜的余地。"

凤临月选在这个时候让慕紫苏露面，自然也有她的一番考量。

首先，从维祯口中得知，慕紫苏此番回京，带着为其外公虞广白平反的目的。既然想为虞老侯爷平反，就要为此做出巨大的努力。

其次，被气晕过去的方公子是金凌的客人，一旦他在天启丧命，不管错误在谁，都会引起两国之间不必要的麻烦。所以，方奕的人品再怎么恶劣，也不能在众目睽睽之下死在承恩殿。

最重要的一点，凤临月也想见识见识慕紫苏的医术，是否真如儿子所说的那般神奇。

凤临月的提议，完全在慕紫苏的意料之外。

虽然凤临月什么都没解释，但聪明如慕紫苏，很快便领会了凤临月让她出手的用意。

事实上她也在等这样一个机会，在皇上及各位大臣面前大显身手，可比外界对她的所谓传言要有效得多。

所以，当小小年纪的慕紫苏从容淡定地走到方奕面前时，很多对她医术并不认可的大臣，纷纷露出怀疑的目光。

南宫爵横挡在慕紫苏面前，语气凝重道："你懂医术？"

这是慕紫苏第一次以如此正式的方式，和那晚在皇家书院附近与她有过一面之缘的少年近距离对视。

与沉稳淡漠的赵维祯相比，南宫爵的眉宇间，泄露出来的不仅仅是嚣张狂妄，还有对掌控世间一切的自负与自信。

他身高将近九尺，挺拔如松，面若冠玉，既有翩翩贵公子的高傲姿态，又有混迹于军营之后所带出来的威武霸气。

从南宫爵那坚定的目光中不难看出，这个少年虽然年纪不大，但所经历过的事情绝非普通少年所能比拟。

换作别人，肯定会被南宫爵身上释放出来的威压气势吓到破胆，慕紫苏却没有将他的戾气放在眼中，淡漠地回道："略懂一些，正处于学习阶段。"

南宫爵双瞳微眯："所以你是打算拿我们金凌人的性命来练手？"

慕紫苏微微一笑："如果你要这么理解，也无可厚非。"

南宫爵眸色又深了几分："这就是你们天启的态度？"

慕紫苏没有示弱，反唇相讥："天启的态度是好是坏，完全取决于你们金凌。"

有生以来，南宫爵大概第一次遇到如此大胆的姑娘，虽然那晚在皇家书院门口已经与这个漂亮的姑娘有过一面之缘，但当时夜色深浓，加上他出现在那里的时候，那些刺客已经全部被撂倒，所以遗留在脑海中最深刻的印象，是一位满身霸气的姑娘，在听到自己的笑声之后，飞也似的前来捕捉他的身影。

此时近距离与她对视，才发现这个慕家三小姐，不但容貌生得倾城倾国，就连嘴皮子也犀利得让人忍不住对她起了几分征服欲。

慕紫苏没有多余的工夫和他扯皮，无视南宫爵犀利的目光，她不客气地将他推至一旁："救人要紧，有什么话稍后再说。"

然后，她示意两旁太医暂时靠后，捏住方奕的脉搏，并通过指间的血灵戒静静察看方奕的身体状况。

用"糟糕"两个字来形容实不为过，这位方小公子的气性可真够大的，比赛必然有输有赢，他不过就是连输三场，怎么能把自己气到差点丧命？

从头到尾，惹下这场事端的顾卿然一直像看好戏一样静观事态进展，他可不认为自己有错，愿赌服输，气死活该。

慕紫苏本来也不在意方奕的死活，可众目睽睽之下，方奕如果死了，在场很多人都难逃罪责。

简单探过他的脉象，她迅速从随身携带的荷包中取出一套银针，褪去方奕的衣袖，在他手臂的几处穴位上连续扎了十几根银针。

她一边扎针，一边跟几个上前询问的太医低声解释着这几个穴位对心脏的影响。

方奕郁结于心，引发心疾，性命垂危，必须及时止损，让他的心脏恢复正常的跳动。

这几个穴位不但可以让血液流得更加顺畅，还对心脏的复原起到决定性的作用。

当然，这种事情换成别人来做，方奕还是必死无疑。

慕紫苏却利用银针，暗暗将血灵戒的威力施加进去。

这枚血灵戒就好比一剂灵丹妙药，没过多久，已经渐渐停止呼吸的方奕忽然喘了一口粗气。

他倏地睁开双眼，吐出一口浓痰，随着浓痰破喉而出，惨白的脸色终于渐渐变得红润起来。

目睹这一幕的众人无不倒吸一口凉气。

他们可以不信任慕紫苏，却没有人怀疑那些资历深厚的御医。

连御医都治不好的病人，慕紫苏随便几根针扎进去，就能让人起死回生，她的医术简直到了出神入化的地步。

凤临月很满意这个结果，天晟帝也对慕紫苏及时救场的行为赞赏有加。

赵维祯与有荣焉，赵维瑾则暗暗咬牙。

每一个见证这一幕的围观者都是各怀心思，当然也包括之前并没有将她放在眼中的南宫爵。

没想到这个小丫头年纪虽轻，本事却不小。

南宫爵从未认真在意过什么人，这个叫慕紫苏的小姑娘，着实引起了他浓厚的兴趣。

经过慕紫苏的治疗，方奕的情况渐有好转。虽然脸色还有些不太正常，只要接下来好生调养，保住性命应该没有问题。

在南宫爵的示意之下，方奕暂时被人扶下去休息。

按照原来的比赛规则，是五局三胜，天启目前已经连胜两场，只要再胜一场，天启将成为最后的赢家。

所以，南宫爵并没有坚持比上五局，只要天启连胜三局，他们金凌便愿赌服输。

当然，这最后一局，由他亲自上场。

南宫爵是金凌的太子，有资格与他比试的，必须也是天启的皇子。

除了不良于行的赵维祯之外，唯一有资格与南宫爵对战的，只剩下赵维瑾。

和之前提出的种种花哨比法略有不同，南宫爵要求的比试简单而粗暴，在射猎场临时搭建一个匕首阵，比试的地点就在匕首阵上。

落阵者输！

所谓匕首阵，就是在空地的一定范围内插入锋利的匕首，匕首中间摆上木桩，木桩的数量极其有限，且占地空间非常小，人只有站在木桩上才能找到支点。

在南宫爵的号召之下，他的侍卫以最快的速度在射猎场布下匕首阵，看到阵法之后，众人都惊呆了，并纷纷向赵维瑾投去同情的目光。

因为，赵维瑾一边要在窄小的木桩上寻找平衡，一边还要与南宫爵拳脚对峙。

稍有不慎，就有可能落下木桩，被插在地上的匕首刺伤。

就算赵维瑾自诩自己的功夫还算不错，看到那几百枚锋利的匕首在阳光的照射下闪烁着夺命的冷光，他还是被吓得脸色惨白，头脑发昏。

南宫爵哪里是在比试？分明就想趁这个机会要了他的命。

天晟帝看出儿子眼中的惊恐，也知道以儿子现在的能力，根本没办法在匕首阵上赢得胜利。

反正天启已经连胜两局，就算最后一局输掉，也能保持四局两胜的结果。

于是，天晟帝斟酌着开口问道："这种有可能会伤及性命的比试，是否有些不太妥当？"

已经换上一套劲装的南宫爵傲气冲天地对天晟帝说道："怕死的话，贵国可以即刻认输。"

换作从前，赵维瑾肯定要挺身而出，彰显自己的存在价值，可是现在，他不由得退缩了，毕竟伤颜面事小，伤性命就得不偿失了。

他还得留着这条命，跟赵维祯争夺皇位呢。

赵维瑾流露出的怯意被南宫爵看在眼中，他哈哈大笑道："三殿下，若你宣布认输，再跪在本太子面前磕三个响头，这场比试，咱们就算完成了。"

如此侮辱人的言语，气得赵维瑾面红耳赤。

他多想硬气地跟南宫爵大战一场，可看到上百枚匕首在地上反射着凛凛寒光，比试稍有差池，他的命就没了。

天启在场的其他臣子也被南宫爵嚣张的态度气得无话可说，这金凌太子着实可恨，想必之前一连输了两场，让他对天启怀恨在心。

"本王来跟你比！"

赵维祯的声音在宁静的气氛中骤然响起。

不但赵维瑾向他投去疑惑的目光，天晟帝、诸位大臣、慕紫苏、霍司铭等人，也纷纷向赵维祯望了过去。

凤临月眼中精光乍现，袖袍下，她双拳紧握，心脏在这一刻怦怦跳动起来，她的儿子，终于要褪去保护壳，以崭新的姿态重新见人了吗？

南宫爵向赵维祯投去一记不解的目光："你？一个瘸子？"

"瘸子"两个字，刺耳至极，却说出了在场绝大多数人的心声。

可下一刻，赵维祯用实际行动，让所有的人都闭了嘴。

只见他优雅从容地从轮椅上站了起来，褪去身上华丽的锦袍，袍子里面是一套用真丝裁制而成的利落短打。

他身材高大，双腿修长，站起来的那一刻，着实让人震撼心神，仿佛周身上下都散发出耀眼的光芒。

这虽然不是凤临月第一次看到重伤之后的儿子重新站起，却是第一次深切地感受到从内心深处迸发出来的热切与激动。

她的儿子，依旧是那么强大而自信，即使被淹没在人群之中，照样可以成为众人瞩目的焦点。

至于天晟帝和赵维瑾父子二人，表情已经彻底僵化。

那个瘸子，居然站起来了？

其他人的反应并不比天晟帝和赵维瑾冷静多少，明王殿下之所以会被废掉太子之位，正是因为他双腿不良于行。

如今他不但站了起来，从他那稳健的步伐来看，似乎身体已经复原。这是不是意味着，天启王朝的天，又要变了？

无视众人心中各异的想法，一步步向南宫爵走过去的赵维祯向他伸出三根手指："三百个回合之内，本王必会让你输得心服口服！"

被狠狠挑衅的南宫爵面色一冷："一百个回合之内，本太子让你后悔刚刚说过的蠢话！"

嘴上较量的工夫，两个同样出色的少年已经纷纷跃向匕首阵。

一番花哨的拳脚功夫很快在众人眼前成了一道亮丽的风景线，那些仍沉浸在明王殿下双腿已经恢复这个震惊的事实中的大臣的视线被两个少年出色的打斗场面牢牢吸引。

这些大臣中，很多人都见识过赵维祯当年如何叱咤风云。从小就被皇后丢进军营历练的赵维祯，破茧羽化，久炼成钢，同时他迅速成长为战场上出色的将领。

就算赵维祯现在的年纪并不大，可很多大臣，尤其是武将，都对这位前任太子极为敬服，其威望是赵维瑾望尘莫及的。

只见他拳拳威猛，脚底生风，与各方面能力都很突出的南宫爵对峙，丝毫没有处于弱势的迹象。

几十个回合下来，原本还有些轻敌的南宫爵终于意识到自己碰到了强劲的对手。

早在来天启之前就听说前太子赵维祯已经残废多年，所以从头到尾，他根本就没将赵维祯当成过对手看待。

反倒是赵维瑾，天晟帝膝下最受宠爱的儿子，是他此次来天启主要挑衅的目标。

结果，想不到赵维瑾就是个窝囊废，反而被他忽略的赵维祯才是强中之手。

打斗之间，一百多个回合已经过去。南宫爵并没有实现他的誓言，反而被赵维祯处处压制，好几次都差一点落于下风。

匕首阵危机四伏，稍有不慎，就会落在尖锐的匕首上丢掉半条命。就算南宫爵对这个阵法早已熟悉，与赵维祯对峙的时候，还是渐渐显露疲态。

反观赵维祯，蛰伏了长达两年之久，这是他第一次以强者的姿态重现人前。

压抑多时的悲苦与绝望，仿佛在这场打斗中得到了充分的宣泄。

二百多个回合过去，南宫爵在赵维祯强大的气场压迫下倍感疲惫。

二百五十个回合、二百六十个回合、二百七十个回合……

眼看第三百回合即将到来，赵维祯终于使出必杀技，在南宫爵猝不及防时飞出一个螺旋踢，将完全没有心理准备的南宫爵踹飞出去。

就在南宫爵即将摔倒在一排排锋利的匕首之上时，赵维祯动作迅速地收回拳脚，在南宫爵遭遇危险时，一把从他身后揪住他的衣领，堪堪让南宫爵躲过被匕首插伤的厄运。

与此同时，他手臂微一用力，将南宫爵推下木桩，让他落到一个相对安全的地方，自己则以潇洒飘逸的姿态傲然地站在木桩上面，口中淡淡说了几个字："不多不少，正好三百个回合！"

言下之意，他赢了！

这一刻，旗开得胜的赵维祯真正成了场上当之无愧的强者。

无数人欢呼鼓掌，不知是庆祝明王殿下双腿恢复，还是庆祝天启王朝赢下赌局。

天晟帝表情凝重，赵维瑾面沉似水。

曾几何时将明王殿下视为豺狼虎豹的那些千金小姐，无不对这样强势果敢的明王殿下投去爱慕的视线。

曾经这些姑娘对嫁给一个残疾又声名狼藉的皇子倍感惶恐，而当他以强者的姿态重新登场，又纷纷表露钦慕之情。

面对众人的声声喝彩，赵维祯全都视而不见，只将目光落在慕紫苏一个人的脸上，并以手抵胸，向慕紫苏做了一个暗示性的动作。

仿佛在向众人昭示，无论我变成什么样子，在我心中，你永远都是第一位。

众人岂会看不出明王做这个动作的用意？这一刻，有人羡慕慕紫苏的好运，也有人嫉妒慕紫苏能够得明王青睐。

被明王殿下当众表白的慕紫苏则落落大方地回了赵维祯一记漂亮的笑容，仿佛在说，你的心意，我感应到了。

赵维瑾恨得双拳紧握。

顾卿然在人群中吹着口哨起哄。

霍司铭和段无洛的脸上纷纷露出羡慕而又欣慰的笑容。

惨败一场的南宫爵看着赵维祯和慕紫苏之间耐人寻味的互动，眼底出现微妙的变化。

他是个输得起的人，于是拱手道："天启果然能人辈出，这次，是我们金凌输了！"

慕紫苏笑着接口："所以，太子殿下决定让出金凌的哪五座城池？"

众人这才想起，两国在比试之前，是下了筹码的。金凌边境的五座城池，这对天启来说，绝对是一件厚重的奖励。

慕紫苏果然胆大，别人不敢向金凌太子提及这件事，她却肆无忌惮地揭金凌太子的伤疤。

慕紫苏可不管那套，愿赌服输，这是赌桌上的规矩。

南宫爵向胆大妄为的慕紫苏投去一记犀利的目光，似笑非笑道："难道你还怕本太子说话不算话？"

慕紫苏露出一个纯良的笑容："所以太子殿下决定将哪五座城池给咱们天启？"

南宫爵被她那执着的样子气乐了，当下说出几个地名，对天晟帝道："寻个时日，本太子将那五座城池正式划分到贵国名下。"

反正这几个小城镇也是他从别的国家抢来的，就算被让了出去，也不会觉得多可惜。

南宫爵不以为意，白白得了五座城池的天晟帝则喜不自胜，他连忙说道："如此，便多谢太子殿下慷慨相赠了。"

天启与金凌的比试最终以胜利收场，对很多人来说都是一件天大的喜事。

意外得到五座城池的天晟帝，已经不知该用什么样的语言来形容自己兴奋的心情。

就算那五座小城位于边境，且领土占地并不可观，就连人口加在一起恐怕都没有天启一座小城镇多，天晟帝仍觉得自己捡到了宝贝，难掩欣喜之情。

在位十一载，他虽然不是无道昏君，但从坐上皇位那天到现在，却并没有为祖宗留下的这片江山做出过任何实质性的贡献。

这次与金凌的对决中，他以天启国君的身份将国家的领土扩大了一些，此番壮举绝对可以被史官载入史册，名垂千古。

当然，天晟帝还没有飘飘然到独享这份荣耀。

被邀请到承恩殿的宾客们有目共睹，天启王朝能够顺利赢得这场比试，黑槐殿那几个少年郎居功至伟。

无论是霍司铭的箭术、段无洛的记忆力还是顾卿然的猜测能力，都比不上与腿疾康复的赵维祯带给朝廷的震撼强烈。

谁能想到，已经被判为终身残疾的赵维祯，不但毫无预兆地站了起来，还在无数人的欢呼声中，为天启王朝赢得了颜面。

不愧是声名远播的明王殿下，各方面实力都比当场退缩的赵维瑾要强悍百倍。

事后，天晟帝将黑槐殿那几个表现突出的孩子叫到自己面前亲自表彰鼓励。

当他的视线落在赵维祯那两条笔直而修长的腿上时，忍不住询问："祯儿，你的腿，究竟是何时康复的？"

面对天晟帝的好奇，赵维祯答得不卑不亢："回父皇，儿臣的双腿早在数月前便有所好转，之所以一直没有将这件事告知父皇，是因为儿臣想寻一个重要的时机，给父皇一个惊喜。"

天晟帝面露微笑，却在心中腹诽，这的确是一个巨大的"惊喜"。

短暂的愣神之后，他又问："哪位大夫的医术如此高超，能在这么短的时间内将你的双腿恢复到这种程度？"

赵维祯目光温柔地看向慕紫苏，笑着回道："自然是儿臣未过门的妻子，慕家三小姐。"

这里是皇上专门用来招待臣子和重要宾客的会客殿，除了赵维祯、霍司铭、顾卿然、段无洛等几个翩翩少年郎外，慕紫苏自然也在列。

当然，既然是表彰有功之人，身为皇后的凤临月也陪伴在皇上身侧。

之前因脸上有伤，没能参加宫宴的瑶贵妃，在伤势略微好转后，迫不及待地凑了过来。

瑶贵妃之所以会这么厚脸皮地跑过来凑热闹，就是想亲眼见证一下，瘫了那么久的赵维祯，是否真如外界传言的那样，双腿已经彻底恢复了。

看到曾经靠轮椅代步的赵维祯迈着两条笔直的大长腿踏进会客殿的那一刻，瑶贵妃目眦欲裂，脸色也不受控制地变得惨白不已。

而天晟帝在得知黑槐殿几个身体素有顽疾的少年郎，皆在慕紫苏的治疗下恢复健康，他第一次对这个只有十多岁的小姑娘的医术造诣另眼相看。

"慕三小姐，你小小年纪，医术怎会高深到如此地步？"

方奕被气到当众吐血、命悬一线的场面，他和众人皆看在眼中，连宫中医术最好的御医都对方小公子的情况束手无策，慕紫苏只在须臾之间便将方小公子从黄泉路上拉了回来，天晟帝丝毫不怀疑慕紫苏的医术达到了出神入化的地步。

慕紫苏见天晟帝向自己投来灼灼的目光，谦逊而又自信地回道："臣女这一手医术，是由外公亲自传授。"

一直对慕紫苏颇有意见的瑶贵妃冷笑一声："这话说得也未免太言过其实了吧？按你的年纪，罪臣虞广白被处以极刑之时，你还没有出生，如何敢说自己的医术是受他真传？说大话也要有个尺度，皇上面前胡言乱语，这可是要杀头的死罪。"

凤临月看不得瑶贵妃处处针对慕紫苏，重哼一声道："出言指责别人的时候，最好掂量一下措辞再开口不迟。慕三小姐曾不止一次在公开场合提过，她能有这样逆天的医术，是通过虞老侯爷生前留下的手札自学成才。你最好搞清楚状况，再挑人毛病。身为后宫的贵妃，动不动就拿杀头威胁别人，你是太不把别人的性命当回事，还是太把自己当回事？这次天启与金凌对决，若非慕三小姐出面救人，你以为你身处的宫闱，还能像现在这般安然无恙？瑶贵妃，莫要忘了自己的本分，当时刻记得，什么话该说，什么话不该说！"

凤临月在斥责瑶贵妃这方面简直是驾轻就熟。

向来备受宠爱的瑶贵妃被骂得面红耳赤，她今天本来就是带着不满而来，被凤临月痛责一顿，更添了她心底的几分怒气。

被她寄予厚望的儿子非但没有在这么重要的场合一展所长，反而被赵维祯占尽风采，瑶贵妃如何能咽得下这份屈辱？

凭什么凤临月母子二人处处都要压自己一头？

瑶贵妃面露不甘，在触及凤临月那倨傲高冷的目光时，又像被抽了一鞭般瑟缩回来。

看着身边两个重要的女人每次见面都要针锋相对，除了苦笑之外，天晟帝颇有些无可奈何。

瑶贵妃固然是他的心尖肉，可凤临月也是他当之无愧的结发妻。

按照老祖宗定下的规矩，宠妾灭妻，是丧尽天良的行为，就算天晟帝再怎么想维护瑶贵妃的尊严，只要有皇后这座大山在前面挡着，他这个帝王就得乖乖退居二线，绝不能轻易插手后宫之事。

赵维祯、慕紫苏等人则像看好戏一样看着瑶贵妃当众出丑。

尤其是慕紫苏，若非场合不对，她简直想对凤临月竖起一根大拇指，然后赞一声干得漂亮。

为了缓和气氛，天晟帝打哈哈道："不管怎么说，祯儿双腿能够恢复，都是一件值得庆祝的大喜事。另外，这次你们几个在金凌对手面前表现得这么突出，为朝廷争了光，朕与有荣焉的同时，自然不会亏待你们。"

不管天晟帝人品如何，在下一代的培养方面，向来尽心尽力。

每一任国君都希望在朝廷任职的臣子能够为朝廷做出巨大贡献，黑槐殿这几个年纪不大的少年郎，有朝一日定会成为朝廷的中坚力量。

所以，天晟帝褒奖他们的同时，并不吝于拿钱财作为鼓励。

世人皆爱金钱和权势，作为上位者，给予这两样鼓励，对天晟帝来说简直易如反掌。

几个少年对皇上的赞誉表现得受宠若惊，慕紫苏用她那一手神奇的医术，博得皇上的重视。

总之，这是一个皆大欢喜的场面，每个人脸上都洋溢着喜悦。

唯独瑶贵妃胸口憋了一口怨气，她的儿子赵维瑾才应该是天底下当之无愧的佼佼者。

见其他人风光得意，她忍不住泼冷水道："朝廷从金凌手中夺下了五座城池的管理权固然是一件值得庆祝的喜事，但皇上有没有想过，那金凌太子当众受辱，甚至还被人从手中瓜分了领土，事后会不会找机会报复咱们天启？"

言下之意，以赵维祯为首的几个少年虽然立了大功，却也在无形之中为朝廷招惹了无穷后患。

赵维祯冷笑一声："按贵妃的意思，面对金凌强势的挑衅，咱们天启落于处处挨打的位置才算是上上之策？"

不给瑶贵妃应声的机会，他又接口道："金凌在国力方面固然强大，我天启也不是毫无反击之力的无能懦夫。你这样长他人志气，灭自己威风的行为，说好听一点是在为我天启朝着想，说直白一点，就是丧权辱国的缩头乌龟，穷其一生都难成大器。"

赵维祯一语双关，不但将瑶贵妃骂得狗血喷头，连带她那个没用的儿子也遭了殃，成为赵维祯口中难成大器的典型代表。

凤临月力挺儿子，笑得云淡风轻："祯儿说得没错，任何时候，都休要忘了自己的本分。否则，只会沦为别人眼中的小丑。"

母子二人一唱一和，将瑶贵妃批判得一无是处。

慕紫苏则在触及瑶贵妃如蛇蝎般的目光时，投给她一记嘲弄而挑衅的目光，仿佛在说，咱俩之间的那笔账，我可都在心里记着呢。

瑶贵妃猛然一惊，这才想起，金凌太子出访天启之前，她曾派了一批刺客欲夺慕紫苏性命。

刺杀行动以失败告终已经让她为之气结，慕紫苏还故意留了一个活口回来警告

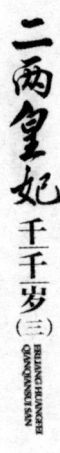

她，从今以后，她们之间势不两立。

慕紫苏那犀利的目光就像两柄利刃，刺得瑶贵妃浑身疼痛，难以自抑。

在会客殿憋了一肚子气的瑶贵妃，回到自己的瑶池宫，怒气大发，将眼前所有能看到的东西全都砸到地上。

直到狠狠发泄一通，她才咬牙切道地吼道："凤临月、赵维祯、慕紫苏……早晚有一天，我要亲手将你们碎尸万段！"

第七章
揭秘闻 身世离奇

不久前，慕老太太为了给家人保平安，专程去灵泉寺吃斋念佛。

两天前，她终于功德圆满，在丫鬟仆役的陪同下回到慕府。

刚踏进慕家的大门，就听说宝贝孙女在帝后面前又立了大功，慕老太太心情大好，忙不迭地派人将慕紫苏请回府中。

祖孙二人多日不见，聚到一起，免不得要聊一些家庭琐事。

慕老太太在灵泉寺吃斋的这些日子，慕紫苏连慕家的大门都不曾踏入。

听说她爹慕青流目前还在外省办差，恐怕还要等些时日才能归京。

之前受过杖刑并被关在院子里闭门思过的孙静婉，身上的伤势虽略有好转，却因为受刑太重，伤了元气，整日靠汤药维持性命。

慕若晴和慕若灵两姐妹虽然时常前去探望，却总避免不了与孙静婉发生口角。

孙静婉怪两个女儿没有在自己受罚时挺身而出，慕若晴和慕若灵两姐妹，也怪孙静婉沦为下堂妇之后，让她们姐妹二人从嫡女沦为庶女。

眼下正是两姐妹谈婚论嫁之时，连慕紫苏这个从小最不受待见的老三都有了婚约。

自诩各方面都比慕紫苏优越的这对姐妹花，岂能甘心介于她们庶女的身份，嫁入一个普通人家？

总之，祖孙二人不在慕家的这段时间，偌大的慕府，着实变得不安分起来。

慕老太太虽然人在灵泉寺，对府中的动向却甚是了解，在孙女面前抱怨了几句，便叹息着说道："说一千道一万，这都是一笔笔的孽债啊！"

慕紫苏对除了祖母之外的任何亲人都不甚关心，见祖母被家庭琐事烦得不行，好言好语地劝了几句："生死有命，富贵在天，祖母何必忧思这些！眼下最重要的是您的身体健康，操劳过度，可不是什么好事。且放宽心吧，未来的一切，全凭天意。"

慕老太太点了点头，忽又想起一件很重要的事情："紫苏，听说明王殿下的腿已经恢复了？"

看来承恩殿的那几场比试，如今已经传得满巷皆知。

慕紫苏并没有隐瞒的想法，点头应道："是的，他的双腿已经无碍了。"

本以为祖母会露出欣喜的神色，结果慕老太太却满面忧思。

她拉着慕紫苏的手，不知所措道："明王的双腿一旦恢复，你们之间的婚事……还算数吗？"

慕紫苏怔在当场，不懂祖母此言何意。

慕老太太一脸愁容："你这个傻孩子，明王殿下是什么身份？咱们慕家又是什么身份？虽然有些话说出来可能太过残酷，但门不当户不对的婚姻，只会让你嫁过去之后饱受白眼。你爹原本就是个成不了大事的，你外祖父虽然身份不凡，可当年发生了那样的事情，最后……"

说到这里，老太太叹了口气："总之，明王的双腿没恢复之前，你二人的婚姻还勉强称得上般配。一旦他双腿恢复，假以时日，身份地位必定不凡。到那时……"

接下来的话，慕老太太不知该如何开口。

聪明的慕紫苏立刻领会她的话中之意，忍不住笑道："祖母，您想得太多了。不管这段婚姻是否建立在门当户对的基础上，您孙女都不会让自己受到任何委屈。嫁之我幸，不嫁我命。若有朝一日明王嫌弃我出身不好，大不了解除婚约，各生欢喜。"

慕紫苏原本就对感情之事不抱信心，更不相信世上有什么所谓的真爱。

若有真爱，母亲何至于被人活活害死？

所以从头到尾，她与赵维祯之间的这段婚事，一直处于被动。

他想成亲，她可以陪着。

他不想娶了，她坦然受之。

因为，她还有更重要的事情要去做，没多余的时间消耗在儿女情长上。

当然，她也不否认，赵维祯的出现，的确在她生命中掀起一阵不小的涟漪。

假如真有那么一天，不得不面临与他分道扬镳的局面，心痛和难过是必然的。但也仅此而已，不会再有其他。

像是看出她眼中的坚毅，慕老太太一边对孙女的遭遇感到心疼，一边又对孙女的坦荡洒脱大为赞赏。

虞广白没有将他的坚毅果决遗传给他的宝贝女儿，却隔代遗传给了他的亲外孙女。

思及此，慕老太太又是一阵感慨。

只要紫苏能够坦然接受未来的命运，她这个当祖母的又何必跟自己过不去？

"说起你爹……"话锋一转，慕老太太又将话题扯到了慕青流身上，"我去灵泉寺之前，跟他提过，回头帮他再挑一门亲事，让他赶紧成立新的家庭，别再将心思浪费在孙静婉身上。孙静婉就是一个惹事精，从你爹将这个女人带进咱们慕家，就没过上一天好日子。这次，我托几个老姐妹帮忙寻一个贤良淑德的女子。年纪大些，长得丑些，家世差些都可以，只要人品好，就让她嫁到咱们慕家当主母。紫苏，关于这件事,不知你有什么看法?"

慕紫苏略带诧异地看了老太太一眼,愣怔片刻,她摇头道:"我当小辈的,自然没什么意见,一切全听祖母安排便是。"

对慕青流这个父亲,慕紫苏是全然不在意的。

无论她爹休谁娶谁,与她都没有半点儿关系。

不过话又说回来,她倒是很相信祖母的眼光,相信祖母挑出来的女人,就算达不到温良贤惠,至少也不会像孙静婉那般处心积虑地谋害别人。

最重要的就是,一旦有新的女主人嫁进慕家,对孙静婉母女三人来说,无疑是一个致命的打击。

如此这般,她倒是很期待看看孙静婉的热闹。

她独霸丈夫宠爱多年,如今有新人与她共侍一夫,不知孙静婉会不会被这个事实活活气死。

慕老太太就知道孙女是个识大体的,笑道:"既然你没什么意见,我这边就着手让人去张罗了。"

慕紫苏好奇地问:"父亲会欣然接受吗?"

在她的印象里,她爹对孙静婉可是情真意切。

明知道这个女人害了他的结发妻,甚至差点害死了自己的老母亲,依旧无怨无悔地对孙静婉情根深种,足以证明,慕青流是一个彻头彻尾的情种。

提到自己那不争气的儿子,慕老太太冷笑一声:"你也不要将你爹想得那么伟大,当日他的确是维护过孙静婉,但那都是建立在孙静婉会装会演戏的基础上。自从那女人受了杖刑险些一命呜呼,且从正妻被贬为妾室,她对你爹没能在她受苦时挺身维护便心存怨恨。我听说……"

慕老太太压低声音:"你爹在她休养这段时间,与房中几个近身的婢女走得极近。孙静婉不知从哪里听说了这件事,当下便使了些手段,将那几个婢女发落了。你爹为此大发雷霆,跟孙静婉闹了好几次。两人之间的关系也就维持着表面的和谐,那点情意早在互相猜忌下荡然无存。我去灵泉寺吃斋之前问过你爹再娶的意见,他非但没有表现排斥,反而还兴致勃勃地问我想挑哪家的姑娘。"

慕紫苏哭笑不得,原来所谓的真爱,在各种因素的破坏下,竟会变得如此脆弱可笑。

祖孙二人叙旧半日,慕老太太留慕紫苏在府中用过午膳,她才在吃饱喝足的情况下，招呼在外面快要玩疯的翠花与自己返回皇家书院。

回程的路上，翠花兴致勃勃地给慕紫苏讲述它从蓝月和绿梅两个婢女口中打听来的小道消息。

起初，两个婢女对翠花堪比人类的聪明头脑还有些无法适应。

接触得久了，两个婢女深深意识到，慕三小姐本身就是一个不寻常的姑娘，养出来的鸟能够逆天到这种地步，好像也在情理之中。

慕紫苏和慕老太太叙祖孙情的这段时间，翠花对慕府的情况有了一个大致的了解。

除了老太太透露的之外，最让慕紫苏为之诧异的居然是慕若灵。

"你说慕若灵对赵维祯别有用心？"

听到这话，慕紫苏放慢脚步，侧头看了站在自己左肩的翠花一眼，仿佛对方说了一件极其不可思议的事情。

翠花一本正经地点头："起初我听到这件事的时候也觉得有些不敢相信，不过蓝月姑娘说得有板有眼。她亲耳听到慕若灵与贴身婢女聊天时曾无意中透露，她对双腿复原后的祯哥哥倾慕有加。"

赵维祯双腿恢复的消息，以星星之火可以燎原的势头迅速传得尽人皆知。

慕若灵能够获知这件事，倒也不足为奇。

不过，慕若灵对赵维祯倾慕有加，倒让慕紫苏觉得颇为诧异。

这八竿子打不着的两个人，平时根本没有任何交集。

翠花说得一本正经："据说，慕若灵之所以会对祯哥哥产生兴趣，是因为几日前无意中在街头看到双腿已恢复行走的祯哥哥的风采，才芳心暗许，对人家生了不该有的觊觎之心。但凡长眼睛的人都看得出来，祯哥哥雄姿英发、卓尔不群，绝非京城里那些纨绔公子哥所能比拟，就算我当日没有与你前去皇宫参加金凌太子的接风宴，却已听说那天在承恩殿见识过祯哥哥和金凌太子对峙的姑娘们，无不对双腿恢复的祯哥哥情愫暗生……"

见翠花还要口无遮拦地八卦下去，慕紫苏好笑又好气地打断它的话："如果你祯哥哥是那种见一个爱一个的男子，我会毫无眷恋地将他拱手相让。若他对我忠贞不贰，我也不必去担心那些是是非非。总之，作为一只鸟，你只需管好自己的吃喝，至于你主人感情方面的事情，你还是少操心为妙。"

翠花对她翻了一个大大的白眼，小声抱怨："我这都是为了谁……"

就在慕紫苏有一句没一句地跟翠花闲嗑牙时，忽然之间她动作一滞，一股未知的危险仿佛如影随形。

此时，她跟翠花途经的正是之前被瑶贵妃派刺客行刺的那条偏僻的巷口。

即使现在是青天白日，这条巷口依旧冷冷清清，极少有人踏足此地。

未知的危险气息越来越强烈，慕紫苏不由得腹诽，瑶贵妃那个蠢货，一计不成该不会又使第二计吧？

犹不知危险临近的翠花还在那叽里咕噜说个不停，千钧一发之际，不知从哪里射来一支飞镖，直奔慕紫苏的面门而来。

这下，翠花终于被吓得哇哇大叫，它抖着翅膀就想飞走，却因为动作慢了半拍，在起身时不小心被飞镖擦了一下。

虽然没有伤及它的筋骨，屁股上一根漂亮的羽毛却掉了下去。

飞镖飞来的瞬间，慕紫苏迅速做出反应，她利落地躲过飞镖的袭击，那支飞镖在擦掉翠花一根羽毛之后，"啪"的一声，直直插入她身后的树干上。

紧接着，一道黑影从树上跳下来，在慕紫苏没有看清对方长相之前，两人已然交起手来。对方黑衣黑面，将自己的五官遮挡得密不透风。

慕紫苏虽然不及对方高大，与对方交手的时候却完全不落下风。

"嘀！你这小丫头，还挺厉害的嘛……"

黑布之下，传来一道颇有些熟悉的声音。

未等慕紫苏辨别出对方的身份，那人出手的速度越来越快。

翠花已经飞到别处，毫无顾忌的慕紫苏起初还有些惊魂不定，渐渐适应了对方的出手方式，她已经隐隐猜出此人的身份。

失去一根漂亮的羽毛，让翠花对这个突然出现的坏人深恶痛绝。

它飞到一个相对安全的地方，扯开喉咙大喊："紫紫，踹死他！踹死他！"

寂静的深巷，忽然传来翠花那清脆的嗓音，将正在与慕紫苏对峙的黑衣人吓了一跳。

慕紫苏趁他失神之际，抬起长腿对着黑衣人踹了好几脚。

毫无心理准备的黑衣人在慕紫苏猛烈的攻势下连连后退。当他回过神，试图还击之时，慕紫苏已经眼疾手快地一把扯掉对方脸上的黑布，并以迅雷不及掩耳之势，用手肘扣住对方的喉咙，似笑非笑地问道："太子殿下这是想在光天化日之下谋财害命吗？"

黑布被扯掉之后，露出南宫爵那张俊逸非凡的面孔。

脸上的遮挡物被扯了下去，南宫爵毫不在意地露出一脸痞笑："看不出来啊，你这个年纪不大的小姑娘，竟有这般出神入化的身手……"

话未说完，翠花便拍着少了一根羽毛的翅膀飞了过来，在南宫爵的脸上啄了一口："浑蛋，赔我羽毛！"

南宫爵被突然飞到自己面前的大花鸟吓了一跳，见对方怒气冲冲地瞪着自己，他忍俊不禁道："嘿，这只鸟居然会说话……"

翠花怒不可遏地重复一声："浑蛋，快赔我羽毛。"

屁股上那根羽毛是它最引以为傲的存在，每次站在枝头，高高地翘起屁股，那根绚丽夺目的羽毛都会以骄傲的姿态展现在众人面前。

现在，它屁股忽然变得光秃秃的，哪里还有往日美丽的风采？

意识到自己被一只鸟咒骂的南宫爵，下一刻的反应竟然是哈哈大笑。

有生以来，他第一次见过这么有趣的鸟，不但长得漂亮，还能说一口流利的人话。

正等着给自己讨公道的翠花则被这个坏蛋气得七窍生烟，慕紫苏将翠花抱到自己的左肩，低声劝慰了几句，又帮它将掉在地上的那根羽毛拾起来，并拍胸脯保证，会想办法将它的羽毛粘回去，恢复从前美丽的样子，翠花的怒气这才缓解。饶是如此，它看向南宫爵时，还是流露出深深的敌意。

笑了半晌的南宫爵问慕紫苏："这小家伙是你养的鸟吗？它真可爱，叫什么名字？"

未等慕紫苏应声，翠花厉声道："紫紫，千万别告诉他我叫翠花。"

"哈哈哈……"接下来，南宫爵又是一阵爽朗的大笑，"原来你叫翠花啊，哈哈哈，你这名字，也太有喜感了吧……"

慕紫苏无可奈何地看了气鼓鼓的翠花一眼，低声骂了一句："笨蛋！"

骂完，又冷着脸对止不住大笑的南宫爵道："你行刺我，究竟有何目的？"

笑了好半晌的南宫爵总算收回了笑容，对兴师问罪的慕紫苏道："你害得我白白失去了五座城池，这笔账，咱们不该好好清算清算吗？"

慕紫苏被他的话给气乐了："五座城池是你们金凌提出的赌约，既然愿赌就要服输。怎么？金凌的太子殿下该不会是一个输不起的懦夫吧？"

南宫爵并没有因为她的讥讽而生气，相反，他看向慕紫苏的眼神中，竟多了几分探究和兴味。

他摊了摊手,做出投降的姿态,笑着说道:"五座城池而已,本太子还不至于输不起。其实今日之所以会暗地跟踪你,是想亲口跟你说一句谢谢。你的名字叫慕紫苏是吧,很感谢你,对我表弟出手相救。事后我听表弟说,他当日气血上涌,失去意识,很可能丢掉性命。别说你们天启的御医,即便是我们金凌的御医,遇到他那种情况,恐怕也会束手无策……"

他一口一个表弟,听得慕紫苏眉头直皱。

像是看出她眼底的疑惑,南宫爵解释:"忘了告诉你,方奕是我舅舅家的孩子,按亲族关系来算,是我的嫡亲表弟。"

慕紫苏恍然大悟,难怪那个叫方奕的小子和金凌其他的少年相比,多了几分傲气和骄纵,原来他真正的身份,竟然是太子殿下的表弟。

这也可以很好地解释,为何方奕在输掉比试之后,会被气到当场吐血。

想来他在金凌的时候应该被家人保护得极好,所以遇到小小的挫折,便会性情大变,甚至在怒极攻心之下引发心疾。

想明白这些,慕紫苏又瞪向对方:"这就是你向人道谢的一贯作风?"

刚刚若非她反应及时,说不定已经丧命于那支飞镖之下。

南宫爵笑得见牙不见眼:"道谢只在其一,至于其二,也想亲眼见识见识你的本事。毕竟你我之前曾在这里有一面之缘,我实在无法相信,一个年纪这么小的姑娘,具备与我实力相当的本事。"

慕紫苏忍住翻他白眼的冲动,皮笑肉不笑地问道:"我的本事你见识过了吗?"

南宫爵点头,并冲她竖起一根大拇指:"你很特别,也很有趣,我记下你了!"

"记什么记!"

翠花展开它的大翅膀挡住南宫爵的视线,怒气冲冲道:"我家紫紫已经有未婚夫了,你最好有多远滚多远!"

每次听到翠花说话,南宫爵都能乐上一阵。

即使他被一只鸟教训,依旧笑得开心不已,他笑着对翠花说道:"胖鸟,你大概还不了解本太子的脾气,越是具有挑战性的事情,就越是能激起本太子的征服欲。"

翠花的注意力只集中在"胖鸟"这两个字上,它气得大声嚷嚷:"你才胖鸟,你全家都胖……"

就在它想一展雄风,和南宫爵大吵一架之时,慕紫苏将翠花拉回身边,对嚣张狂妄的南宫爵道："我不清楚你此番来天启有何用意，在不伤及两国情谊的情况下，希望从今以后大家井水不犯河水，以免伤了和气。"

说完，慕紫苏转过身，扬长而去。

看着她修长挺拔的背影，南宫爵的嘴边勾起一抹兴味的笑容。

这个慕紫苏，还真是越看越有趣。

翠花就是个大嘴巴，因为屁股上的羽毛在南宫爵的欺负之下被弄掉了一根，便将南宫爵视为头号敌人，第一时间跑到明王府向明王殿下告状。

在翠花添油加醋的描述之下，南宫爵不但成了奸恶小人，还成了它口中意图染指它家紫紫的登徒子。

居然有人敢肖想自己未过门的妻子，这让赵维祯无论如何都咽不下这口气。

正好这几日书院放假，赵维祯当即在翠花的带领下来到黑槐殿，询问慕紫苏有没有被南宫爵那个浑蛋占便宜。

在翠花的大力渲染传播下，顾卿然、段无洛和霍司铭等人也得知慕紫苏被南宫爵欺负的事情。

他们担心好友遭遇不测，纷纷赶回黑槐殿探望她的安危。

结果在看到慕紫苏安然无恙地坐在自己的小院子里拣草药时，众人全都无语了。

慕紫苏被接二连三出现在自己院子里的众人搞得一头雾水，不解地问："你们怎么来了？"

以赵维祯为首的一众少年没有回答她的问题，而是齐齐冲翠花投去质问的目光。

丝毫不觉得自己有错的翠花振振有词道："紫紫被南宫爵欺负绝对千真万确，你们看……"

说着，它用力翘起自己的屁股，语带哀怨道："人家屁股上最漂亮的那根羽毛都被他弄掉了。"

每次想起自己断掉的羽毛，翠花都恨得咬牙切齿。

顾卿然没好气道："说谎的孩子是要被大灰狼吃掉的。"

霍司铭和段无洛则是一脸宽容，并没有因为翠花在描述事情的时候夸大其词而露出半点不悦。

赵维祯率先踏进小院，将慕紫苏从一堆草药中拉了起来，上上下下打量了她好几眼，见她手脚俱在、肤色红润，丝毫没有受伤的迹象，这才语带关切地问："南宫爵

真的找你麻烦了？"

慕紫苏先是向翠花投去一记警告的目光，才对担忧自己安危的赵维祯说道："别听翠花乱说，南宫爵之所以会找上我，是为了替他表弟向我道谢。哦，你们可能还不知道吧，他表弟正是那日与卿然比试隔空猜物的方小公子方奕。"

见众人无不露出诧异的神色，慕紫苏将南宫爵一连两次在皇家书院巷口处与自己相遇的事情，简明扼要地向几个朋友交代一番。

"总之事情没有你们想象的那么复杂，这个南宫爵，大概是要风得风、要雨得雨惯了。忽然间在咱们几个面前受挫，所以才心有不甘，想要给自己讨回几分面子。至于被他让出来的那五座城池，事后我查了一下相关资料，这几座小城在三年前曾归属于扶苏国。去年年末，南宫爵率领他的亲信途经扶苏国时，用了一些不光明的手段，分走了扶苏国一部分领土，其中就包括这五座小城。"

扶苏国位于天启王朝的西北部，是一个各方面实力都上不得台面的弱小国家。

面对南宫爵的强取豪夺，扶苏国君为求自保，只能忍痛割爱，用大片江山将南宫爵这位活祖宗给打发出去。

好在南宫爵这个人虽然行事嚣张，一旦得到自己想要的，便会偃旗息鼓，绝不会再继续为难对方。

所以，这些年被他欺负的国君虽然不计其数，真正试图反抗的却寥寥无几。

听完慕紫苏的讲述，段无洛小声说道："金凌太子在承恩殿没能从咱们手中捞到好处，回头会不会再使出什么阴谋诡计为自己获利？"

霍司铭哼道："这种人，必须时刻提防。"

顾卿然露出一脸凝重的神色，他揉了揉下巴，意有所指道："看来我之前的预感并非毫无根据，南宫爵此番进京，定会掀起惊涛骇浪。"

说着，他看向已经坐在慕紫苏身边帮她一起挑药材的赵维祯："还有你，选在那种时候当众宣布自己的腿疾已经彻底痊愈，就不怕树大招风，惹来不必要的麻烦？"

顾卿然等人虽然早就猜到慕紫苏一定会竭尽全力去治疗赵维祯残掉的双腿，能在这么短的时间内恢复如初，倒真有些出乎众人的意料。

与黑槐殿几个少年已经混得极熟的赵维祯并没有将他们当成外人，他一边拣药，一边对众人说道："收敛锋芒虽然可以少招惹一些是非，但赵维瑾迟迟没有被封王，父皇的用心昭然若揭。换作几年前，我对那个位置并不向往。可是现在……"

他深深地看了慕紫苏一眼："我已经有了要保护的人，只有争取到该争取的东西，才能保证身边亲友一世无忧。"

霍司铭面露诧异，压低声音道："你要重新争夺太子之位？"

几个人并不担心他们的谈话会被有心之人听去，慕紫苏的这栋小院，看似简陋不起眼，却暗中设了几处机关，一旦有外人闯入，院中的主人就会通过机关的提示有所防备。

赵维祯并不打算在几位好友面前掩饰意图，他本来就是天启的太子，若非当年出了意外，他也不会因为双腿残疾被废去太子之位。

既然现在双腿已经恢复如初，理应夺回属于他的东西，他不认为这有什么不对。

于是，他冲众人点了点头，语气坚定道："太子之位，我势在必得。"

顾卿然唏嘘一声："这件事，恐怕没有想象中那么容易。虽然你最有资格成为天启的太子，但这两年皇上对赵维瑾颇有提拔之心，明眼人都看得出来皇上的真正意图。说实在的……"

话至此，顾卿然看了霍司铭一眼："瑶贵妃如今深得帝宠，有瑶贵妃这个当娘的暗中相助，又有手握重兵权的将军府从旁辅佐，如今已经隐退朝廷的凤氏家族，恐怕没有能力改变这个局面。"

身为将军府的一员，霍司铭不管是对瑶贵妃这个姑母，还是对整个霍家老小，都没有任何亲情上的依赖。

他颇够义气地在赵维祯肩膀上拍了一下，诚挚道："无论何时，你都是我真正的朋友。"

言下之意，只要赵维祯想争那个位置，他定会无条件辅佐。

段无洛和霍司铭的态度一样，不管皇上真正属意的继承人是谁，他都无条件支持赵维祯的一切决定。

顾卿然哼笑："我说你们几个，能不能不要盲目决定未来的一切？也不仔细想想，凭咱们几人的能力，岂会改变皇上的决定？皇上如今正值壮年，在身体没有大碍的情况下，他还能在这个位置上待个十几二十年。朝中的大臣大部分是墙头草，为了保住头上的乌纱帽，有几人敢与皇上对着干？就算曾经一部分支持前太子的大臣出面力挺，只要皇上不肯将位置让出来，谁都别想从中捞到好处。"

顾卿然这番话说得的确难听了一些，但仔细一琢磨，他看得比在场的众人都通透。

事实就是如此，谁是皇帝，谁就能掌控江山，操纵别人的生死。

赵维祯现在所拥有的权势和荣耀，不过就是皇上一句话的事情。

所以，赵维祯虽然在与金凌的比试中拔得头筹，赢得满堂喝彩，如此冲动又激进的行为，却在无形中给他带来了意想不到的麻烦。

慕紫苏听了片刻，开口说道："事情未必如你们想象的那么糟糕。首先，维祯身为前任太子，麾下已经有了稳定的拥趸，在这方面，赵维瑾再如何得到皇上的宠爱，一旦涉及自身利益，赵维瑾都不会在这场角逐中得到好处。其次，凤氏家族隐退朝廷，并不代表凤家的势力彻底消失，维祯选在这个时候宣布他双腿已经恢复，在我看来是一个绝佳的时机，一旦皇上将太子之位封给赵维瑾，那才后悔莫及，为时已晚。"

顾卿然的分析固然有道理，慕紫苏独到的见解也颇得人心。

赵维祯见朋友们纷纷为自己的前途出谋划策，他倍感开怀的同时，也对自己能在人生中遇到这样的伴侣和挚友感到庆幸。

慕紫苏出现之前，他从未觉得人生还可以这样美好。

是紫苏给他带来的希望，也让他深切地体会到，人与人之间，除了亲情和爱情之外，还有更加珍贵的友谊。

"好啦……"赵维祯笑着开口，"无论将来的情况如何，眼下摆在咱们面前的最大难题，是尽快将南宫爵那群人送走。就像卿然所说，南宫爵此番来京，定会掀起惊涛骇浪，在麻烦来临之前，不如好好想一想，如何在不影响两国关系的情况下，让南宫爵他们趁早离开。"

说到这里，他看向顾卿然："与方奕比试的时候，你的预知能力像是达到了巅峰状态。这是不是意味着，你已经能够准确地操控你的预知力，不再像从前那般时灵时不灵？"

"并没有！"顾卿然老老实实地摇头，"在承恩殿，我敢义无反顾地站出来，是因为当时有一种强烈的感觉在提醒我，必须参加那场比试。不瞒你们说，密封在箱子里的东西究竟是什么，我都是空口白话，随便编的。我也没想到，随口说出来的答案，准确度居然高到那种地步。现在如果有一只箱子摆在我面前，我绝对猜不到里面的东西。"

众人同时抽动着嘴角。

慕紫苏笑道："如此说来，方公子那几口血，不是白吐了吗？"

顾卿然耸肩："谁知道他的气性会那么大。"

霍司铭上上下下打量着顾卿然，自顾自地说："怪人的世界，果然不是我等凡人能够体会得到的。"

顾卿然瞪他一眼："怪人？难道我长三头六臂了不成？"

慕紫苏也觉得顾卿然的这种天赋十分不寻常，之前她对他的个人情况了解不多，只知道他是国公府的公子，因为不善于讨长辈欢心，于是被祖父赶出家门。

顾家其他几个孩子并没有像顾卿然这般展露天赋，所以，顾卿然应该是顾家一个非常特殊的存在。

说起顾卿然的亲人，除了顾天恒这个祖父之外，还有他的父亲顾承勋。顾卿然的生母已经去世，下面还有一个比他小好几岁的弟弟顾卿渝。

由于年纪太小，顾卿渝暂时还没有融入他们这个群体之中。从顾卿然的字里行间也不难看出，他与他那个同父异母的弟弟之间，好像并没有太深的兄弟情谊。

当慕紫苏尝试着询问顾卿然的家世背景时，顾卿然丝毫没有掩饰他对祖父、父亲以及那个连面都没见过几次的弟弟的不满："什么亲人？在我眼中，他们连陌生人都不如。直到现在我都忘不了，我娘去世之后，他们连一场像样的葬礼都没准备，只草草将我娘的尸骨装棺入殓，葬入顾家的祖坟之中。我娘去世还不到一个月，我那个父亲便将第二任妻子娶进家门。而他之所以会这么急着操办喜事，是因为那女人的肚子里已经怀了顾家的骨肉……"

豪门大族的丑事从来只多不少，像国公府这种注重门楣的大家族，也只能用浮华的外表来掩饰他们背后的疮痍。

难怪顾卿然对顾家一点儿感情都没有，从小就被至亲忽略，哪个孩子都会寒心。

最让顾卿然愤恨的就是，这些年，他爹新娶的那个女人，三不五时就使些手段，欲置他于死地。

虽然每次都没得手，可被谋害的次数多了，顾卿然还是对整个顾家都生出了深深的怨念。

慕紫苏忍不住问："之前好像听你提过一次，你母族那边的势力并不弱小。为何你母亲过世之后，竟会落得那么一个不体面的下场？"

提起自己的母亲，吊儿郎当的顾卿然终于流露出些许思念的黯然。

他看了众人一眼，无奈道："其实我对我娘的家族了解得并不算多，只知道她嫁给我爹的时候虽是风光大嫁，但没几年她的整个母族便搬迁到外省，最后竟再也联系不上。我爹大概觉得从我娘那边得不到实质性的好处，久而久之，便对我娘这个结发妻生出不满。我小时候，他们两个便经常吵架，我总看到我爹斥责我娘，是个被家族遗弃的赔钱货。时间久了，我娘积郁成疾，没几年工夫，便香消玉殒，离开人世。"

说到这里，顾卿然苦笑一声，他从荷包中拿出一只做工精致的玉海螺，在指间来回把玩片刻："这是我娘临终前，留给我的唯一纪念。"

慕紫苏被他手中的玉海螺锁住视线，她眼中略带好奇："能不能将你的玉海螺借给我看看？"

顾卿然很是大方地将玉海螺递过去，慕紫苏接过来之后仔仔细细打量了一番，从这只玉海螺的做工来看，工匠在雕刻此物时，应该用尽了心思。

螺身上刻着繁复的花纹，用的是上好的白玉，玉身光滑，多年来被人抚摸把玩，上面的纹路已经被磨得快要消失不见。

饶是如此，还是一眼就能辨认出，这只玉海螺的来历一定非比寻常。

顾卿然见她看得仔细，不由得问："这只玉海螺有什么问题吗？"

慕紫苏来来回回翻看了良久，才低声轻喃："这只海螺，像端木家族流传下来的物件。"

闻言，顾卿然瞳孔放大，不敢置信地问："你怎么知道我娘姓端木？"

慕紫苏也怔了一下："你娘姓端木？"

顾卿然用力点头："是啊，我娘姓端木，名瑞雪。据说这只玉海螺，是我娘的母亲，也就是我外婆弥留之际留给她的遗物。一代传一代，最后，这玉海螺便传到了我的手中……"

慕紫苏也认真回道："我之所以会说这只玉海螺是端木家族的东西，是因为这个家族曾经具有非常大的影响力。不知你们可曾听说过吉祥岛？"

见众人一脸茫然，纷纷摇头，慕紫苏耐心解释："关于吉祥岛的事情，是我师父讲给我的。据说很多年前，有一片巨大的海域，名叫天阑海岸，吉祥岛就位于这片海岸的正中心。吉祥岛的历任岛主之中，最出名的当数端木辰。他被当时的人们喻为海上帝王，掌管着天下的海上领域，与当时的霸主国黑阙皇朝的皇帝私交甚笃。据说，端木辰与传说中那位可以驾驭世间百兽的洛千凰还结为异姓兄妹。总之，关于那段辉煌的历史，被后世记载了许多版本。我之所以会说这只玉海螺出自端木家族，是因为我从一本史书上看到过相关记载。当年，那位海上帝王端木辰的贴身信物，便是一只玉海螺。你娘留给你的这只，与书中记载描绘的玉海螺有八九分相似。如果你娘真的姓端木，那么你拥有预知能力，便在情理之中了。因为……"

慕紫苏的语气十分笃定："那位海上帝王端木辰，他的结发妻，是天族的嫡系传人白若璃。关于天族的历史，相信你们都应该略有所闻。这是一个颇为神秘的族落，凡是拥有天族血统的，多多少少都会自带逆天的技能。而你的预知能力时灵时不灵，大概是因为流传到你这一代，血统已经没有先祖那般纯正。"

慕紫苏提到"天族"两个字的时候，所有的人都陷入沉思。

关于神秘的天族历史，他们的确有所耳闻。

这是一个不被世人接受的部落，因为天族的后人天赋异禀，他们的鲜血可以成为起死回生的良药，他们布下的阵法能够让一个强国毁于一旦，他们预知未来的能力能够让悲剧变为喜剧，也能让喜剧沦为悲剧。

虽然他们的能力看似不凡，却因为当权者的贪婪和自私，大部分天族人都无法安安稳稳在世间存活。

所以，据传闻记载，天族的后人，几乎很少会有好下场。

顾卿然无论如何也想不到，他的母亲居然会拥有天族的血统。如果他娘是天族的后人，那么，他身上是不是也流着天族的血液？

关于天族的历史发展到今天已经无从考证，顾卿然陷入良久的沉思，一时之间竟不知该如何消化这个事实。

慕紫苏将玉海螺还到他的手里，拍了拍他的肩膀，安慰道："放心吧，不管你是不是天族的后人，咱们几个朋友都不会将这件事暴露。你以前怎么活，以后就怎么活，至于你那时灵时不灵的预感，必要的时候能发挥作用最好，发挥不出作用，也没人会怪罪于你。"

经过慕紫苏这番劝说，顾卿然勉强露出一个哭笑不得的笑容。

一直保持倾听状态的段无洛忽然开口："我可以十分确定，卿然就是端木家族的后人。"

见众人齐齐望向自己，段无洛有些不好意思，他指了指顾卿然手中的玉海螺，小声说道："这些年被我翻看过的书籍不计其数，紫苏说的那段关于黑阙和吉祥岛的历史，我曾经在某本书中看到过。迄今为止，曾鼎盛一时的黑阙皇朝已经被灭国将近八百年。海帝王端木辰的确是那个时代的风云人物，他娶了天族公主白若璃为妻，建立了强大的海上王国。据史料记载，白若璃一共给端木辰生下三男两女，后由长子接管族长之位，将庞大的海上帝国一代代传承下去。这个海上王国发展到端木辰的重孙时代，呈现出没落趋势。虽然不如端木辰这个先祖有本事，却也在当时经营得风生水起。只不过后来，端木家族疲于与世人打交道，便隐居于大海中央，极少露于人前。发展到今时今日，端木家族是否还存在，已经无从考证了。毕竟八百多年过去，连强大的黑阙皇朝都被后世的朝代取缔，没有哪个当权者能够经久不衰，一直占据霸主地位。"

向来不善表达的段无洛，一口气说这么多话，实属难得。被他不经意提到的黑阙王朝，也引起在场众人的重视。

尤其是慕紫苏，她下意识地看了赵维祯一眼，就见赵维祯也在同一时刻望向她。想起两人第一次见面，便是赵维祯亲自带人去寻找黑阙帝王轩辕容锦的陵墓。

像是看出两人之间的眼神交流，顾卿然好奇地问："你俩是不是有话要说？"

赵维祯并未隐瞒，将自己当日为寻陵墓治病的事说了一下。

顾卿然听完哈哈大笑："看你一副聪明样，怎么会做出这么幼稚的决定？关于黑阙的历史是真是假暂且不提，就算真的有黑阙这个朝代，找到陵墓就能治疗你的腿疾了？"

未等赵维祯应声，段无洛再次认真说道："历史上是存在过黑阙这个朝代的，最鼎盛时期的两任皇帝，一位是荣祯帝轩辕容锦，一位是荣德帝轩辕尔桀。这两位皇帝之所以会成为黑阙历史上的传奇式人物，与他们的妻子凤九卿和洛千凰不无关系。在那之后，黑阙又绵延了许多年，直到荣祯帝的第十二代子孙接管皇位，此人像是经历过情伤，二十岁出头的时候便看破红尘，舍弃皇位出家为僧。他退位之后，嫡系旁枝哄抢皇位，最后整个黑阙被各股势力瓜分成好几个小国。几经浮沉，曾经强大的黑阙彻底消失，取而代之的，是今时今日当权的各国。"

霍司铭轻声开口："无洛，你似乎对那段历史颇为了解。"

段无洛笑得有些不好意思："是啊，主要是黑阙历史上出了几位传奇式人物，为了证明这些人物是否真的存在过，我翻阅了不少相关史料。明王殿下说的陵墓也许真的存在，至于陵墓中有没有明王想找的治疗神器，这我就不得而知了。"

"还治什么啊？"顾卿然笑得没心没肺，"他现在腿脚健全，不需要再去寻找什么黑阙陵墓。"

慕紫苏见几个人将话题扯得越来越远，赶紧圆场道："好啦，既然大家今日有空，不如聚在一起好好吃上一顿。翠花，去周府请周宝儿过来，她一直嚷嚷着要重新展示她的厨艺呢。"

当周宝儿三个字被慕紫苏唤出口时，之前还夸夸其谈的段无洛，耳根不受控制地红了起来。

周宝儿……

那个在承恩殿第一个向他喝彩的姑娘吗？

思及此，他的内心深处，竟对周宝儿的到来生出些许期待。

周宝儿此时心情非常不好，究其原因，是与她同桌而席的几个同窗，竟当着她的面，在背后非议慕紫苏。

自从慕家三小姐被她纳入好友的行列，她是真心将慕紫苏及黑槐殿那些被各自家族遗弃多年的学子视为同道中人。

回想当日她被顾清漪欺负的时候，除了慕紫苏之外，没人敢挑衅夫子的权威替她说话。

与黑槐殿那几个性情各异的少年接触之后，她慢慢发现，外界对黑槐殿那几个弃子的种种不利传言根本是子虚乌有。

尤其是不久之前，那些不被家族重视的弃子，还在金凌太子提出挑战之时，使出各自的本事，为天启王朝争得了荣耀。

所以，她完全不能理解，本该备受追捧的那些好友，为何到了这些闺阁小姐的口中，就成了笑话？

此时，周宝儿身处的地方正是京城最有名的鹤仙楼，刘嫣儿是她从小玩到大的姐妹，身为工部尚书府的大小姐，刘嫣儿在京城名媛圈算是颇有名气。

大清早，她接到刘嫣儿派人递来的请帖，约她来鹤仙楼吃午膳。

理由就是，这位刘大小姐不久前从亲戚那里得了一枚东海夜明珠，故此约三五好友来鹤仙楼显摆一通。

东海夜明珠对她们这些闺阁小姐来说虽然不是什么稀奇的玩意儿，但刘嫣儿拥有的这颗夜明珠，不但个头极大，发出来的光芒也明媚耀眼到令人啧啧称奇。

作为官宦人家的小姐，隔三岔五参加一次这样的聚会，对周宝儿来说并不稀奇。

她此刻的心情之所以这么阴郁，是因为接到邀请的除了自己和几个平时相交还不错的小姐之外，慕若晴和慕若灵两姐妹居然也在其列。

周宝儿对慕紫苏这两个名义上的姐姐十分厌烦，早知刘嫣儿请了慕家姐妹，她定会拒绝今日的邀约。

相处的时间越久，越是发现，刘嫣儿这个圈子，与慕紫苏的圈子完全不同。

前者就像一个八卦现场，为了各自的利益，对别人的事情说三道四，后者才让她感受到真正的友情，以及朋友间的信任与温馨。

回想不久之前，她在慕紫苏的邀请下去黑槐殿与那些小伙伴闲聊畅饮，仿佛那才是她真正想要追求的人生和目标。

耳边聒噪的谈论声依旧在继续，除了一开始对刘嫣儿意外得到的那颗东海夜明珠进行了简单的讨论，话题一直围绕慕紫苏展开。

"若晴，你颊边受伤的地方恢复得还真是不错啊！哪位神医这么厉害，这么短的时间就让你的脸恢复得比从前还要白皙？"

开口说话的是位姓李的小姐，之所以会提到慕若晴的脸，是因为当日这位李小姐与慕若晴一同参加过迷幻森林的冒险活动。

那天，她亲眼看到慕若晴谋害慕紫苏不成，自食恶果，毁了容貌。

本以为以美貌著称的慕大小姐从今以后会丑到无法见人，没想到再次见面，她脸上的伤居然离奇消失了。

李小姐这句询问看似对慕若晴充满关切之情，实际上，却是在故意当着众人的面，去戳慕若晴的痛处。

慕紫苏回京之前，慕若晴和慕若灵这对姐妹花无疑是京城最耀眼的人物，占尽风头，令李小姐嫉恨不已，所以她这句话一语双关，既讥讽了慕若晴，又在无形中挑拨了慕若晴和慕紫苏之间的关系。

慕若晴何其聪明，岂会听不出李小姐的弦外之音？她尴尬地笑了两声，含糊其词道："看来李小姐对我的伤势有所误解，其实我伤得并不重，回府之后涂了几日药膏，也就彻底痊愈了。"

慕若晴绝不会告诉在场的众人，她的脸，是被慕紫苏医好的。

周宝儿对这段过往略有了解，见慕若晴没有在众人面前说实话，忍不住插嘴说道："慕大小姐，做人就要实事求是。你脸伤得那么严重，若非紫苏出手相助，怎么可能会在这么短的时间内恢复！大家都是亲姐妹，必要的时候也应当在人前宣传一下自己妹妹的医术吧。"

慕若晴向周宝儿投去一记冷厉的目光，皮笑肉不笑道："这话是慕紫苏对你讲的？"

周宝儿不甘示弱道："是谁讲的并不重要，重要的是说出口的话要对得起自己的良心。还有刚刚讲过紫苏是非的几位小姐，前几日在承恩殿咱们可是有目共睹。若非紫苏和她黑槐殿的同窗在金凌太子挑衅咱们天启时出面解围,我们恐怕也没机会在这里聊天饮茶。正所谓做人留一线,日后好相见。你们这样肆无忌惮地在别人背后道人长短,一旦传扬出去,难免会坏了咱们的清誉。"

能忍到这个时候才发火,周宝儿觉得自己的脾气已经相当不错了。

之前几个讲人是非的小姐被周宝儿这么一挤对,面上都流露出或多或少的尴尬。

刘嫣儿见气氛变得凝重起来,笑着打圆场道:"哎呀宝儿,瞧你这话说得多难听。大家只是坐在一起闲聊几句,哪里就像你说的那样道人长短?至于那位慕家三小姐,她本来就是一个话题人物。你想想啊,自从她的名字响彻京城,做了多少惊天动地的事情?我们并不是说她不好,只是她嚣张跋扈的性情,相处起来难免会让人觉得有些不适……"

坐在刘嫣儿旁边的一位粉衣姑娘用帕子掩着唇瓣笑了一声:"嫣儿,你说的这些话,人家周小姐是不会认同的。听说不久前,周小姐与慕三小姐那群人就玩到一起,恐怕在周小姐眼中,慕三小姐才是至交好友,至于咱们这些从小一起长大的玩伴,早被她抛到九霄云外去了。"

周宝儿闻言大怒:"贺玲珑你什么意思?"

贺玲珑就是粉衣姑娘的名字,见周宝儿柳眉倒竖,一副要大发雷霆的模样,她勾唇哼笑:"我什么意思,在场的诸位都心知肚明。周宝儿,你可不要忘了,咱们是多少年的交情,你和那个慕紫苏才交往多久,为了一个不相干的人,居然连姐妹之情都不顾了,你这吃里爬外的行为,着实寒了姐妹们的心。"

慕若晴趁机添了一把火:"贺小姐莫要动怒,周小姐处处维护我家三妹,自然有她的想法和道理。现在谁不知道,慕紫苏是明王殿下点名要娶的姑娘,虽然那两人还没有正式成亲,但明王殿下如今双腿已经恢复。且将这份功劳全部记在慕紫苏的头上。想来不久之后,慕紫苏便是妥妥的明王妃。周小姐趁这个时候与未来的明王妃打好关系,也便于给自己未来的前程铺路。"

当"明王殿下"这几个字出现在众人耳中时,在场的姑娘们无不神色一振。

承恩殿接风宴之前,各府的千金小姐无不将明王视为冥王来看。

当那位前太子殿下以倨傲的姿态为朝廷赢得一场漂亮的比试,他的风头一下子碾压曾经人人都想嫁的三殿下,成为京城最炙手可热的夫婿人选。

所以,这些人嫉妒慕紫苏不是全无道理。

区区侍郎府的小姐,竟然鲤鱼跃龙门,被大名鼎鼎的明王殿下一眼相中,这等福

气,可不是谁都能沾得到的。

周宝儿没想到慕若晴竟然卑鄙到这种地步,刚要出言为自己辩解,门口处便传来一阵骚动。

循声望去,包括周宝儿在内,所有人的眼前都为之一亮。

只见一个身穿紫黑色锦衣华服的俊美少年,在几个年轻随从的簇拥下,迈着两条大长腿,如入无人之境般从外面走进来。

众人之所以会觉得眼前一亮,是因为这个紫衣少年无论是外貌,还是体形,皆完美到令人无从挑剔。

虽然早知道遗传皇后好相貌的明王殿下是不可多见的翩翩公子,但精致耀眼到令人无法从他身上移开视线,赵维祯绝对是天底下的独一份儿。

那些原本还忙着道人是非的小姐,在看到明王殿下由远及近,瞬间调整仪态,纷纷将自己最美好的一面展示出来,试图引起明王的注意。

她们暗暗后悔,早知明王当日选妃,无论付出多大代价,也该在明王面前露一面。

那时的明王,对未来王妃的出身并不挑剔,只要能合他的眼缘,说不定就能有幸成为他宅中的新宠。

可惜,当时人人都对明王殿下心生畏惧,以至于错失了这么一位绝佳伴侣。

诸位小姐心中想法各异,其中要数慕若灵在看到赵维祯进门之后,眼底流露出的目光最是炙热。

因为,慕紫苏回京之前,慕家被送去竞选明王妃的正是她慕若灵。

那时,父母将全部的希望都寄托在姐姐身上,身为慕家的二小姐,她当之无愧成了慕家的牺牲品。

后来,是她哭着喊着求母亲千万不要将自己嫁给一个残疾之人,迫于无奈,母亲这才想了一个折中的办法,召回远在他乡的慕紫苏,成了她的替罪羊。

假如没有慕紫苏,以她慕若灵的样貌和才情,绝对会成为明王妃的不二人选。

可惜,这么一个大好的机会,竟然被慕紫苏那个死丫头夺去。

思及此,慕若灵又是懊恼,又是不甘,眼看赵维祯无视旁人走向这边,她做了一个大胆的决定,在赵维祯面无表情地经过她这一桌时,忽然起身,往对方身上撞了过去。

按照慕若灵脑海中幻想出来的画面,她这一撞,出于本能,赵维祯必会对她出手相扶。

到时，她便可以借这个机会撞进他的怀里，然后以清白被占去为名，向明王殿下讨个名分。

母亲现在已经失势，祖母一心只偏着慕紫苏，定不会给她和姐姐寻一门合适的婚事。

既然父母家人已经指望不上，慕若灵不介意耍些小手段，为自己寻一位良婿。

就算已经有一个慕紫苏在她前面挡着，只要给她机会成为侧王妃，日后定会想办法从慕紫苏手中将她的夫君抢过来。

结果想象中的美好画面并没有出现，当慕若灵不顾一切地撞过去时，还没等挨近赵维祯，就被他身边的几个侍卫出于本能一脚踹开。

这些侍卫都是赵维祯从小培养在身边的心腹，一旦有人靠近，试图伤害他们的主子，无论是谁，格杀勿论。

几个侍卫见撞过来的是一位姑娘，还是一位漂亮姑娘，所以并没有对慕若灵下杀手。

于是，被一脚踢飞的慕若灵还没等靠近赵维祯，就像断了线的风筝般被踢出一丈远。

"砰"的一声，慕若灵应声倒地，口中发出一阵哀号。

从头到尾，被几个侍卫保护的赵维祯只冷冷向慕若灵瞥去一眼，像是在好奇，对方为何会毫无预兆地扑向自己。

慕若灵又气又窘，狠狠地趴在地上向赵维祯投去一记哀怨的眼神："明王殿下，您这是何意？"

赵维祯居高临下地看了她一眼，冷声道："你哪位？"

淡漠而又冰冷的三个字，令慕若灵颜面尽失，为了引起赵维祯的注意，她只能将慕紫苏的名讳搬出来："我是紫苏的二姐，慕若灵。"

赵维祯对慕紫苏以外的任何姑娘都没兴趣，在慕若灵自报家门时，他脸上的表情并没有变化，仿佛慕紫苏二姐这个身份，对他来说无足轻重。

他从侍卫手中接过五两银子，丢到慕若灵面前："这是治伤的费用，记得下次未经同意，莫要贸然接近本王。"说罢，无视慕若灵的目眦欲裂，在经过周宝儿身边时轻轻点了点头，便抬起双腿，毫不留恋地上了二楼。

直到明王殿下修长挺拔的背影消失在众人的视线里，慕若灵才面红耳赤地从地

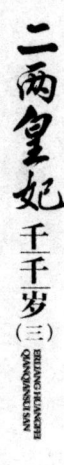

上爬起来。

她今天真是丢人丢到家了，见众人，包括自己的亲姐姐慕若晴频频向自己投来讥讽的目光，慕若灵气急败坏道："我吃饱了，各位请便。"

说完，她逃也似的离开鹤仙楼，仿佛只有这样，才能摆脱赵维祯的无视给她带来的伤害和屈辱。

第八章 造惡孽 妻離子散

"哈哈哈，你没在骗我吧？慕若灵真的在众目睽睽之下对你投怀送抱，试图用她的美色来勾引你？"

当赵维祯将发生在鹤仙楼的那起事件讲给慕紫苏听时，她的第一反应不是自己的未婚夫被人觊觎心生愤怒，而是惊愕于慕若灵居然用这种幼稚又愚蠢的方式，对赵维祯投怀送抱。

见慕紫苏笑得前仰后合，并没有因为自己被别的姑娘惦记而心生怨恨，赵维祯既生气她对自己的毫不在意，又有些好笑她的思维逻辑。

不愧是他看上的女子，处事方法就是与众不同。这要是换作别的姑娘，得知有人将不该有的心思动到自己未来夫君的头上，就算不破口大骂，也绝不会笑得像她这般开心。

见慕紫苏没有一点儿姑娘家该有的样子，赵维祯忍不住捏了捏她的鼻子，笑骂："你就这么迫不及待地看本王的笑话？"

慕紫苏轻易躲开他的袭击，忍不住又笑了一阵，才一本正经地说道："其实我那个便宜二姐长得还是很不错的，听说在我回京之前，慕家姐妹花在京城名媛圈很吃香的，明王殿下，您就没考虑一下，将这对姐妹花收进后院给自己当侧妃？"

见她越说越不像话，赵维祯瞪圆双眼，没好气地问："本王将别的女人收进王府当侧妃，对你到底有什么好处？"

慕紫苏笑着打趣："这样我就可以好好地体会一下内宅大乱斗。"

眼看赵维祯的脸色越来越难看，她见好就收："好啦好啦，跟你开个玩笑，瞧你小气的。"

说着，慕紫苏宛若好哥们般将手臂搭在他的肩膀上，还用力向自己这边搂了一下："像我这种自私霸道、蛮不讲理的性子，岂能容忍你将视线落在别的姑娘身上？既然我愿意将终身幸福托付在你身上，就意味着我相信你的人品，也相信你对感情的忠诚。如果真有那么一天……我是说如果，那也只能说我们之间有缘无分，到那时，我会成全你的选择，不会强行将彼此绑在一条藤上折磨彼此。"

前半段话赵维祯听得感动至极，越往后听，他越觉慕紫苏话中有话。

"说来说去，你就是对本王不够信任。"

慕紫苏并不否认他的猜测，她坦然回道："每个人都有自己做人的底线，你我原本是没有交集的两个人，却在各种利益的牵扯下变成一条船上的摆渡者。我尝试信任你的同时，没办法将我的性命毫无保留地交到你的手中代为保管。无论你能不能接受，这都是我慕紫苏一直以来做人的准则。若能接受，咱们可以心无旁骛地走下去。若是接受不了，我也不介意你现在就与我划清界限。"

赵维祯被她那泾渭分明的态度气得无言以对，但换个角度想，又觉得慕紫苏这番话并没有错。

自从两人相识，慕紫苏在感情方面的态度一直非常明确，可以相互扶持，却绝不会毫无原则。

和大多数姑娘相比，她的理智会令人觉得她十分冷酷，但细一思量，正是这种看似冷酷的处理方式，反而更加吸引旁人的视线。

如果慕紫苏也像其他姑娘那般为了一个男子要死要活，甚至为了达到某种目的去使一些见不得人的手段，赵维祯未必会对她执着到今天这种地步。

想通这一点，心中所有的不满，也在无形之中化为乌有。

对于他们的未来，赵维祯很有信心，他可以用时间来证明自己一定是她人生中最明智的选择。

见赵维祯并没有在这件事情上继续纠结，慕紫苏也露出一个心满意足的笑容。

至于慕若灵，不管是赵维祯还是慕紫苏，都没有将这个人放在心上。

倒是赵维祯去鹤仙楼的动机，令慕紫苏颇为好奇："你是说，你之所以会去鹤仙楼，是为了会见几个重要的人物？"

在慕紫苏面前，赵维祯向来是毫无保留。于是，他将那日去鹤仙楼的目的与她简单说明了一番。

赵维祯的双腿目前已经彻底康复，为了尽早让他适应眼前的局势，凤临月暗中将几个心腹介绍给自己的儿子。

这些心腹都是凤氏家族培养出来的精英人物，隐藏在各个部门之中，虽然他们在朝中并没有担任重要职务，却扮演着极为重要的角色。一旦被赵维祯所用，日后将会成为他麾下的一大助力。

而赵维祯之所以会选在那么一个日子约他们在鹤仙楼见面，目的只有一个，希望这些人能够在暗中帮他调查他双腿残疾的真相。

关于当年那场变故，身为受害者的赵维祯一直颇为费解，以他的能力和本事，不应该会落得那样的下场。

可当事实摆在眼前的时候，赵维祯不得不怀疑，有人不想让他在太子的位置上坐得太安稳，才会暗中布局，害得他只能在轮椅上度日如年。

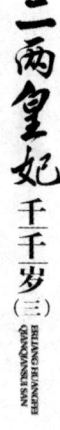

慕紫苏听说他想重新调查这件往事，忍不住问："你可曾想过，调查出来的结果，也许会让你身陷万劫不复之地？"

两人都不是傻瓜，心中比谁都明白，能够在暗中操控这股势力，并将堂堂太子殿下害得差点失去双腿，这个幕后凶手的身份，一定大有来头。

赵维祯目光坚定："即便是万劫不复，我也要将当年的事情调查个水落石出。"

慕紫苏就喜欢他这种不服输的脾气，拍了拍他的肩膀，笑着说："有什么需要帮忙的，尽管开口，我义不容辞！"

赵维祯在慕紫苏的小院子里坐了整整一个下午，眼看夕阳就要落山，他才依依不舍地提出道别，率领几个心腹离开了皇家书院的黑槐殿。

赵维祯前脚刚走，慕紫苏便接到蓝月派人递来的口信，李玉莲死了。

这个突如其来的消息让慕紫苏为之一震，若非蓝月提起此人，她差不多快要将李玉莲这号人物忘记了。

当初为了从李玉莲口中打探消息，她故意摆出受害者的姿态获得李玉莲的信任。

说好让这位李嬷嬷做内线，时刻注意着慕府的动向。可实际上，慕紫苏对李玉莲并不信任，因此这个线人对慕紫苏来说形同虚设。

忽然接到李玉莲意外死亡的消息，慕紫苏的第一反应就是，看似平静的慕府，出了让她意想不到的变故。

接到蓝月递来的消息，慕紫苏并未犹豫，趁天色还亮，她匆匆回了一趟慕府。

蓝月和绿梅两个婢女见小姐回来，忙不迭地将事情的经过向慕紫苏交代一番。

慕紫苏不在慕家居住的这段时间，李玉莲一直默默无闻地在府中做着她该做的差事。

孙静婉失势之后，没再找过李玉莲的麻烦，为了能够活下去，不止背叛过一任主子的李玉莲，知道她在慕府的地位岌岌可危，她的要求并不高，只要能吃好穿暖，便再无所求。

可就在今早，府中的下人在井口打水的时候，忽然发现李玉莲的尸体漂浮在井水之中。

有人说李玉莲生活不如意投井自尽，也有人说她失足落水，不小心丢了性命。

总之，身为慕府的一个下人，李玉莲的死，并没有引起太大的轰动，众人只将这起变故当成一个小小的意外，没几个人关心她真正的死因。

别人不关心，不代表慕紫苏不关心。

虽然她对李玉莲这个两面三刀的女人并无好感，但就这么平白无故地死了，她总觉得这场意外背后隐藏着见不得人的阴谋。

果然，当慕紫苏检查李玉莲尸体的时候，在她的颈部、手臂等处发现多处瘀伤。

从这些伤痕来看，李玉莲死前定是与人发生过口角。

尤其是她的脖子处残留着好几道深深的抓痕，血渍在井水的浸泡下已经消失不见，从留下的伤痕处却不难看出，这些痕迹，应该是女人留下的。

对方和李玉莲发生争执之后，顺手将她推进井里，井口极深，掉进去必死无疑。

"小姐，奴婢觉得，李嬷嬷的死，并不是一场意外，而是有人故意为之。"

开口说话的是蓝月，在慕紫苏回府之前，她已经对李玉莲的尸体进行了初步检验，得出自己的结论。

慕紫苏面色凝重地看向蓝月问道："这件事，祖母知道吗？"

蓝月点头："小姐回府之前，已经通知过老夫人了。老夫人对李嬷嬷的死似乎不太关心，得知她意外落井失了性命，便吩咐账房先生准备些银子，尽快安排李嬷嬷下葬。"

慕老太太的这个处理方式完全在慕紫苏的意料之内。

像这种人丁兴旺的府邸，每隔一段时间死个下人并不是什么稀奇的事情。

更何况慕老太太对李玉莲这个人非常不待见，因为李玉莲曾背叛过虞泽兰，转投到孙静婉的门下成为她的走狗。

就算她后来帮了慕紫苏一些忙，在慕老太太看来那也是为了明哲保身，并非真正的良心发现。

眼下这个两面派忽然死了，老太太只是稍稍诧异，便一脸淡定地让人赶紧将李玉莲下葬了事。

没过多久，几个家丁便奉老太太的命令，将李玉莲装进薄棺，前去送葬。

看着家丁抬着棺材渐行渐远，慕紫苏长长叹了一口气，对面色凝重的两个婢女说道："我不在府中的这些日子，你们两个也要多加小心。"

蓝月和绿梅双双向她投去不解的目光，慕紫苏并未隐瞒心底的猜测，对二人道："有人看我不顺眼，想通过伤害我身边人的方式对我加以报复。李玉莲只是对方敲响的第一记丧钟。接下来，这个幕后黑手会伸向其他的无辜者。而你们作为我的心腹，很可能会成为对方下手的第二个目标。"

蓝月和绿梅先是一愣,很快,二人便露出自信的笑容:"小姐放心,奴婢二人都有自保能力,绝不会成为小姐的累赘。"

慕紫苏对她们的本事自然是信任有加,饶是如此,还是千叮咛万嘱咐,让她们小心行事,切莫着了别人的路数。

眼看天色越来越暗,慕紫苏并没有急着赶回皇家书院,自从金凌太子出访天启,皇家书院的院长便下了一道命令,给学子们放一个长假,绝大多数学生在放假之后都回到各自的府邸居住。

只有慕紫苏不喜欢住在慕家,独自带着翠花住在黑槐殿修身养性。

书院放假,慕若晴和慕若灵两姐妹早早就带着行李回到了自己的院子。

慕紫苏暂时没有离开的打算,便不请自来地敲开慕若晴的院门,在对方不敢置信的目光中,踏进慕若晴的私人领地。

"你来做什么?"

面对慕若晴毫不客气的质问,慕紫苏连跟她客套的心情都没有,直截了当地说道:"李玉莲是被你杀掉的吧!"

这是一个肯定句而非疑问句,慕紫苏一口咬定慕若晴是杀死李玉莲的凶手,并非毫无根据。

从李玉莲颈部的那些抓痕不难判断,与她发生争执的定是一位女性。

虽然井水将李玉莲的伤口冲洗得干干净净,但整个慕府只有慕若晴喜欢在指甲上涂颜色。

市面上专门用来涂指甲的染料都是经过特殊炼制的,为了让颜色长久地固定,里面会掺杂一些药材成分。

慕紫苏仔细观察过李玉莲被抓伤的地方,得出一个结论,那个与她发生争执的人,指甲上的残留,渗入了她的肌肤底层,经过井水的浸泡,伤口处出现些许红肿。

早在回到慕府的时候,慕紫苏就对府中上至主人,下至奴才做了全面细致的分析。

孙静婉和慕若灵虽然爱美,对涂指甲这种事情并没有兴趣,唯有慕若晴对她的手精心呵护,时不时就会在指甲盖上涂一些漂亮的颜色,来显示她的与众不同。

至于在慕府当差的婢女,是没有资格涂指甲的,一旦被发现哪个婢女胆敢涂指甲,轻则棍棒加身,重则逐出慕府。

所以,整个慕府唯一有涂指甲嗜好的,就只剩下慕若晴。

见慕紫苏语气笃定地指认自己是凶手，慕若晴先是怔愣片刻，很快便恢复一脸的淡定，问道："你凭什么认为是我杀了李玉莲？"

慕紫苏直视着慕若晴毫不闪躲的目光，举起一根手指："理由有三，第一，我从李玉莲的尸体上看到一些跟你有关的抓伤，经过初步推断，只有你具备作案条件。第二，自从我回到京城，曾经为你们母女三人所用的李玉莲便倒戈相向，出卖了她的第二任主子，导致了你娘孙静婉的惨败，甚至还被夺去慕家主母的身份。至于第三……"

慕紫苏似笑非笑地迎视着慕若晴怨毒的目光："几次交手下来，想必你已经对我恨之入骨。可惜，你没本事将我置于死地，便拿我身边的人撒气。若我没猜错，李玉莲是你报复的第一个目标，接下来，你还会寻找机会，制造第二场、第三场，甚至更多的惨案。慕若晴，别跟我说什么你毫不知情。既然大家都是聪明人，继续惺惺作态，只会让我更加瞧不起你。当然，不管你承认与否，都不会影响我对这件事的判断。"

慕若晴勾唇冷笑："对，我承认，李玉莲的确是被我推进井里的，不过这又如何？她原本就是咱们慕家的一个奴才，死就死了，难不成你还想为了一个奴才去报官抓我不成？另外，我也不介意告诉你，李玉莲的确是我实施报复的第一记反击。因为你的出现，害得我们慕家鸡犬不宁。你一天不死，我心中便一天难以安宁。"

被狠狠诅咒的慕紫苏非但没有生气，反而露出一个嘲讽的笑容："说得你多么正义凛然一样，慕若晴，你是不是忘了，你的脸能在这么短的时间内复原，是你用你娘的婚姻和名誉换来的？要不是你将你娘害死我娘的罪证交出来，现在的你，说不定还是人人羡慕的慕家大小姐。连自己最亲的人都能出卖，你的卑鄙程度，才真是让我自叹弗如。"

"你闭嘴！"

这件事，就像一根利刺扎在慕若晴的胸口，每每提起，都会让她疼痛不已。

她不是圣人，岂会没有七情六欲？

可是，当她亲耳听到父母在她容貌尽毁之后，将全部希望落在慕若灵身上时，她是真的恨不能让所有的人为她毁掉的容貌陪葬。

人都是自私的，为了让自己拥有一个更好的未来，慕若晴一时鬼迷心窍，答应了慕紫苏的交换条件。

按照她本来的计划，母亲的罪行被揭穿之后，必死无疑。心痛是在所难免的，可

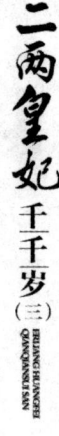

心痛过后,日子该怎么过还怎么过。

没想到事情并没有按照她预想的那般发展,母亲从主母被贬为妾室,她这个慕家大小姐的地位也从云端跌落尘泥,摔得惨痛不已。

这些天,她一直活在悔恨和愧疚之中。

一会儿觉得自己罪孽深重,一会儿又觉得是母亲拖累了她。

此时被慕紫苏毫不留情地揭开伤口,心底的恨意瞬间将她整个人淹没。

慕紫苏并没有因为慕若晴的呵斥而住口,她笑着说道:"敢做就要敢当,这才是做人的本分。你以为你一辈子不提这件事,就能掩盖你出卖亲生母亲的事实?你错了,纸终究是包不住火的,这件事就算我不说,早晚有一天,所有的事情也会真相大白。到那时,面对至亲的指控,我看你还能不能像今天这般坦然面对一切。"

说到这里,慕紫苏忽然向慕若晴凑近几分,一字一顿道:"所以在报复我之前,还是先考虑一下你自己的处境吧。"

说完,她在慕若晴愤恨的目光中,转身离开了这栋宅院。

心底的伤疤被狠狠揭起,扯得慕若晴内心深处一片血肉模糊。这件事已经成了她的心魔,将慕若晴折磨得难以入睡。

每次看到榻上虚弱的母亲,她既愧疚于对方的遭遇,又恨对方为什么不死。

慕紫苏!所有的一切,都是慕紫苏搞出来的。

那个看似美丽的姑娘,却有一副蛇蝎心肠。

就在慕若晴沉浸在这种绝望的情绪中时,一道不该出现在这里的声音,忽然在耳边响起:"若晴,她刚刚所说的,都是真的吗?"

循声望去,慕若晴的心狠狠抽搐了一下,因为出现在门口的不是别人,正是她的母亲孙静婉。

自从孙静婉的伤势在各种名贵药材的滋补下渐渐好转,便不再像从前那般将自己关在房间里不敢见人。

曾几何时,孙静婉是真的不敢出门见人。受刑那天,她当着整个慕府的面被按在地上打屁股,尖叫,哭号,简直是丑态毕露,颜面尽失。

那段时间,她如同活在地狱之中,不但要忍受伤口处传来的阵阵疼痛,还要承受前来给自己上药的婢女的异样目光,任由她们暗地里嘲笑自己。

随着时间的流逝,孙静婉终于迈出心中那道坎,渐渐地敢在人前行走,也能坚强面对自己的未来。

可就在刚刚，她本想来找女儿说说心里话，因为她听说老太太要给慕青流选一个新媳妇，这对孙静婉来说，无疑是一记沉重的打击。

自从她受伤之后，与慕青流之间的感情已经大不如前。

目前唯一还能指望得上的，恐怕只剩下她膝下那两个漂亮的女儿。

结果就在一刻钟前，她在门外亲耳听到慕紫苏和慕若晴的那番对话，也从中得知一个惊天秘密，自己之所以会沦落到今日的下场，全是拜她的大女儿所赐。

面对母亲的质问，慕若晴的脸色瞬间变得惨白。

她连连向后退了几步，心虚地回道："娘，您别听慕紫苏胡说八道，不是这样的，不是这样的……"

看着孙静婉一步步走近自己，慕若晴被吓得浑身颤抖不已。

这种秘密被当众揭穿，就像皮肤被人用最残酷的方式扒下去。

那种疼痛来自内心，让她难受得几乎无法呼吸。

孙静婉活了一把年纪，岂会看不出慕若晴眼中的闪躲究竟代表什么？

她做梦也没想到，原本属于她的美好人生，有朝一日竟会毁在亲生女儿手中。

这可是她的亲生女儿啊！想到那些打在她身上的棍棒，想到丈夫疼惜的目光再也不会停留在她的身上，想到不久之后新人即将取代她这个旧人。

压抑在心底的愤慨和怨恨，一股脑地闯出来。

孙静婉一把扼住慕若晴的喉咙，怒吼出声："你这个孽障，我生你养你，为了育你成才，将好东西全部用在你身上。可是你，居然为了自己的利益，将亲生母亲送上断头台。慕若晴，你真是好狠的心哪！"

喉咙被狠狠掐住的慕若晴挥舞着手臂奋力挣扎，她哭着喊着，求母亲给她一个解释的机会。

可已经被愤怒取代的孙静婉，哪里听得进去对方的解释？她指下使了狠力，恨不能将这个曾被自己寄予厚望的女儿送进地狱。

当慕若晴呼吸渐渐变得困难，意识和理智也从脑海中彻底抽离。

人在濒死之前，都会滋生强大的求生欲。

慕若晴也是如此，此时，对方在她眼中已经不再是母亲，而是要将她置于死地的冷血凶手。

她连踢带踹，奋力反抗，求生的本能被激发出来，爆发出来的力量极为惊人。

孙静婉的身体本来就不如从前那般强悍，被慕若晴又踢又踹，她一时失手，竟被

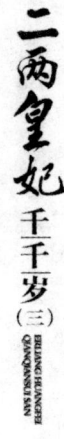

对方推出些许距离。

怒气达到顶点时，人是容易丧失理智的，慕若晴如此，孙静婉亦是如此。

她左右开弓，对着慕若晴的脸一顿狠抽，疼痛加身时，慕若晴的怒气也彻底爆发，反手狠狠推了孙静婉一下，怒道："你为什么不去死？你死了，对我们大家都有好处……"

这一下，慕若晴推得极其用力。

毫无心理准备的孙静婉被推得向后踉跄了一下，脚下一滑，重重摔倒在地，后脑勺不偏不倚，正好撞到桌子最锋利的棱角处。

这一撞撞得着实惨烈，鲜血瞬间流了满地，颅骨被撞碎的孙静婉，当场便口吐白沫，不一会儿就没了气息。

事情就是这么巧，刚好有事来找姐姐相谈的慕若灵，正好将这一幕尽收眼底。

看到孙静婉当场惨死，慕若灵吓得失声尖叫。

这件事，很快便传到慕老太太的耳朵里。

孙静婉再不受待见，也是慕若晴和慕若灵的亲生母亲，如今她被自己的女儿撞死，慕老太太不可能对这件事袖手旁观。

天启朝以孝治天下，当爹娘的活活打死儿女不会有人妄加非议，反之，当儿女的打死亲生父母，便是犯了大逆不道之罪。

慕老太太虽然不想因为这件事搞得家宅不宁，但府中出了人命案，且死掉的还是慕府曾经的女主人。她不敢隐瞒，只能将已经彻底傻掉的凶手慕若晴送去官府，由京城的府尹来决定慕若晴的罪行。

弑母可是大罪，慕若晴当即被责五十大板，收监二十年。

一夕之间，慕若晴从貌美如花的慕家大小姐，沦为阶下囚，属于她的美好前程，在这一刻，被她的自私自利亲手断送。

家里出了这样的事情，慕若灵也休想从中占到便宜。死的是她的生母，被收监的是她的亲姐姐，为了暂避锋芒，慕老太太当下决定，将慕若灵送到外省的庄子上，等这股风头过了之后再接她回来许配人家。

慕老太太这样做不是毫无理由的，早在慕若灵众目睽睽之下对明王有不轨之图，慕老太太就意识到，这个丫头没安好心。

人都是自私的，慕老太太将全部的希望都寄托在慕紫苏身上，对孙静婉母女三人说不上恨之入骨，但也没有任何血缘亲情。

当日她险些被孙静婉活活害死的时候，慕若晴两姐妹从中使了不少力气。

说严重一点儿，孙静婉母女，就是慕老太太心中的头号仇人。

眼下孙静婉已死，慕若晴收监，留下一个慕若灵，还指不定会掀起什么风浪。

名义上是让她去庄子上避避风头，实际上就是寻个借口将这个不招她待见的孙女赶出京城。

当慕青流办完公差，匆匆赶回京城的时候，着实被府中的局面吓得够呛。

他做梦也没想到，不过就是出了一趟公差，再回来的时候，已经物是人非。

虽然这段时间他与孙静婉的关系越来越疏远，两人到底有十几年的夫妻情分。就算没有爱情，还有亲情的牵扯。

可是现在，孙静婉居然毫无预兆地死了，而且，还是被两人最疼爱的女儿活活害死。

得知事情的始末，慕青流整个人都颓废了。

想他风流一世，最后却落得这样一个妻离子散的下场，要说不伤心难过那是骗人的。

假如，当年他听从母亲的安排，与结发妻虞泽兰好好过日子，慕家的悲剧是不是就能避免？

人到中年，看事情的角度已经不再像当年那么片面执着。

回想过去，虞泽兰虽然不如孙静婉娇俏可人，但绝对称得上是贤良淑德的好女人。

可是，这个贤良淑德的好女人，嫁给他这个负心汉，不但错失了幸福，还因此丢掉性命。

人只有在大喜大悲面前，才会真切领悟到人生的真谛。

妻离女散，慕青流仿佛一下子老了好几岁。而前来探望他的，除了年迈的老母亲之外，就只剩下一直被他忽视的女儿慕紫苏。

这个小女儿遗传了他和虞泽兰身上所有的优点，精致、漂亮而又聪明。

曾几何时，他是那么讨厌慕紫苏的牙尖嘴利，可是现在，看到小女儿像往常一样面无表情地问自己愿不愿意换个环境换份心情时，慕青流居然从慕紫苏那毫无感情的双眸中，看到一丝关切和担忧。

其实慕青流真是误会了。

自从慕紫苏得知慕家出了这样的变故，她便有了一个大胆的想法，让父亲带着祖

母远离京城,不要成为拖她后腿的累赘。

眼下朝中局势动荡,像慕青流这种草包官员,很难在京中站住脚。

随着赵维祯、赵维瑾兄弟二人竞争皇储的争斗愈演愈烈,她几乎可以预测到未来的某一天,慕家一定会成为两方势力下的炮灰型人物。

慕青流的生死她并不关心,不过一旦慕府被毁于一旦,她这个慕家三小姐也就失去了存在的意义。

所以,在局势还没恶劣到无法改变的情况下,慕紫苏第一时间找到赵维祯,希望能动用他的关系,将慕青流调到外省任个闲散差事。

赵维祯自然明白慕紫苏的用意,随便在官员中周旋了一下,便可以将慕青流派到一个山清水秀,又不会惹上是非的地方去任父母官。

慕紫苏简单给慕青流说了一下自己的想法,慕青流想到这些年在京中疲于挣扎,却始终得不到他想要的一切。如今妻女都离他而去,他哀莫大于心死,竟对远离这块是非之地生出些许希冀。

"父亲,离开吧,这里已经没有你大展拳脚的余地了。"

慕紫苏将一份调令递到他面前:"这是我从明王那里帮你争取来的,虽然比不上现在的官位,但天高皇帝远,没人会轻易干涉你的人生。且这个地方山清水秀,民风淳朴,很适宜你将来养老。"

慕青流接过调令看了一眼,神色复杂地说了一句:"紫苏,父亲这辈子最对不住的人,就是你娘虞泽兰。"

慕紫苏可没兴趣听慕青流感慨从前,依旧面无表情道:"父亲既然接了调令,就着手准备出行事宜吧。从这里到目的地半个月左右的路程,祖母年事已高,还请父亲路上多加照顾。"

慕青流本想与这个女儿好好聊聊,见慕紫苏摆出一副公事公办的态度,他心有不甘的同时,又有些懊悔。

若非他亲手将女儿从身边推出去,对方又岂会对他这个父亲如此怠慢?

思及此,他忽然问道:"你不与我们一同离京?"

慕紫苏摇了摇头:"我还有更重要的事情,须留在京城处理。"

慕青流颇为惊讶:"可你一个姑娘家……"

慕紫苏面沉似水:"过去那十年,我都是这么过来的。父亲尽管放心,我一个人也会照顾好我自己。"

离京那天，慕老太太哭得很是动情，她知道紫苏留在京城是要为虞老侯爷平反，所以，就算再怎么舍不得这个孙女，老太太也不能自私地强迫慕紫苏随他们一同离开。

临走前，慕紫苏送了二十枚保命丸给慕老太太，让她带在身边，遭遇不测之时，一枚保命丸便可保她一次性命。

老太太如获至宝地接过这二十枚药丸，又拉着慕紫苏哭了一顿，才依依不舍地坐上了离京的马车。

陪慕紫苏一同送行的赵维祯，在慕家的车队渐行渐远之后，问慕紫苏："所有的亲人全部离开，你不会觉得孤独吗？"

慕紫苏看着已经快要消失不见的车队浅浅一笑："他们离开，我也就没了牵挂和羁绊。"

赵维祯心下了然，他知道，从这一刻开始，慕紫苏是真的在毫无牵挂的情况下，开启了为虞老侯爷的平反之路。

慕青流带着慕老太太，以及管家仆役，浩浩荡荡地离开了京城，去外省赴任。

偌大的慕府，如今只剩下蓝月、绿梅，以及十几个打扫宅院的家丁驻守。

久居皇家书院的慕紫苏，并没有因为长辈们的离开而选择搬离黑槐殿的小庭院。

这个小院子坐落在黑槐殿相对偏僻的一个角落，除了窗外偶尔传来的鸟鸣声外，这里的清幽和寂静，非常符合慕紫苏对居住环境的基本需求。

自从书院的院长给学生们放了长假，绝大多数学生都选择回到各自的府邸去享受千金小姐和富家公子的奢侈生活。

唯有慕紫苏是皇家书院的例外，就算整个慕家如今已经搬离京城，她依旧只身留在书院，成为别人口中的谈资。

慕紫苏对外界关于她的种种风言风语充耳不闻，因为，还有更重要的使命等着她去完成。

在她的大力宣传下，渐渐被世人遗忘的虞广白，也就是她外公的医名被广泛流传。

尤其是太医院那些上了年纪的老御医，打心底赞叹和佩服虞广白精湛的医术。

作为虞老侯爷名下唯一的传人，慕紫苏在行医方面的本事，众人有目共睹。

连明王殿下的双腿都能在短短数月之内被医治痊愈，不得不说她的能力已经超越

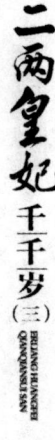

当年名震医术界的虞老侯爷。

但无论何时,慕紫苏都坚称她的一手医术是来自外公的传承,固执地让所有被她医治过的患者,将这份恩情记在外公名下。

慕紫苏此举让不明真相的人对她的大公无私赞叹有加,同时,也让当年参与过谋害虞老侯爷的罪魁祸首躲在暗处人人自危。

一旦虞广白这个名字以正义的形象重新走进人们的心中,当年那桩被盖棺定论的案子就会被人重新提起。

这就是慕紫苏隐而不发的最终目的,她不提翻案,从头到尾,默默用自己过人的医术,改变着世人对外公的看法。

事实证明,慕紫苏的做法非常成功。

那些接受过她治疗和帮助的患者,时常挂在嘴边的一句话就是,他们的恩人小小年纪就拥有这样神奇的医术,那是因为人家有一位被称为神医的外公。

这个结果让慕紫苏很满意,与此同时,她也在暗中进行部署,伺机对那些谋害过外公的罪人做出第一步绝地反击。

就在慕紫苏默默执行着为外公翻案的计划时,翠花挥舞着小翅膀从外面飞进来,并带回一个令慕紫苏颇感意外的消息,多日未回皇家书院居住的霍司铭,临近晌午时,沉着脸踏进黑槐殿,躲回他自己的小院子。

自从霍司铭接到皇上的调任,被安排到军中历练,除了休沐日,他几乎很少有自己的私人时间。

忽然在这个时候回到书院,莫非他在外面遇到了麻烦?心里存着些许担忧的慕紫苏,带着翠花敲开了霍司铭的院门。

见慕紫苏不请自来,霍司铭先是面色一怔,很快,他便敛去眼底的阴郁,露出一抹牵强的笑容,问道:"紫苏,你怎么来了?"

慕紫苏多机灵的一个人,岂会看不出霍司铭此时的不对劲?

她越过他的身边踏进院内,一进门便开口问道:"司铭,究竟出了什么事?"

霍司铭眉头一挑,努力装出一副淡然的姿态。

可在慕紫苏那精明又犀利的目光中,他还是败下阵来,露出一抹无奈的笑容:"这天底下,大概没什么事能够瞒得过你慕紫苏吧。"

慕紫苏直言说道:"我把你当朋友,才会对你如此关心。"

霍司铭岂会不明白她的心意,这种被人担忧的感觉,非但没有让他产生任何不适，反而在绝境之中看到一抹求生的希望。

他不否认，此时的心情已经跌至谷底，天大地大，却找不到一处容身之所。

迫不得已，只能回到这个空置已久的小院落，像只受伤的小兽般躲在角落处舔舐伤口。

他本不想将自己最狼狈的一面展现在别人面前，可慕紫苏的出现，就像一味抚平伤口的良药，让他情不自禁地就想对她敞开心扉，诉说自己心中的委屈。

原来，多年来对他不闻不问的祖父霍老将军，今天一早，忽然派人将他叫回将军府，与他进行了一番长谈，谈话的内容主要围绕瑶贵妃和三殿下展开。

作为三殿下的第一拥趸，霍家责无旁贷，必须想办法帮三殿下上位。之前那些年，霍家有足够的底气，毕竟赵维祯腿有残疾，三殿下赵维瑾便成了天启皇储的不二人选。

自从赵维祯双腿恢复的消息被广泛传扬，霍家老小终于意识到他们遇到了竞争对手。

长眼睛的人都看得出来，和赵维瑾相比，赵维祯各方面的条件都很优秀，之前他因为双腿残疾被废去太子之位，现如今他双腿痊愈，只要他去争取，太子之位说不定还会落在他的头上。

霍家好不容易培养出一个贵妃，这位贵妃又为皇上生下一位皇子，只有赵维瑾当上太子，登上皇位，霍家才能得到真正的荣耀。

可是现在，赵维瑾能力有限，瑶贵妃在后宫中又处处受到皇后的打压，为了尽早摆脱这场困局，万不得已的情况下，霍老将军将求助的目光投到霍司铭身上。

经过上次在承恩殿的比试，霍司铭以三箭出名，势头完胜霍家其他几兄弟。

看得出来，皇上是真心想要栽培这几个名不见经传的小辈。

霍老将军觉得无论当初他与这个孙子之间有什么误会，在大局面前，霍司铭定会选择站在家族这边，全心全意为家族服务。

所以，霍老将军要求霍司铭成为三殿下的拥护者，有朝一日助三殿下夺得太子之位。

这个提议刚一出口，就被霍司铭无情驳回了。

他与赵维瑾虽然是名义上的表兄弟，可实际上两个人从小到大从未有过交集。

且他当年之所以会沦落到被家族遗弃的下场，瑶贵妃这个所谓的姑母，从中可是起到了至关重要的作用。

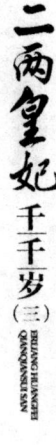

现在,祖父居然让他不计前嫌,不计代价地帮助瑶贵妃母子,去对付能力才华各方面都很突出,且对自己还有莫大恩情的赵维祯,这简直就是天大的笑话。

被当场拒绝的霍老将军大发雷霆,痛斥霍司铭自私自利,居然可以弃自己的家族于不顾,去帮助一个不相干的人。

一向逆来顺受的霍司铭在霍老将军的斥责下也发了脾气,祖孙二人因为立场不同吵了起来。

霍老将军本想利用祖父的身份好好教训教训这个不服管教的孙子,没想到压抑多时的霍司铭根本不给老将军发威的机会,扬言天底下任何人都休想改变他的行事方法。

一怒之下,霍老将军大骂霍司铭是个弑母的凶徒,现在霍家肯给他一个重新做人的机会,他居然愚蠢到不懂得去珍惜这么好的机会。

"弑母"这个罪名被再次提起,终于点燃霍司铭心底的怒火。

不给霍老将军发作的机会,他当机立断道:"既然在你眼中,我是个如此不识时务之人,这霍家子孙,我不做也罢。咱们祖孙二人的情分,就此做个了断吧!"

放下最后一句狠话,霍司铭在霍老将军的怒骂声中扬长而去。

直到踏进自己的小院,那股无名之火依旧在胸口处熊熊燃烧。

听霍司铭讲完事情的来龙去脉,慕紫苏忍不住问:"所以,你正式与霍家断绝关系了?"

听到"霍家"两个字,霍司铭嘴边勾出一记冷笑:"断与不断,又有什么区别?这些年,我被扔在这个荒芜寂静的地方,我那些所谓的堂兄弟每次见了我,轻则斥骂,重则暴打。但凡他们对我有过半点亲情,我也不至于跟他们决裂。弑母……哼!他们肆无忌惮地将这个罪名安在我头上的时候,可曾想过,我母亲泉下有知,如何能死得瞑目!"

慕紫苏面露诧异:"你生母……不是还活着吗?"

她虽然不会主动问起同窗们的私事,对这些小伙伴的基本家庭情况还是有所了解的。

关于霍司铭当年为何会被家族驱赶出来,外面流传的版本是他自幼凶狠叛逆,对母亲严厉的管教心生不满。

母子经常会因为各自的立场不同而发生争执,直到某一天,脾气暴躁的霍司铭终于将匕首挥向自己的生母,虽然没有造成对方的死亡,当匕首刺入对方胸口的时候,还是被目击者视为大逆不道。

要知道，天启向来以孝治天下。

小小年纪的霍司铭居然敢对自己的生母动刀子，但这还不是最可恶的，他罪大恶极之处在于连累整个霍家蒙上教子不当的罪名，令家族蒙羞，给整个家族带来深远的负面影响。

于是，为了惩罚这个不服管教的逆子，霍家上下一致决定，将酿下大错的霍司铭丢进黑槐殿不闻不问。

那时，霍司铭只是一个八岁的小孩子。

"生母？"霍司铭闻言冷笑，"既然话题说到这里，我也不介意将家丑说与外人。紫苏，那个女人，不是我的生母，而是我生母的孪生妹妹。当年，她嫉妒我母亲好命嫁进了将军府，便使了见不得人的手段，将我母亲害死，并顺理成章取代我母亲在霍家的地位。外界都传母亲对我管教严格，那是因为她眼里根本容不下我这个继子。所以从我记事以来，她只要寻到机会，便会对我非打即骂。起初，我一直以为是自己做得不够好，为了赢得母亲的赞誉，我努力让自己变得十分优秀。可我越是优秀，她越是变本加厉。直到某一天，我不小心听到她与父亲的谈话，才得知我母亲居然早就死了，而且，还是死在自己孪生妹妹的手里。最可笑的就是，父亲对母亲的死非但毫不在意，还处处偏帮这个杀人凶手。后来我暗中调查，才得知一个令我绝望的真相。父亲与母亲的感情早就破裂，原因就是父亲看上了母亲的孪生妹妹。那女人为了能够与父亲正大光明地在一起，下毒害死了我的生母。父亲无意中得知事情的真相，不仅没有揭穿此事，反而帮她隐瞒，允许她以我母亲的身份成为霍家的女主人。"

说到这里，霍司铭的眼眶渐渐发红。

他用力捏紧双拳，咬牙切齿道："你能想象这件事给我带来的打击吗？本该是与我最为亲近的父母，一个死得不明不白，一个帮着凶手掩盖证据。我当时怒不可遏，尖叫着让那个女人还我生母的性命，她用鞭子狠狠抽我，还试图将我按进水缸中活活淹死。为了自救，我用匕首反抗，偏巧这一幕被事先安排的所谓证人目睹。于是，我就稀里糊涂地成了一个十恶不赦的弑母的凶徒。"

慕紫苏听得啧啧称奇，没想到看似风光的将军府，竟会不干净到这种地步。

她忍不住说："霍老将军看上去，并非蛮不讲理之人……"

霍司铭冷笑："你以为我没试着将这件事公之于众？没用的，为了霍家的门楣和

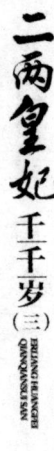

荣耀，我只能被家族抛弃，沦为牺牲品，丢进这栋冰冷的小院。而当年做出这个决定的，正是我那位名义上的姑母，也就是现在深受皇上宠爱的瑶贵妃。"

瑶贵妃当年还没有在后宫站稳脚跟，担心霍家的恶名会给自己的后宫之路带来影响，这才决定大事化小、小事化了，将年仅八岁的霍司铭作为弃子丢出去，以保全整个霍氏家族的名声。

慕紫苏一时语塞，难怪在任何场合，霍司铭对瑶贵妃和赵维瑾都无法流露出同宗族人的亲情。

他落得这样的下场，瑶贵妃母子难辞其咎。

"司铭……"半晌之后，慕紫苏抬眼看他，"你这么生气，究竟是气霍家对你的态度，还是气你的生母死得不明不白？"

霍司铭恨声说道："前者可以忽略不计，因为这些年，我已经放下对霍家的执念，不会再对他们生出任何希冀。可我母亲本该拥有华丽的人生，却在奸恶小人的谋害下死不瞑目，身为儿子，我如何忍受得了母亲承受这样的冤屈？"

"既然如此……"慕紫苏的语气坚定了几分，"为什么不想办法，替你母亲讨回公道？"

霍司铭苦笑："谈何容易？霍家的根基有多深，想必从皇后娘娘及你遭人行刺却无法定案这件事上便看得出来。你我都知道那些凶手是瑶贵妃所指派，一旦任务失败，这些刺客就会自行了断，绝不会给主子带来任何麻烦。不瞒你说，霍家培养了很多这样的死士。除此之外，朝中与霍家有关的人物不计其数，凭我一个十六岁少年的力量，想要扳倒霍家，简直难如登天！"

慕紫苏淡然一笑道："现在没有能力，不代表以后没有能力。司铭，你的天赋和本事，整个霍家的子孙无人能及。俗话说得好，莫欺少年穷。你有一身本领等着别人来挖掘，为何不趁现在这个大好年华历练自己，让自己变得强大起来，有朝一日待你可以手握乾坤之时，再以碾压的姿态让那些欺你、辱你、伤你之人付出代价？"

不给霍司铭反驳的时间，慕紫苏一脸沉毅道："既然前面是死路，咱们就自己走出一条活路。司铭，永远不要忘了，你不是孤孤单单的一个人，维祯、无洛、卿然，还有我，我们都站在你的身后，在你触手可及的地方，随时与你并肩作战。"

慕紫苏这番话，如同一剂良药，在霍司铭即将陷入黑暗的绝望之时，透出一抹希望之光。

是啊，他怎么就忘了？现在的他，已经不是孤单一人。他有朋友，有伙伴，有共同作战的朋友。

不管以后遇到怎样的挫折，至少此时此刻，他应该勇敢面对内心的脆弱，充实壮大自己，而不是像个乞儿一样躲在这个小院子里悲伤难过。

想通这一点的霍司铭向慕紫苏露出一个感激的笑容，发自内心地向她表达谢意。

第九章 旧冤情 水落石出

霍司铭与将军府闹崩的同时，国公府这边也惹上了麻烦。

事情发生得令老国公爷顾天恒措手不及，他做梦也没想到，当年惨死在他手中的周子淳，居然还有后代活在世上。

顾天恒与周子淳当初是亲如兄弟的好朋友，他对周子淳的个人情况还是颇为了解的，周子淳当年上战场的时候并没有成亲生子，听说家中只有一位年事已高的老母亲，在周子淳"意外"去世之后，这位老母亲承受不住白发人送黑发人的打击，悲伤之下黯然离世。

作为周子淳当年最好的朋友，顾天恒还假惺惺地在周母去世之后前去吊唁。

当时，给周老太太送葬的，只有周府区区几个下人。

周子淳和周老太太相继离世，原本人丁凋零的周家也就彻底没了人气。

正因如此，顾天恒从周子淳手中抢来军功之后，才敢肆无忌惮地横行于世。

本以为这段不堪的历史会随着时间的流逝，被遗忘在他的记忆之中。

不久前，赵维祯用慕紫苏的性命作为交换，重提此事时，顾天恒已经被刺激得心力交瘁。

没想到事隔数日，一个自称是周子淳孙子的年轻人忽然上京告御状，将祖父周子淳真正的死因写在状纸上，求当今皇帝给自己的祖父讨个公道。

这个姓周的年轻人敢公然挑衅国公府，并非毫无准备。

他带了好几个当年与周子淳和顾天恒共同参加过那场战役的老战友，这些人的名字都有被朝廷记录下来，当年那场战争爆发之后，他们消失不见，朝廷便以战死为名，给他们立了牌位。

而事实上，他们都是周子淳的心腹，与周子淳私交甚笃。

顾天恒夺走周子淳的军功时，担心这些人会成为自己的绊脚石，便下毒将他们全都给毒死了。

没想到他们福大命大，被丢进万人坑的时候侥幸存活下来，休养了长达两三年，身体才慢慢恢复。

彼时，凶手顾天恒已经代领周子淳的军功，得到了朝廷的封赏，成了京中的权贵。

这些老兵要权没权，要名没名，为了活命，只能忍气吞声将这份冤情咽下去。

本以为他们最敬重的周将军没有后代留下，事隔数年，才在巧合下得知，周子淳上战场之前，曾与一位刘姓女子私订终身。

周子淳承诺这位刘姑娘，待他凯旋，便与她结为秦晋之好，没想到周子淳最后死在了战场上。

殊不知刘姑娘当时已怀上周子淳的骨肉，忍着亲人的白眼，自作主张地将这个孩子生下来，并带着这个孩子隐居到某个小村庄艰难度日。

说起这位刘姑娘，也是一位颇具传奇色彩的女子。

她体质特殊，经常会梦到已故之人，亡者会在梦中向她倾诉自己的冤情，刘姑娘当年为了养活儿子，便凭此技能做买卖。

直到儿子满周岁，刘姑娘第一次梦到周子淳。梦中，周子淳不止一次告诉她，他死得冤枉，凶手就是自己最好的朋友顾天恒。

那时，顾天恒的势力已经大到无人敢忤逆，刘姑娘不想招惹是非，便将这个秘密藏在心底。

去世之前，她将儿子生父的死因告诉儿子，她儿子本身胆小怕事，不敢与已经成为国公爷的顾天恒较量，后来娶妻生子，有了自己的小家庭，日子过得尚算富足。

周子淳的儿子是个草包，孙子却是个刺头。

得知祖父当年立下军功，却被人抢去功劳还丢掉性命，于是，他四处寻找当年的证人，最后，在这位周公子的努力下，总算将证据凑齐，亲自来京城告了顾天恒一状。

这一状，可把顾天恒吓得不轻。尤其是被周小公子找来的那些证人，与朝中许多将领都是老战友。

这些人有备而来，当状子呈递到皇上面前的那一刻，就没打算让顾天恒翻身。

证据确凿，即便皇上想保住顾天恒，也要考虑能不能堵住百姓的悠悠众口。

于是，为了安抚民心，皇上暂时剥夺了顾天恒的国公之位，并赐给这位上京告状的周小公子一笔不菲的补偿。

之所以没有给周小公子封官晋爵，是因为周小公子这些年对朝廷没有任何贡献，并且，朝廷也没有这方面的律法。

好在周小公子颇为识时务，他对入朝为官没有兴趣，只要能帮祖父正名，并趁机给自己谋些福利，他也就心满意足地带着这笔银子回老家过日子去了。

周家的事情解决了，当年犯下重罪的顾天恒却要面临律法的制裁。

作为三大家族之一，国公府在朝廷的地位非比寻常。皇上无法轻易动摇国公府的根基，也不能将当年扶自己上位的顾天恒置于死地，于是，他想了一个两全其美的办

法,夺去顾天恒的家族掌门人的权力,并暂时将这份权力交给顾卿然代为掌管。

皇上的这个决定引起朝野一片哗然,顾天恒膝下虽然有好几个儿子,但他们对朝廷并没有什么贡献。

皇上越过顾天恒的几个儿子,直接将国公府的大权交到顾卿然手中,理由就是不久前,这位顾七公子在承恩殿为朝廷立下大功,现如今,整个京城的人都知道顾七公子能力不凡,将来必能成大器,成为国之栋梁。

皇上顺水推舟,将权力隔代移交到顾卿然手中,既堵了国公府的嘴,又在无形之中将顾卿然拉拢成为自己的心腹。

面对这个突如其来的变化,不管是国公府还是顾卿然,都感到难以接受。

在国公府眼中,顾卿然是家族当之无愧的弃子,皇上到底在想什么?怎么能放心将府中的大权交到顾卿然这么一个小孩子手上?

顾卿然也觉得这份荣耀来得太过突然,不过他并没有拒绝皇上的恩赐,而是在得到掌事权的第一时间,找赵维祯和慕紫苏商议此事。

他一见到慕紫苏便问道:"周家那些进京告状的人,是不是你暗中安排的?"

此时,三人身处的地方,是赵维祯的明王府。

面对顾卿然直截了当的询问,慕紫苏和赵维祯对视一眼,随后点头承认:"没错,是我!"

国公府是慕紫苏替外公平反做出的第一记反击,自从赵维祯将顾天恒与周子淳当年的恩怨告诉她之后,她便让赵维祯派人暗中寻找一切与周子淳有关的证人。

皇天不负有心人,经过数日的寻找,不但那些差点被灭口的老战友一个个浮出水面,就连周子淳的后人也被她连根揪了出来。

周小公子本来不想进京惹这个麻烦,得知事后会拿到丰厚的好处,便同意与慕紫苏合作,因此才有了国公府现在的下场。

顾卿然见慕紫苏答得这样干脆,忍不住问:"你就不怕事情失败,被人反噬?"

慕紫苏轻笑一声:"不会有反噬,因为皇上早就想铲除三大家族的势力,只是一直寻不到时机,所以只能眼睁睁看着三大家族日益壮大。卿然,你知道皇上为什么会让你成为顾家的掌事者吗?"

见顾卿然不解地望向自己,慕紫苏说道:"因为你是顾家的一个特殊的存在,只有扶你上位,皇上才能利用你这个曾经的弃子,来压制顾家的其他族人。"

经她这么一点拨,顾卿然顿时明白自己的立场,他不过就是天晟帝用来对付顾家的一颗棋子。

不得不承认，天晟帝这步棋下得极妙，至少对现在的顾卿然来说，不是好事，但也不是坏事。

赵维祯见他还处于茫然之中，将擦得干干净净的一枚匕首丢到顾卿然面前，笑道："还愣着做什么？既然顾家的大权已经落到你的手中，你接着便是，无须有任何心理负担。"

顾卿然下意识地接过赵维祯丢来的匕首，锋利而精致，在阳光的映衬下闪烁着凛凛寒光。

赵维祯笑道："这把匕首是用寒铁打造，削铁如泥，非常锋利，是本王送给你的贺礼。"

顾卿然用指腹轻轻抚摸着手中冰凉的匕首，唇边闪过一抹笑意："如此，便多谢王爷的这份厚礼了！"

与此同时，被夺去大权，从高高在上的国公爷变成普通人的顾天恒，正怒不可遏地在府中大发雷霆。

他做梦也没想到，自己经营一生，算计一世，到头来，却落得这样一个可悲的下场。

他起初痛骂皇上昏庸无道，继而又骂周家人胆大妄为，接着又骂顾卿然以下犯上，竟敢取代他的位置。

最后，双眼浑浊、戾气缠身的顾天恒，终于意识到一个极为可怕的事实。他沦落至此，那个害得顾清漪惨死的慕紫苏，一定功不可没。

虞广白！

是的，他终于明白，当年他联手两大家族害得虞广白蒙冤而死，现如今，果然难逃一劫，被虞广白的后代亲手推向鬼门关。

庞大的国公府受此重创，不久的将来，将军府和丞相府是否也会步他的后尘，成为下一个被报复的目标？

在赵维祯的招待下，慕紫苏和顾卿然在明王府享用了一顿丰盛的午膳。

三个人针对朝廷目前的局势做了一番初步的分析，表面看来，国公府并没有因为周小公子的告状毁于一旦，可实际上，皇上却从中收走国公府不少权力。

至于被当成棋子利用的顾卿然，说是让他代管国公府，事实上，他手中并无实

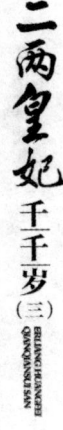

权。且在接了这份差事之后，很有可能会被整个国公府视为公敌。

当然，在明哲保身的情况下，国公府不敢在这个敏感时期对顾卿然痛下杀手。所以，顾卿然虽然只是个棋子，却未必没有翻身做主的机会。

至于天晟帝接下来会如何对付功高盖主的三大家族，他们这些旁观者只负责看热闹就好。

用过午膳，赵维祯还要接见母后推荐给他的几个心腹。

吃饱喝足的慕紫苏和顾卿然见赵维祯公务繁忙，不好继续留在明王府打扰他，便双双告辞，一起踏出明王府。

出府之后，顾卿然对慕紫苏说道："从目前的情况来看，我那位权欲熏心的祖父想要翻身恐怕难如登天。估计直到现在，他都未必知道自己身败名裂是你从中搞鬼，但祖父这个人心思缜密，待他冷静下来定会分析出事情的前因后果。所以接下来，你不但要承受整个国公府对你的打压，很有可能还会面临其他两大家族联手对你施压。"

顾卿然之所以没在赵维祯面前讲这番话，就是担心对方会过度忧思慕紫苏的安危，从而做出不理智的行为。

他不否认赵维祯是一个强大的存在，但现在的他，早已不是从前那个可以呼风唤雨的天启太子。

皇上连曾经扶他上位的三大家族都能毫不留情地打压，一旦他们这些羽翼未丰的少年郎被皇上视为危险的存在，铲除他们简直易如反掌。

所以，顾卿然不敢轻易刺激赵维祯，这才憋着这些话，等到他和紫苏出门后才说出口。

慕紫苏岂会不明白他的用意？两人并肩走出一段距离，她才悠悠开口："开弓没有回头箭，无论接下来等待我的是生是死，既然这是我做出的选择，我就要负责到底，绝不退缩。不过，还是要谢谢你的提醒和关心。另外，在没有经过你同意的情况下便贸然对你们国公府出手，希望你不要因此记恨于我。"

顾卿然笑道："你这一出手，直接将一块大馅饼砸在我头上，我高兴都来不及，岂会怪罪于你？紫苏，你说得对，只有将权力掌控在自己手中，才有机会成为真正的赢家。这些年，我和无洛、司铭他们像过街老鼠一样待在黑槐殿那个阴暗潮湿的地方，受尽白眼和嘲笑。要不是你医好了我们的身体，帮我们重拾信心和勇气，恐怕这辈子，我们都再无出头之日。我是真的感谢你为我们付出的一切，你且放心，日后只要是你的事情，我顾卿然定会赴汤蹈火，在所不辞！"

说完，他拍了拍自己的胸脯，以示诚恳。

两人笑闹了一阵，彼此间的情谊也在同甘苦、共患难的过程中又增进了几分。

街头的一角，围满了人群。

正有一句没一句聊着闲话的慕紫苏和顾卿然双双向人群聚积地望过去，就见男女老少不知被何事吸引，竟围成一团，嘈杂声不绝于耳。

顾卿然喃喃道："那边怎么了？"

慕紫苏也颇感好奇，冲他使了个眼神："过去瞧瞧？"

顾卿然也正有此意，两人颇有默契地向人群走去，到了地方才发现，被众人围拢在中央的是一个道士。

这道士在路边摆了一张小桌子，桌上写满了符纸，不少围观的老百姓争先恐后地掏出铜钱，只为从道士手中求一道灵符。

仔细打量，这道士个子不高，身材瘦削，肤色白皙，却因为鼻子下面留了八字胡，整个人看上去颇为滑稽，其中又透露出些许古怪。

此人穿着黄色的道袍，胸前绣着大大的八卦图，戴着一顶道士帽，此时正坐在小桌子前，动作利落地在黄符纸上画着符文。

由于顾卿然和慕紫苏是后来的，所以被挤在人群外面。

见周围的老百姓争着抢着买符纸，顾卿然好奇地朝身边的一位中年妇人问道："这位婶子，你们买这些符纸做什么用呢？"

那中年妇人看了顾卿然和慕紫苏一眼，见两个孩子生得眉清目秀，俊俏逼人，妇人瞬间对他们好感大增，热情地解释："公子有所不知，坐在桌边的那个道士名叫一眉，他画的符纸可厉害了。老张家的小三子之前被道士叫住，说他即将面临血光之灾，需买他一张符纸来保平安。小三子见这道士穿得破破烂烂，说话又非本地口音，死活不信。结果刚拐过巷口，就摔了一跤，当场摔掉两颗门牙。还有珍宝阁的李掌柜，也被这个道士警告会有血光之灾，李掌柜不信邪，还没踏进珍宝阁的大门，就遇到一伙抢劫的，不但抢走了他身上的银子，还被人揍成重伤。镇上接二连三发生了好几起突发事件，被道士警告过的人都一一应验，大家不得不信服这道士的本事。这不……"

中年妇人指了指人群："这些人听说将道士画的符纸装在荷包里，便可以保障一整年的平安,所以他们都争先恐后地想为自己保平安。好在那符纸价钱也不贵,一张只收二十个铜板,用二十个铜板买一年的平安,太值啦!"

说着,中年妇人将事先准备好的二十个铜板掏出来,拼命往前挤,口中大声嚷着:"道士,道士,给我来一张符……"

慕紫苏和顾卿然被众人哄抢符纸的场面震得目瞪口呆,虽然街头算卦卖符的道士向来不少,但生意火到这种地步的不常见。

顾卿然对这种事情颇有些不屑,快言快语道:"区区一张符纸就想保一年平安,开什么玩笑啊?"

他说话的声音虽然不大,却还是传入在场不少人耳中。

尤其是正在桌前画符的道士,闻言抬头,看了顾卿然一眼,与此同时,顾卿然也向道士那边望过去。

两个人四目相对,顾卿然饶有兴味地勾了勾唇,显然没将道士不满的神情放在眼中,慕紫苏也摆出看热闹的架势,饶有兴味地望着他们。

顾卿然故意询问:"听说你这个道士算卦很灵,既如此,不如给我也算上一卦,如何?"

道士停下画符的动作,上上下下打量了顾卿然一番,半晌后,哑着声音说道:"半个时辰之内,你不但有血光之灾,可能还会断手断脚……"

"哈哈哈!"顾卿然先是发出一阵爽朗的大笑,随后问道,"如果半个时辰内我安然无恙,你又如何?"

道士对自己算卦的本事十分自信,笃定道:"我可以对天发誓,这一劫,你注定躲不过去。"

话音刚落,一枚不知从哪里射来的飞镖直奔顾卿然的面门而来。

顾卿然侧身一躲,堪堪躲过这场偷袭。

本来还在看热闹的老百姓被这突如其来的意外吓了一跳,担心惹祸上身,他们纷纷退到安全距离。

还没等顾卿然松口气,第二枚飞镖毫无预兆地射过来,顾卿然的功夫虽然没有慕紫苏那么厉害,但对付这种偷袭者却不在话下。

他接二连三躲了几次,眼看那些躲在暗处的偷袭者越来越过分,顾卿然忍无可忍道:"喂,臭道士,适可而止,再胡闹下去,本公子可要出手反击了。"

那道士似笑非笑地对顾卿然道:"我不明白你在说什么。"

顾卿然先是瞪了一眼看热闹看得正起劲的慕紫苏，随后气不打一处来地冲向那个道士，在对方极度不可思议的目光中，一把揪掉那两撇小胡子，又不客气地扯掉对方头上的道士帽。

胡子和帽子在众目睽睽下被摘掉，道士露出一张精致漂亮的面孔，与此同时，帽子下面的一头乌发也散落下来。

众人这才发现，这哪里是什么道士，分明就是一个年纪不大的小姑娘。

"呼啦"一下，还没等众人反应过来，十几个身材魁梧的年轻男子便从四面八方围过来，将这个伪装成道士的姑娘保护起来。

顾卿然对面露不解的围观群众道："各位父老乡亲，你们看清楚了吧？这个卖符纸的哪里是什么道士，分明就是一个骗子。她前脚预言你们有血光之灾，后脚就让这些随从在暗中做手脚，故意制造意外，来应验她的预言。一旦有人对此深信不疑，就会掏银子买她画的符纸。如此荒唐的骗局，居然把你们骗得团团转……"

顾卿然之所以敢当众揭穿这件事，是因为他慧眼如炬，看到这道士画符的时候，便通过对方那细白如葱的手指瞧出端倪，对方分明是一位年纪不大的小姑娘。

而且，他和紫苏往这边走时，警惕地发现人群中隐藏着与当地百姓格格不入的外来人。

这些人时不时便将目光落在道士的身上，仿佛在暗中保护着对方的安危。

刚刚那些飞镖，就是这些人暗中所射，幸亏顾卿然功夫了得，不然就着了这些人的道。

慕紫苏也跟顾卿然一样，将道士的异常看在眼中，不过在没弄清对方是敌是友之前，她不打算轻易站队。

眼前这个伪装成道士的姑娘，十五六岁，虽然穿着打扮有些滑稽可笑，容貌却极其精致。

从她眉宇间流露出的傲气来看，她应该不是寻常人家的孩子。即使谎言被当面揭穿，依旧面不改色，淡定自若地将之前赚到的铜钱放入自己的荷包中。

上当受骗的老百姓本来想替自己讨个公道，可见十几个来势汹汹的彪形大汉虎视眈眈地瞪着众人，他们只能自认倒霉，生生咽下这口恶气。

反正不过是二十个铜板，被骗就被骗吧。

被十几个随从保护起来的姑娘在收好铜钱后，先是没好气地瞪了顾卿然一眼，然后脱去身上宽大的道士袍，露出她本来的模样。

袍子里面是一袭漂亮的长裙,她动作利落地将长发绾回头顶,用清脆的声音对顾卿然道:"挡我财路,坏我好事,你这是不要命了吧?"

一改之前伪装道士时的嘶哑嗓音,以女装示人后,她杏眼圆睁,柳眉倒竖,那副兴师问罪的模样,倒像极了一个被家里宠坏的千金大小姐。

顾卿然怎么可能会将一个女骗子的威胁放在眼中?他气死人不偿命道:"想夺我性命,也得看你有没有那个本事!"

那姑娘显然从未被人这么刺激过,刚要吩咐身边的侍从好好教训一下顾卿然,就听不远处传来一道怒喝:"南宫月,你怎么来了?"

循声望去,就见带人闯过来的居然是天启的贵客,金凌的太子南宫爵。

这下,不但慕紫苏和顾卿然愣在当场,被当众唤出本名的女骗子也露出惊讶的神色。

"皇兄,没想到咱们这么快就见面了……"

她说着,笑眯眯地迎向南宫爵,颇为豪气道:"我厉害吧,你前脚刚出金凌,我后脚就追过来了……"

南宫爵没好气地瞪她一眼,斥道:"不是警告过你不要跟过来,你是不是左耳进右耳出,根本就没将我的嘱咐放在心上?你一个姑娘家千里迢迢追来天启,万一路上出事,我如何向母后交代?"

说话的工夫,他才看到除了自家妹妹之外,有过几面之缘的慕紫苏和顾卿然也在这里。

南宫爵忍不住问:"你们怎么也在?"

顾卿然翻了个白眼,小声嘟囔:"不愧是亲兄妹,大的小的都不招人待见。"

南宫月离他最近,将他这句嘟囔听得真真切切。

不过很快她就回过神,问南宫爵:"你们认识?"

慕紫苏轻咳一声,打破僵局道:"如此说来,这位姑娘,便是金凌的公主了?"

南宫月笑得坦然又自负:"什么公主不公主,我叫南宫月,你叫什么?"

慕紫苏回了她一个礼貌的微笑:"我姓慕,慕紫苏。"

南宫月上上下下打量她一番,赞叹道:"你长得可真漂亮,是目前为止,我见过的最好看的姑娘。"

这副调戏的口吻,真是与她的兄长不相上下。不过,这位金凌公主爽朗又不做作的态度,倒让慕紫苏颇为欣赏。

既然她是南宫爵的妹妹，出于礼貌，慕紫苏和顾卿然也不好再多加为难。

事后才得知，金凌的这位公主殿下之所以会伪装成道士行骗，是因为来京的途中花光了身上的盘缠，为了尽快找到自家皇兄，在不得已的情况下，南宫月才想出这种行骗的招数得些盘缠，维持众人途中的开销。

好在被骗的老百姓损失不大，不然，这位金凌公主该招来民怨了。

南宫爵对这个妹妹真是又气又无奈，既然大家在这里遇到了，南宫爵提出由他做东，请几个人去鹤仙楼吃一顿。

慕紫苏和顾卿然本想拒绝，奈何南宫爵态度强硬，两人都不想惹这位金凌太子不快活，便接受了邀请，坐进鹤仙楼的包间。

简短的几番交谈，南宫月对慕紫苏这个与自己年纪相仿的姑娘颇有好感。

南宫月和南宫爵一样，皆是由金凌皇后所生，兄妹二人年纪相仿，而且南宫月从小和兄长在军营长大，和那些娇生惯养的姑娘不一样，南宫月的身上多了几分爽朗和豪气。像她这种性情，最看不上那些娇滴滴的千金小姐。

慕紫苏显然与那些扭捏作态的千金小姐截然不同，她沉稳而淡定，聪明而美丽，言谈话语之间既流露出自信与自傲，又不会让人感觉到丝毫的不舒服和不愉快。

得知兄长居然在天启丢掉了五座城池，南宫月哈哈大笑道："皇兄，没想到你也有遇到对手的时候，哈哈哈，等我回了金凌，就将你的糗事公之于众。"

说着，又转身对慕紫苏道："你千万不要因为从我皇兄手中抢走五座城池而心生愧疚，这些年皇兄没少从其他国家那里抢地盘，嚣张得不得了，如今总算遇到对手，这件事能让我笑话他整整三年……"

慕紫苏和顾卿然不由得看了彼此一眼，越发觉得，这位金凌公主不但豪爽有趣，居然还有那么一点点的小可爱！

听说金凌公主不请自来，朝廷为了表示对金凌的尊重，天晟帝再次设宴，款待这位公主殿下。

而实际上，今天这场盛宴的另一个目的，是庆祝金凌太子将之前输给天启的那五座城池，以书面的形式，正式移交至天启王朝名下。

白白得到五座城池，对皇上及满朝文武来说绝对是一件天大的喜事。

为了让这历史性的一刻得到见证，天晟帝特意下达圣旨，定要将这场移交仪式宣扬得尽人皆知。

受到邀请的依旧是当日参加过金凌太子接风宴的那些客人，除此之外，伤势已经彻底恢复的瑶贵妃也被列入受邀名单。

这是瑶贵妃第一次有幸与金凌太子和金凌公主见面。

她对俊美霸气的金凌太子没什么兴趣，倒是对那个容貌美丽、举止端庄，各方面条件都很优秀的金凌公主充满了好感。

放眼望去，有资格接受邀请来参加宴席的，都是天启朝的权贵人物。

那些千金名媛对瑶贵妃来说，要么长得不够漂亮，要么家世背景不够雄厚。

所以，南宫月自然而然地成了瑶贵妃眼中儿媳妇的不二人选。

与别的名媛相比，南宫月长相出众，出身高贵，一旦她嫁给自己的儿子，势必会给儿子的前途带来极大的帮助。

毕竟金凌占据着霸主国的地位，若瑾儿能娶到金凌的公主，从今以后，金凌可就是瑾儿身后最强大的靠山了。

越想越觉得这件事可行的瑶贵妃，在南宫月简单做完自我介绍后，亲切地说道："现如今像公主殿下这样出身高贵、容貌姣好、谈吐不凡又不骄不躁的姑娘已经不多见了。听说公主今年刚满十五，不知贵国帝后可曾为公主许配人家？"

瑶贵妃不开口则矣，一开口就打听人家的隐私，让在场围观的众人瞬间就明白了她话中的意思。

尤其是受邀前来的一些大臣，在朝为官多年的他们都是人精，岂会看不出瑶贵妃的用意？

他们膝下也有待字闺中的女儿，当初还想着将自己的女儿嫁给三殿下，以成就三殿下日后的大业，可瑶贵妃明摆着没将他们这些人放在眼中，直接将目光投到了金凌公主身上。

这瑶贵妃，还真是见利忘义，可大臣们心中再怎么不满，也不敢在这种场合表现出来，所以只能按捺住各自的心思，静观那位公主的回应。

面对瑶贵妃的殷切询问，南宫月笑着回道："父皇膝下只有我一个女儿，他和母后从小对我宠爱有加，自然舍不得我早早嫁人。而且与别的国家相比，我们金凌的姑娘都嫁得晚，十六七岁挑婆家，十八九岁才嫁人的比比皆是。"

瑶贵妃闻言脸上一喜，忙恭维道："像公主这般金尊玉贵，在夫婿方面的确该擦亮眼睛仔细挑选。毕竟婚姻是一辈子的大事，可不能随随便便找个人将就。说起来，我家瑾儿与公主年纪相当，也跟公主一样还没有择定人家。之前倒也物色过几位小姐，奈何瑾儿眼光太高，在这方面与公主想法一致呢。"

如此直白的牵线方式，令坐在不远处的赵维瑾眉头微皱。他不怎么感兴趣地看了南宫月一眼，对这位金凌公主实在没什么好感。因为无论金凌公主有多优秀，都无法取代慕紫苏在他心中的地位。而且，他对母妃这种功利的撮合方式极为反感，明知道他已经心有所属，还当着这么多人的面让自己陷入尴尬境地，母妃就从来没有为他的终身幸福着想过吗？

赵维瑾看不上南宫月的同时，南宫月自然对赵维瑾也毫无兴趣。事实上，从南宫月与兄长南宫爵并肩坐在一起的时候，视线便有意无意地落在不远处那个叫顾卿然的少年身上。

两人之前在京城的街头结下梁子，有生以来第一次在众目睽睽下丢人现眼的南宫月，将顾卿然当日冒犯自己的行为记在心底。

就算在兄长的邀请下，与顾卿然同桌而席吃了一顿丰盛的膳食，依旧没能让她对那个姓顾的放下心底的芥蒂。

因此，当瑶贵妃拼命在众人面前诉说那个什么见鬼的三殿下究竟有多出色时，南宫月左耳听，右耳出，根本没将三殿下这号人物放在眼中。

一心想为儿子拉线保媒的瑶贵妃根本没看出南宫月眼底的排斥，她越琢磨越觉得这桩婚事十分可行。

若瑾儿与南宫月共结连理，等于给瑾儿找到一座强大的靠山。到时候，无论赵维祯在民众心中的影响力有多么巨大，皇上都有理由将瑾儿立为天启的太子。

于是，她不厌其烦地在南宫月面前讲述自己的儿子是多么优秀，恨不能立刻为两人定亲，择日便举行盛大的婚宴。

瑶贵妃一个人表演的同时，其他人看她的眼神就像在看一个笑话。

天晟帝频频向瑶贵妃投去警告的眼神，试图制止她的一意孤行。凤临月则摆出一副看好戏的旁观者的姿态，饶有兴味地看着瑶贵妃旁若无人的表演。

赵维祯和慕紫苏眼神默契地彼此对视，眼底所包含的深意似乎也不言而喻。见两人只字不说也能默契到这种地步，赵维瑾看在眼中，恨在心底。

袖袍下，他十指捏得咯咯直响，暗自懊恼，为何当日没能快赵维祯一步，将慕紫苏抢到自己的手中？

瑶贵妃见儿子像患了失心疯般死盯着慕紫苏，心中意识到不妙，忙不迭地唤回儿子的理智："瑾儿，公主殿下大驾光临，你怎么连个招呼都不打？"

被强行拉回思绪的赵维瑾这才从愤恨中缓缓回神,他无可无不可地冲南宫月点了点头:"来者是客,希望在接下来的日子里,公主殿下能在天启玩得愉快。"

南宫月拿起茶杯啜饮一口,笑着回道:"多谢三殿下的好意。"

两人不咸不淡地应付着彼此,令瑶贵妃颇为着急,她赶紧接口:"咱们天启好山好水好风光,可以玩的地方不计其数。公主殿下若不急着回金凌,不妨在京城多住几日。到时候,让瑾儿带你四处走走,你们都是同龄人,肯定有很多共同话题。"

瑶贵妃就差没当众宣布,直接让南宫月嫁给自己的宝贝儿子了。

赵维瑾眉头拧得更紧,对母妃不顾自己意愿的行为颇感不快,他可不想花大把时间去陪那个素不相识的公主殿下,只能轻咳一声,委婉说道:"若公主不弃,我可以安排属下好好招待公主接下来的一切行程。"

言下之意,想让我陪你去游山玩水,没门。

瑶贵妃刚要发火,就听南宫月说道:"我初来天启,自然要在京城多住几日,顺便欣赏一下这边的大好风光。可惜我对这里的环境并不熟悉,三殿下又抽不出时间关照我这个外人。那不如……"

说到这里,南宫月邪气一笑,目光直直地落到正在喝茶的顾卿然脸上:"由顾公子出面陪同,好好带我在这繁华的京城转转如何?"

毫无预兆被点到名字的顾卿然险些将刚入口的茶水喷出来,好不容易将茶水咽到肚子里,他瞪向南宫月,毫不掩饰自己的排斥:"我忙着呢,没空!"

南宫月显然不打算这么轻易放过他,她笑得满脸无辜:"莫非顾公子很讨厌我?"

顾卿然翻她一个白眼:"我可没说。"

南宫月继续气他:"既然你没有厌弃我,那陪我在京城四处转转怎么了?"

顾卿然咬了咬牙:"都说了我没时间……"

南宫月没再理会他的推托,直接看向不明所以的天晟帝,娇笑道:"皇上,本公主瞧这位顾公子极为顺眼,不知您可否下一道命令,在本公主驻留京城的这段时间,由顾公子担任本公主的向导,带着本公主好好游历一下贵国的大好河山?"

天晟帝哪会为了这种小事不给金凌公主面子,笑着道:"太子和公主都是咱们天启的贵客,你们驻留京城期间,朕自然会尽东道主之谊,满足二位的一切要求。"

说着,对满脸不甘的顾卿然道:"卿然,接下来的几天,你便带着公主四处玩玩,一切开销都记在朕的头上,务必让公主在咱们金凌玩得尽兴。"

顾卿然一时语塞。

南宫月则趁机向顾卿然投来一抹挑衅的坏笑，仿佛在说，接下来看本公主怎么收拾你。

瑶贵妃已经彻底傻了眼，什么情况？她拼命向金凌公主推销自己的宝贝儿子，为何一转眼，公主居然将目光落在一个路人甲的头上？

赵维瑾暗暗松了一口气，不必伺候这位公主殿下，对他来说就是天大的解脱。

南宫爵则满面笑容地对不甘心接下这份差事的顾卿然道："舍妹自幼被父皇母后宠得无法无天，若日后有得罪之处，还请顾公子不要见怪。"

言下之意，我妹妹可是金尊玉贵般的人物，招惹她之前，最好衡量一下利益关系。

顾卿然强忍住翻白眼的冲动，皮笑肉不笑地对南宫月道："既然如此，公主接下来所有的行程，就由我来全权安排了。"

这场宴席，有人欢喜有人愁。

宴席结束的时候，天色已经暗下来。

在赵维祯的要求下，慕紫苏坐进王府的马车，由他亲自护送她回书院的黑槐殿。宽敞舒适的车厢里，赵维祯与慕紫苏有一句没一句地聊着席间的趣事，其中最搞笑的非瑶贵妃莫属。

本想借这个机会给自己的宝贝儿子谋算一门好婚事，没想到郎无意，妹无情，从头到尾，都是瑶贵妃一个人在那儿穷折腾。直到宴席结束，瑶贵妃好像还没从震惊中缓过神，那幅画面如今回想，实在是令人忍俊不禁。

赵维祯忽然说："倒是那个金凌公主对卿然的态度颇有些耐人寻味，他们之间明明没有任何交集，好端端的，为何当众找卿然的不痛快？"

慕紫苏笑着解释："那是因为不久前，卿然曾不小心得罪过这位公主殿下。"

"哦？"对此事毫无所知的赵维祯挑眉询问，"那个南宫月不是两天前才抵达京城？"

慕紫苏也没隐瞒，将那天她与顾卿然离开明王府之后遇到的事情讲述了一番。

得知南宫爵居然背着自己约慕紫苏去鹤仙楼吃饭，赵维祯有些不太高兴："你怎么和他走到一起了？"

慕紫苏被他那酸溜溜的语气气得哭笑不得："这话说得好像我跟南宫爵之间有什么猫腻似的。都说了那天在街上遇到南宫月只是一场意外，南宫爵也是从他下属的口

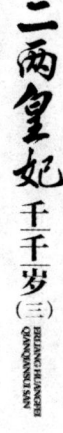

中得知,在京城发现他妹妹的身影,才带着一行人前来寻找。没想到机缘巧合下,与我和卿然碰到一起,他提出去鹤仙楼用膳的时候我们本来是拒绝的,奈何人家盛情难却,我们才去了鹤仙楼。至于南宫月,是个豪气爽朗的小姑娘,之所以会在宴席上故意为难卿然,十之八九是因为那天被卿然欺负了,想给自己找台阶下呢。"

慕紫苏聪明通透,将南宫月那些小心思看得清清楚楚。

她并不担心顾卿然会受委屈,因为身边所有的朋友之中,顾卿然最是精怪。从来只有他欺负别人的份儿,谁要是敢欺负到他的头上,下场定会无比凄惨。

当然,南宫月也不是省油的灯,强强对局,她倒是很期待接下来会上演一出怎样的好戏。

就在两人有一句没一句闲聊之时,赵维祯的心腹忽然快马加鞭追过来,拦住车轿,并附耳在他主子面前低声说了几句话。

听完,赵维祯面色微沉,压低声音反问:"此事当真?"

那心腹脸色十分凝重,用同样低的声音回道:"千真万确!"

见赵维祯和心腹低声商议事情,慕紫苏不好多做打扰,起身准备下车,对赵维祯说道:"你有事要忙,就不用送我回书院了,反正从这里走回去也用不了多少时间。"

说着,她就想起身告辞,却被脸色阴沉的赵维祯拦下来:"紫苏,当年害我双腿残疾的案子,已经有眉目了。"

正欲下车的慕紫苏闻言一怔:"是谁?"

赵维祯摇了摇头:"究竟是谁目前还不清楚,不过已经将参与过当年那起案子的关联人抓进了王府的地牢。紫苏,你要不要随本王回府一探究竟?"

慕紫苏稍稍犹豫片刻,见赵维祯向自己投来期待的目光,不忍心让他的希望落空,她点了点头:"好,我陪你去!"

马车在路上飞速行驶,很快慕紫苏便随赵维祯踏进了明王府的大门。

回程途中,赵维祯简单向她交代了一下事情的经过。母后凤临月不久前将一批心腹逐一介绍给他认识,除了助他上位之外,还暗中帮他调查当年那起事件的真相。

两年前,赵维祯接到父皇的圣旨,让他带五百精兵去围剿一批山贼,结果一时大意,中了那些山贼的埋伏和算计,导致长达三天的昏迷。再醒来时,他绝望地发现双腿已废,彻底失去了行走能力。

对赵维祯来说,这是他一辈子都挥之不去的梦魇。

他不知道昏迷之前究竟经历过什么，他不想回忆，害怕回忆，对他来说那件事就如同一场噩梦，即使现在双腿已经恢复，也不敢再轻易触碰那段往事。

之所以会鼓起勇气调查当年那件事，是因为赵维祯不想稀里糊涂地活一辈子，更不想让当年谋害自己的凶手逍遥法外。

母后推荐给他的那些人办事能力超群，短短数日，便抽丝剥茧，大力排查，最终将目标锁定在几个令赵维祯完全想不到的人身上。

赵维祯出事那年只有十四岁，除了身边固定的几个心腹之外，军营中也有不少与他交好的挚友。

说是挚友，就是赵维祯从小在军营历练时认识的朋友，这些人与他一起上过数次战场，剿灭过无数山贼土匪。后来赵维祯被废去太子之位，与这些人便再无往来。

没想到事隔两年，赵维祯竟会以这样的方式，与当年曾和自己上过战场的故友重逢。

此次被抓进王府地牢的嫌疑犯共有三人，年纪都在二十岁出头。他们被高高地吊在牢房的房梁处，身上还残留着被鞭打过后留下的伤痕。

见赵维祯面无表情地从牢房外走进来，几个人的脸上都流露出不同程度的恐惧和担忧。

负责刑讯的侍卫见主子回了王府，先是看了跟在主子身后的慕紫苏一眼，见主子并没有避嫌的意思，上前回道："属下拷问了将近一个时辰，他们都很嘴硬，死活不肯交代当年的真相。"

赵维祯冷着脸看着那几个被打得不轻的嫌疑犯，脱口道出他们的名字："李家玉、宋方、周海林，没想到有朝一日，本王会与你们以这样的方式相见。"

被唤出名字的三个人原本难看的脸色又在无形中增添几分狼狈，他们不敢直视赵维祯的目光，纷纷别过头，以此来逃避内心的不安。

赵维祯冲侍卫使了个眼色，沉声道："放他们下来吧！"

侍卫们有些不解，见主子不像在开玩笑，于是上前将吊在房梁上伤得不轻的几个人放下来。

赵维祯下令放人的举动，令几个受审的犯人大为不解，就连尾随而来的慕紫苏也挑高眉头，疑惑地望着赵维祯。

被放下来的几个人姿态十分狼狈，他们不敢迎视赵维祯的目光，只能像囚犯一样卑微地跪在地上等候命运的裁决。

赵维祯负着双手在几个人面前走了两圈，见曾经与自己并肩作战，甚至在战场上救过彼此性命的战友，有朝一日居然在这样的情境下与自己相见。他感慨万分的同时，心中充满深深的无奈，他语带讥讽地说道："人性果然深不可测，本王将你们当兄弟，你们却想置本王于死地，这究竟是为什么？"

那几人依旧跪在地上一声不吭，他们垂着头，看不到此刻脸上的表情。

身为旁观者的慕紫苏，可以深深地体会到赵维祯此时内心的崩溃，这种被自己信任的朋友背弃的痛苦，远比身体上的伤口更痛。

"维祯……"慕紫苏见他被巨大的悲伤笼罩，忍不住开口，"你现在有两个选择，第一，放弃寻找当日的真相，以崭新的姿态好好面对未来的人生。第二，若你认定可以从这些人口中问出答案，你不忍心动手，可以由我来代替你，对他们进行审讯。"

既然说好会不计代价地与他站在同一战线，慕紫苏便不忍心看他为难，她愿意替他去做这个恶人。

此言一出，不但赵维祯目露惊讶，就连那几个从头到尾并没有将慕紫苏当回事的嫌疑犯也纷纷抬头，不敢相信这种冷酷之言，会出自一个漂亮姑娘之口。

迎上众人探究的目光，慕紫苏回了他们一个如春风般温暖的微笑："我知道像你们这种从小接受强化训练的人，根本不拿严刑逼供当回事。换句话说，能被维祯诚心以待的兄弟，绝对不可能是软骨头。谋害太子，这是杀头的重罪，既然你们现在已经落网，就应该意识到自己不会再活着走出这座牢房。"

说话的工夫，慕紫苏从腰间取出一个奶白色的小药瓶。

她慢条斯理地将瓶盖打开，在众目睽睽之下，将瓶中的药粉洒在一根铁链上，紧接着，令人脸色发白的一幕出现了。

只见那根粗粝的铁链，竟以肉眼可见的速度化成一摊铁水。

慕紫苏用谈论天气的语气对目瞪口呆的众人说道："死亡并不可怕，那什么是最可怕的呢？"

她调皮地将手中的小药瓶在几个人面前晃了晃："仔细想想，假如你们的四肢被溶化为一摊血水，你们的心脏却毫不受损地继续跳动。那么，你们的后半生将会生活在永无止境的绝望中。维祯将你们当兄弟，他肯定不会绝情到夺走你们的性命。所以，留一口气给你们，是他对你们最大的恩赐……"

见几个人被她手中的小药瓶吓得面无血色，慕紫苏笑眯眯地将药瓶收了回来，戏谑地问道:"谁想做第一个尝试者?"

被打得鼻青脸肿的几个大男人下意识地向彼此的方向缩了缩,显然被眼前这个看似天真无邪,实际却比魔鬼还要可怕的小姑娘给吓破了胆。

死并不可怕,可怕的是求生不能,求死不得。

他们无法想象失去四肢之后的人生会面临什么,简直比死还要残酷一万倍。

虽然他们在心底拼命告诉自己,这个小姑娘只是在跟他们闹着玩,可好好的一条大铁链,眨眼间就在药粉的侵蚀下变成铁水,这药粉的毒性可想而知,简直令人不寒而栗!

迫于心理上的恐惧,几个人将求救的目光落在赵维祯的脸上:"殿下,明王殿下,求您下令,杀了我们吧。"

说完,几个人"哐哐"朝赵维祯用力磕头,试图用死亡了结他们可笑的一生。

自始至终,赵维祯一直保持着负手而立的站姿,对几人一心求死的行为无动于衷。

慕紫苏哼笑一声:"既然连死都不怕,你们为什么不肯说实话?"

其中一人哭丧着脸回道:"不是我们不想说,而是我们不能说。一旦我们说了,将会遭到株连九族的厄运。"

慕紫苏冷哼:"你们连良心都不要了,还在意什么九族?"

被一个小姑娘接二连三地出言讥讽,几个大男人已经绝望到极致。

良久,赵维祯无奈地叹了口气:"算了紫苏,既然他们不想说,本王也不会多加强求,就当本王当初瞎了眼,结交了一群背信弃义之徒吧。"

说罢,赵维祯转身便想带着慕紫苏离开此地,却听身后传来一道按捺不住的回应:"殿下,我们那样做也实属无奈,因为当初收买我们借剿匪之机给你下毒的真正指使者不是别人,正是你的亲生父亲,当今的圣上,天晟皇帝。"

此言一出,偌大的地牢瞬间陷入死一般的寂静。

赵维祯蓦地回头,与那个开口说话的男人四目相对。

那人无畏地迎视着他的目光,语气又坚定了几分,鼓起勇气道:"皇上知道我们几个与殿下私交甚笃,便拿我们家人的性命作为威胁,逼迫我们在行动的时候趁机给殿下下毒。皇上这么做的用意我等并不知道,那件事情之后,皇上赐给我们每人五千两黄金,我们也不得不离开军营,带着家人远走高飞……"

第十章 藏阴谋 解除婚约

接下来的话，赵维祯已经听得不太真切。脑海中不断重复着事情的真相，他做梦也想不到，害得自己失去双腿的罪魁祸首，居然是他的亲生父亲。

虽然他与天晟帝的感情并不亲厚，但从小到大，赵维祯自认对这个父皇尊重有加，从未做过任何违背父皇意愿的事情，他实在想不通，父皇为何要用这么残忍的方式谋害自己？

当赵维祯慢慢从这个打击中回过神时，已经在慕紫苏的搀扶下回到了他休息的地方。

这起案子涉及甚广，一旦外泄，赵维祯明王的地位恐怕不保。

事实上当慕紫苏听到事情真相的时候也很诧异，好在她脑海中还存了一丝理智，也幸亏那些负责审问的侍卫都是赵维祯的心腹，所以她并不担心那些侍卫会出卖他们的主子。

至于那几个受审者，暂时关押在地牢等候发落。

慕紫苏担心赵维祯受到刺激，扶着他回到休息的地方后，将一颗小小的药丸塞到他的嘴里。

苦涩的药味在舌尖化开，赵维祯硬生生将这份苦吞到肚子里，长长地舒了一口气。

慕紫苏拍了拍他的肩膀，柔声说道："这颗药丸有舒缓心情的功效，虽然有些苦，但药效发挥得非常快，你现在好些了吗？"

随着药丸入口，那种揪心绝望的情绪也得到了缓解。

赵维祯点了点头："好多了，谢谢你。"

慕紫苏冲他露齿一笑："你难道不怕我喂你吃的是致命的毒药？"

赵维祯情不自禁地将头靠在她的肩头，一脸疲惫道："在这个世上，除了母后之外，恐怕也只剩下你会让本王无条件信任。紫苏，今晚真是让你看笑话了。"

虽然他还有些无法接受残害自己的凶手就是他的亲生父亲的事实，但转念一想，若父皇受了瑶贵妃的蛊惑，执意扶持赵维瑾上位，那么父皇派人暗算自己的行为就可以理解了。

毕竟皇家哪有什么亲情可言，父皇还能在表面上与他维持着父子之情，已经给足了他这个当儿子的面子。

思及此，赵维祯既感到心酸，又有些悲伤。好在他最痛苦无助的时候，身边还有紫苏的陪伴。

至于那几个被抓进地牢受审的犯人，赵维祯并未将事情做得太绝，得到他想要的答案后，便下令将几个人放了。

毕竟是曾经一起出生入死的战友，就算那些人最终选择背叛自己，也是因为家人受到胁迫才做出的无奈之举。一旦他选在这个时候将他们杀掉，非但难解心头之恨，反而还会打草惊蛇，引起幕后操纵者对他的防备。

慕紫苏很认同赵维祯的做法，她也觉得这些人不能死，至少现在还不能死。

那些人大概没想到明王殿下会如此深明大义，临走前想见明王一面，却被赵维祯拒之门外。

不管是何种原因，他都无法再接受背叛过自己的人。

对现在的赵维祯来说，除了想办法重新夺回太子之位外，另一件重要的事就是尽快与紫苏成亲，风风光光地让她嫁进明王府，成为自己名正言顺的妻子。

自从霍司铭、顾卿然还有段无洛这几个少年郎在承恩殿为朝廷争了光，除了已经被扶上顾家家主之位的顾卿然之外，霍司铭和段无洛在各自当差的地方也得到了上级的重用。

为此，天晟帝还单独将几个人召集到一起，以长辈的身份，语重心长地劝告几个少年要在接下来的日子里好好表现。

只要他们竭尽所能报效朝廷，前程定然无可限量。

尤其是段无洛，他的天赋和能力当今朝廷无人能及，属于罕见的天才型人物。

说起来，户部已经有好些年没有盘查账目，于是，天晟帝派给段无洛一个艰巨的任务，让他查查户部的账面有没有出现亏空的情况。

这是一件吃力不讨好的差事，一旦查出账目出现问题，将会得罪很多手握重权的人物。

天晟帝看似对段无洛信任有加，实际上却将段无洛推向风口浪尖。

可如果段无洛能将这个差事办得漂漂亮亮，日后他所得到的殊荣也是不可估量的，所以能不能抓住这个机会，就看段无洛日后的运气了。

段无洛一朝得志，段氏一族都有些坐不住了。尤其是当朝丞相段玉科，一直以来，他从未将这个毫无存在感的儿子放在眼中。

段无洛出生的时候，段家发生了一连串的变故，先是段夫人难产离世，段无洛的祖父遇难，就连段玉科当年都差点因为段无洛的出生而官途受阻。

为了给这些变故找一个借口,懵懂无知的段无洛就这么稀里糊涂地被冠上"扫把星"的罪名,最后还被逐出家门。

这些年,段玉科对段无洛这个儿子不闻不问,就连在一些公众场合遇到了,段玉科也避之不及,拒绝与儿子做任何交谈。

眼下,曾经默默无闻的段无洛忽然得到皇上的重用,这让段玉科不得不提高警惕,并在妻子的劝说下,将儿子叫回丞相府,进行了一番推心置腹的谈话。

为了款待段无洛,段无洛的继母特意吩咐府中的管家,为他准备了一顿丰盛的晚膳。

席间,段玉科摆出慈父的态度,对段无洛的生活颇为关心,关切地询问他在户部任职有没有不适应的地方,其他官员会不会因为他年纪太小欺负他。

段玉科问一句,段无洛便答一句,两人在相处的时候,丝毫没有父子间的融洽感,反而如同两个素不相识的陌生人。

见段无洛从始至终面无表情,机械式地回答自己提出的问题,原本还想趁此机会拉拢一下父子感情的段玉科有些泄气。

他本就对这个儿子没什么好感,若非段无洛最近深得圣宠,他也不会放下架子将这个不受待见的儿子召回段府。

虽然段无洛的五官样貌生得比他膝下其他几个子女都要出众,但看在段玉科的眼里,这个儿子就像个木偶,从他身上感觉不到任何活人的气息。

丧气!真是丧气!

段玉科心底有些发堵,几句话之后,便失兴致,没了跟段无洛交谈的欲望。

段夫人见丈夫眼底露出不悦,忙主动给段无洛倒了一杯酒,笑容满面道:"无洛,来,喝点酒,暖暖胃。近日的天气越来越凉,你看你穿得这样单薄,也不怕染上风寒,沾了病气。"

这个段夫人是段玉科在段无洛生母去世之后续娶的妻子,虽然容貌没有段无洛生母那样精致美丽,却有一颗七巧玲珑心,将段家上下打点得很是周全。

段玉科当年之所以会将这个女人娶进家门,看中的自然是她的出身以及娘家在朝中的势力。

段夫人姓楚,父亲在军中掌控着实权,虽不如霍家那样强大,倒也称得上是将门之后。

与段无洛同在一个书院读书的楚君白便是楚家的大少爷,也是这位段夫人的亲侄子。

段夫人嫁进段家之后，接二连三给段玉科生下儿女，几个孩子虽年纪尚小，却颇得段玉科的宠爱。

所以，段无洛的出现颇有些格格不入，别说客人，恐怕连外人都称不上。

面对段夫人的频频示好，段无洛面上不动声色，心底却在揣测父亲和继母召自己回来的真正用意。

他可不相信良心发现这种事情，如果真有良心，自己当年也不会被丢出丞相府不闻不问十多年。

至于段夫人亲自倒给他的酒，他只是礼貌性地品了一小口，便放回酒杯，没再动手多碰一下。

眼看戏演得差不多了，段夫人终于扯到正题："无洛，再过几个月，你就年满十七了，其他人家的公子少爷在这个年纪都已经定了亲事。唯独你，因为一些特殊原因，直到现在还没有谈婚论嫁。你生母去世早，父亲又忙于公事没时间操办这些，所以将来你的婚事，都要由我这个当继母的帮你操持，不知你还记不记得美好？"

突如其来的询问，将段无洛当场问住。

他不解地向段夫人投去一记询问的目光，段夫人笑道："瞧你这孩子，小小年纪，记性怎的这么差？徐美好，她可是你的表妹啊，跟你一样在皇家书院读书的。"

徐美好？

经段夫人这么一提，段无洛有了印象。

皇家书院的确有个学生叫这个名字，他却并不知道这个姓徐的是自己的表妹。

段玉科见儿子满脸茫然，解释了一句："这位徐小姐，是你母亲表妹的女儿。"

段无洛一本正经地说道："母亲的家人不是早在十几年前便搬到外省定居了？"

段玉科瞪他一眼："我指的母亲，不是你的生母，而是你的继母。"

段夫人露出一个尴尬的笑容，对段无洛说道："之前你很少回府，也没工夫与你提及此事。几个月前，美好也被家人送进皇家书院，国公府的顾大小姐健在的时候，美好与顾大小姐的关系还很不错呢。"

段无洛努力在脑海中回想徐美妤的长相，幸亏他记性够好，对书院的学生颇有几分了解，饶是如此，徐美妤这号人物的存在感着实低了一些，回想起来，只依稀记得一个大概的轮廓。

依稀记得是一个长相很普通的姑娘，时常跟在顾清漪身边狐假虎威。

段夫人并没有看出段无洛眼底的不耐，继续游说："美妤年纪与你相仿，如今尚未许配人家。正所谓肥水不流外人田，像美妤这样贤良淑德、聪明伶俐、貌美如花的姑娘，许给你当妻子，简直再合适不过。无洛，你看，这门亲事怎么样？"

见段夫人说谎都不打草稿，除了好笑之外，段无洛找不到更合适的语言来形容自己的心情。

他不想破坏丞相府的气氛，也没那个兴趣与任何人发生争执。

于是，在段夫人拼命游说他娶徐美妤为妻时，他以自己年纪太小，暂时还不想考虑婚姻大事为由，将此事搪塞过去。

段夫人虽然心有不甘，却没有明显地表露出来。

她之所以会将主意打到段无洛头上，是因为这个臭小子最近在皇上面前表现得过于优秀，所以才急着将娘家的闺女塞给他，日后也能有个亲信任自己使唤。

段无洛虽然不喜欢与人玩心眼，但还是将段夫人的那些小心思看在眼里。至于徐美妤，不管她是不是段夫人的亲戚，他对这桩婚事都没有任何兴趣。

离开丞相府的时候天刚见黑，段无洛的心情颇有些复杂。

他知道父亲和继母选在这个时候将主意打到他的身上，十之八九应了紫苏之前的猜测，他的某些成就和作为，已经引起周围人的注意了。

这些人要么想将他视为棋子利用起来，要么看他不顺眼欲将他除之而后快，这就是权力和利益给他带来的负面影响，能否承受，就看他今后的应对能力了。

慕紫苏没想到，天晟帝居然会单独将她召进皇宫。此时，她所处的地方正是天晟帝用来处理公务的御书房。

从她见驾直到现在，天晟帝的脸上始终挂着慈祥的笑容，这让几天前得知造成赵维祯双腿残疾的罪魁祸首正是眼前这个九五至尊的慕紫苏，一时间难以将慈父这个形象与天晟帝联系起来。

"慕三小姐……"

天晟帝浑厚的嗓音打断了慕紫苏的思绪，就见他一改往日高傲的帝王姿态，像个关心小辈的长辈般，冲慕紫苏露出一个温暖至极的笑容。

"你可知，今日朕召你入宫，所为何事？"

慕紫苏在心底翻了个白眼，暗想，我又不是天上的神仙，岂会知道你老人家忽然召我入宫的目的？

她心里腹诽，面上却恭恭敬敬地回道："恕臣女愚钝，不知皇上有何赐教。"

天晟帝对慕紫苏的识时务非常满意，对身边伺候的太监吩咐："还不给慕三小姐看座？"

不多时，小太监便将一个绣墩搬到慕紫苏面前。

慕紫苏虽然不知道天晟帝葫芦里卖的是什么药，却还是规规矩矩地坐在了绣墩上，摆出洗耳恭听的姿态。虽然面上不动声色，她心底其实已经猜出个大概。

不久前，天晟帝接二连三对三大家族的弃子大肆嘉奖，已经让她心生警惕。在外人看来，天晟帝乃一代明君，对朝中有才能的小辈多加提拔，给予了无限的肯定。可对慕紫苏来说，天晟帝此举，明摆着是在用一种借刀杀人的方式对三大家族进行打压。

这些年，三大家族自恃当年扶持过天晟帝上位，在朝廷作威作福，甚至不止一次无视帝王的尊严，为各自的家族牟私利。

就算有人暗中举报三大家族行不法之事，以天晟帝一个人的能力，也没办法与势力日益壮大的三大家族抗衡。

这种权力被压制的处境令天晟帝极为不满，就算这三大家族曾给予他不少帮助，眼下这些人的存在已经严重威胁到他的权力，影响到他的利益，也是时候铲除异己，重振帝威了。

顾天恒失势，给天晟帝提供了一个绝佳的突破口。

于是，他高调地对几大家族的弃子委以重任，目的就是让他们窝里斗，自己则坐收渔翁之利。

天晟帝心里打的小算盘，身为旁观者的慕紫苏看得真真切切。

当然，天晟帝极力摆出明君的姿态，聪明如慕紫苏，也不会当场揭穿对方的伪装。

客套得差不多，天晟帝才打开话题："你父亲被调到外省赴任，短期之内怕是不会再回京复职了。既如此，朕很好奇，你为何没与你父亲和祖母一同离开京城？"

这个问题，慕紫苏已经不止一次对外人解释，不过她还是按捺住性子，笑着道："回皇上，臣女之所以没同父亲和祖母离开，有两个原因。其一，臣女目前就读于皇家书院，选读的课程还没有全部完成，贸然离开，之前所有的努力将会付之东流。所以，臣女必须留在书院继续完成学业。其二，父亲与祖母离京之后，偌大的慕府人丁凋零，无人管理，身为慕家的一分子，臣女有责任也有义务留在祖宅帮长辈看管宅院，万一日后父亲致仕后想重回京城，臣女也好对父亲有个交代。"

这种官面儿上的应付，慕紫苏已经说了不下十次。总之，每次有人问她为何不随长辈离京时，她便将这番说辞说与人听。

天晟帝笑了笑，调侃道："还有一个最重要的原因你没有说，便是你与祯儿之间的婚约。"

被天晟帝一语揭穿内心的想法，慕紫苏并未表现出丝毫尴尬，整个京城的人都知道她与赵维祯定了亲事，为了自己未来的夫君留在京城，她并不觉得这有什么难以启齿的。

好在天晟帝并没有在这个话题上过于纠缠，他长叹一声："年轻就是好啊，想当年朕在你们这般大的时候，对感情之事也有着无限的憧憬。你是一个各方面条件都很不错的姑娘，不但聪明漂亮，还具备极为高超的医术。说起医术，朕不由得想起你外公虞老侯爷当年在医学界的威望，虽然他的结局……"

说到这里，天晟帝叹了口气："总之，当今天下能在医术方面与虞老侯爷相抗衡的，除你之外，怕是再也找不到第二个人。祯儿的双腿能在你的治疗下复原，着实令朕倍感震惊。"

最后这句话，天晟帝说得意味深长。

要不是慕紫苏提早一步得知真相，一时间根本听不出天晟帝话中的含义。如今再琢磨天晟帝话中的意思，慕紫苏有些不寒而栗。表面来看，天晟帝是在夸赞她医术高明，实际上，却在暗讽她多管闲事。

嘀！天家父子，果然情比纸薄。

她心中对天晟帝的虚伪不屑一顾，面上却装出一副听不懂的样子客气地回道："明王是臣女未来的夫君，臣女竭尽全力替未来夫君医治双腿，是臣女身为医者应尽的义务。"

"好，很好！"天晟帝笑容满面地赞扬了几句，"祯儿此生有幸遇到你，的确是他上辈子修来的福气。"

慕紫苏依旧笑容不改："皇上过誉了，是明王福大命大，得到上天的庇佑才能安然无恙度过此劫。"

言下之意，无论你想出什么招式对付自己的亲生儿子，只要有上天庇佑，你的计划终究会以失败收场。

天晟帝脸上的笑容终于出现片刻的坍塌，他端起茶杯假意啜了一口茶，来掩饰眼底不经意泄露出来的怨恨。

慕紫苏故作懵懂，仿佛不曾意识到自己的某些言行对天晟帝造成了冲击。正所谓虎毒不食子，天晟帝却残忍到连亲生儿子都能残害。

赵维祯中的毒名叫折翼，身中此毒者，不但双腿致残，理智丧失，再熬几年，便会形容枯槁，直至丢掉性命。

据她分析，天晟帝之所以没在两年前将赵维祯送上黄泉，一来是不想将事情做得太绝；二来，他也不敢在羽翼未丰之前公然与整个凤氏家族对抗。

赵维祯是凤临月的命根，一旦凤临月失去了唯一的儿子，后果恐怕是天晟帝无法承受的。所以，他才选了一个折中的方法，既不让赵维祯丢掉性命，又可以顺理成章地摘掉他太子的身份。

按照天晟帝原本的计划，只要再熬个两三年，赵维祯前脚一死，他便能够大张旗鼓地将瑶贵妃的儿子扶上太子之位。没想到慕紫苏的出现，竟在天晟帝毫无防备的情况下打破了他所有的计划。

若说天晟帝对自己没有恨意，慕紫苏是完全不相信的。只不过大家的演技都很好，没有将真正的情绪流露出来罢了。

就在慕紫苏暗自盘算天晟帝会想出什么招数来对付自己时，只听御书房外传来小太监的汇报："回禀皇上，三殿下来了。"

三殿下？赵维瑾？

慕紫苏心中警铃大响，就见天晟帝露出一抹得意的笑容，对门外吩咐道："让瑾儿进来吧。"

不多时，衣着华丽、俊美逼人的赵维瑾便落落大方地从外面走了进来。

看到慕紫苏居然也在御书房时，他略感诧异，只过了片刻，他便恢复之前的淡定，向天晟帝行过君臣之礼。

天晟帝抬手虚扶了赵维瑾一把，笑道："不必多礼，瑾儿，你也坐吧。"

不知是有意还是巧合，赵维瑾故意在慕紫苏附近寻了一个座位坐下来。

这种与心爱之人近在咫尺的感觉令赵维瑾十分满意，他有意无意地用眼角的余光瞥着慕紫苏，那张仿佛被上天眷顾过的俏丽容颜，真是百看不厌。

就这么偷偷摸摸打量了半晌，赵维瑾才开口问道："不知父皇召儿臣进宫有何事相谈？"

慕紫苏瞬间了然，天晟帝选在这个时候将赵维瑾唤过来，十之八九是有意为之。

未等天晟帝应声，慕紫苏起身道："既然皇上有事与三殿下相商，臣女就不在此多做打扰，先行告退了。"说罢，便要离开，却被天晟帝唤住脚步："无碍，朕只是例行询问瑾儿的课程，既然你与瑾儿在同一所书院读书，想来有许多共同话题。前些日子金凌太子与金凌公主相继来到咱们天启，从目前的情况来看，短时间内，他们未必会马上离开。那金凌太子在比试的时候输给咱们五座城池，接下来会闹出什么事端谁都难以预测。此事涉及天启的利益，不知你二人对这件事有何看法？"

慕紫苏十分无语，以她的身份立场，岂能与皇上和皇子商谈这种事情？

赵维瑾之前没能在父皇和众位大臣面前突显自己，心中一直颇感懊恼。此时，慕紫苏就坐在自己的身侧，为了给心爱的姑娘留下一个好印象，他迫不及待道："父皇尽管放心，那金凌太子虽然行事嚣张，现如今在咱们的地盘上，他绝不敢将事情做得太过分。若他图谋不轨，挑起事端，儿臣定会让他付出相应的代价！"

赵维瑾义愤填膺地说完后，视线在慕紫苏的脸上停留了一下，仿佛在等待对方对自己的赞誉和肯定。而事实上，除了无奈之外，慕紫苏对赵维瑾这种只懂得纸上谈兵，没有真才实学之辈毫无想法。

若赵维瑾真有本事，当日被南宫爵当众挑衅时，为何会一退再退，最后逼得赵维祯替他出头？

天晟帝却对儿子的一番说辞大为赞赏："好，我天启儿郎，就该有这样的气势和作为。慕三小姐觉得呢？"

慕紫苏干笑两声："皇上说得极是！"

接下来的时间里，天晟帝一直在东拉西扯，没什么正式主题，却又不断找话题牵绊住慕紫苏，不肯让她贸然离开。

直到小太监传话，说朝中几位大臣在门外等候求见，天晟帝才摆手道："朕还有事，便不多留你二人在此闲谈了。瑾儿，你与慕三小姐既是同窗，待会儿离宫之后，记得亲自送慕三小姐回去。"

赵维瑾正有此意，忙起身回道："儿臣谨遵父皇旨意。"

见父子二人露出一个心照不宣的笑容，慕紫苏总算明白，皇上今日召她进宫，聊闲话只是借口，真正的目的，却是在暗中撮合她与赵维瑾。

难道皇上想借此机会，对赵维祯进行新一轮的打压？

一股不妙的预感萦绕心头，慕紫苏几乎可以预测，接下来的日子里，定会有大事发生。

皇上私下召见慕紫苏的事情，很快便传到了凤临月的耳朵里。得知此事的时候，凤临月正蹙着眉头，听赵维祯讲述他调查到的真相。

凤临月做梦也没想到，害得儿子双腿残疾的罪魁祸首，居然会是自己的帝王夫君。

此时，母子二人的脸色都很难看，尤其是凤临月，恨不能现在就找天晟帝当面对质，问个清楚，为何要对自己的亲生骨肉下此毒手。

还是赵维祯理智一些，劝母后少安毋躁，切莫在这个时候失了分寸。

压抑片刻之后，凤临月渐渐找回丧失的理智，对赵维祯道："祯儿，此事真的属实？"

赵维祯无奈点头："儿臣经过多方调查，得出来的结果都是同一个。虽然儿臣也拒绝相信这个答案，但诸多现实就摆在眼前，由不得儿臣不信。咱们都必须承认一件事。从小到大，父皇表面上对儿臣颇为疼爱，实际上，儿臣从未在父皇那里感受过真正的父子亲情。还有母后，您贵为皇后，可这些年，父皇踏足鸾月宫的次数屈指可数。父皇眼中，只容得下瑶贵妃和赵维瑾，他们才是真正的一家人。"

见凤临月面沉似水，赵维祯叹息："罢了，反正儿臣早已过了需要父亲疼爱的年纪。他对咱们母子不仁，日后，便不要怪儿臣对他这个父亲不义！"

此时，赵维祯已经做好与天晟帝父子决裂的准备。就在这时，凤临月的心腹前来汇报天晟帝单独召见慕紫苏一事。

得知天晟帝不但召见了慕紫苏，还以询问功课为由，将赵维瑾也召进皇宫，母子二人瞬间洞悉了天晟帝的真正意图。

凤临月冷笑："你父皇还真是唯恐天下不乱啊！"

赵维祯蹙眉："母后，父皇难道想撮合紫苏和赵维瑾？"

凤临月哼道："他想撮合，也得有这个机会才行。"

缓了缓心神，她对赵维祯道："两年前那件事，你切莫对外人声张。你双腿恢复的消息刚传开没多久，朝中那些急着站队的人目前还没摸清站队的正确方向。暂且给他们一些考虑的时间，等时机成熟了，再来商议下一步。现在，你先回自己的王府，至于你跟紫苏的婚事，母后会尽快帮你择定婚期。"

赵维祯还想开口说些什么，见母后向自己投来制止的眼神，他咽下心底对天晟帝的不满，气急败坏地离开了鸾月宫。

赵维祯前脚刚走，凤临月便找到天晟帝面前，以儿子的婚事不宜拖太久为由，让天晟帝下令，为儿子择定具体的婚期。

本以为天晟帝会在维祯的婚事上故意拖延，让凤临月没想到的是，这个话题刚说出口，天晟帝便笑着应承："你不来找朕，朕也要主动去找你的。你说得没错，祯儿年纪不小了，是时候为他择定婚期成家立业了。朕已经下旨，让钦天监的人测算黄道吉日，目前选定的吉日有两个，一个是今年年底，腊月十八；另外一个，是来年开春，三月十五。皇后，你觉得这两个日子哪个好，咱们就给祯儿定哪个。"

凤临月不敢置信地看着天晟帝，对方一脸郑重，不像在跟自己开玩笑，她一时间竟猜测不出对方的真正意图。

两个日期距现在都很接近，这证明天晟帝并没有拖延维祯婚期的打算。

那么，他故意安排慕紫苏和赵维瑾见面，又是什么用意？

按下心底的种种不解，为了避免夜长梦多，凤临月说道："既然钦天监已经选定婚期，就将吉日定在腊月十八吧。"

祯儿对慕紫苏情有独钟，凤临月自然会为儿子争取最近的婚期。

天晟帝笑着回道："好，既然皇后将吉日定在腊月十八，朕这便拟定赐婚圣旨，安排祯儿与慕家三小姐尽早成亲。"

直到赵维祯和慕紫苏双双接到赐婚圣旨，两人依旧不敢相信，居然这么快就定下婚期，日期还近在咫尺。

尤其是赵维祯，本以为父皇会找借口毁掉这门亲事，看着明黄圣旨上那字迹清楚的成亲日期，他内心雀跃的同时，对天晟帝此番作为也生出一丝警惕。

他总觉得，事情不会如想象般进展得那么顺利，前面等待他的，说不定会是万丈深渊。

很快，明王殿下即将娶妻的消息就传得尽人皆知。霍司铭等人听说此事，纷纷告假，回黑槐殿向慕紫苏道喜。

腊月十八距现在只剩下短短一个月，慕紫苏的长辈不久前纷纷离开京城，能够为她操办婚事的人所剩无几。

作为慕紫苏的好友，顾卿然等人义无反顾地决定接下这个差事，定要将好友的婚事办得风风光光，体体面面。

最开心的当数翠花，得知紫紫一个月后就要嫁人，它兴奋地拍着翅膀庆贺。

就在众人聚在一起欢天喜地地商议婚宴的具体事宜时，两个不速之客的到来，打破了原本温馨美好的气氛。

被当成不速之客看待的，正是南宫爵和南宫月兄妹。

最近一直在京城居住的南宫爵，也听说了明王殿下不日即将迎娶慕紫苏进门。

只是前脚刚踏进慕紫苏在黑槐殿的小院，就听头顶传来一道怒喝："你怎么来了？快滚，这里不欢迎坏人。"

跟在南宫爵身后的南宫月看到一只美丽的大鸟居然字正腔圆地说出这么有趣的话，她一把推开挡在自己面前的南宫爵，笑眯眯地将站在慕紫苏肩膀上的翠花抱进怀里。

"哎呀，你们听到没有？这只大鸟居然会讲话。"

被一把抱起的翠花在南宫月怀中尖叫："放开我，放开我，喂，我说你哪位啊……"

翠花每说一句，南宫月脸上的笑容就会扩大一分："哎呀，这只鸟真的好聪明，竟然会说这么多话。你有名字吗？今年多大啦？是公是母？许配人家没有？"

翠花被南宫月柔软的手指捏得直翻白眼，直到被自家紫紫重新抱回去，才朝南宫月恶狠狠地瞪过去，小声骂道："坏女人！"

"哈哈哈！"

笑得最大声的当数顾卿然。

自从被南宫月拉去当向导，顾卿然和南宫月这对小冤家就算彻底杠上了。

两人年纪相仿，都是傲娇的性子，每次凑到一起都要唇枪舌剑三百回合。

顾卿然从不怜香惜玉，南宫月也不懂得淑女风度，两人就像前世结了仇，恨不能将对方生吞活剥方肯罢休。

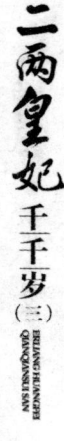

眼下,顾卿然见南宫月被翠花骂成坏女人,他心情大好,冲翠花竖起一根大拇指,赞道:"花花,干得漂亮!"

翠花瞪他一眼:"不要叫我花花。"

南宫月先是瞪了顾卿然一眼,才朝慕紫苏问道:"这只大鸟的名字叫花花吗?真可爱,它是你养的吗?"

翠花尖叫:"人家叫翠花,不叫花花……"

南宫月更是双眼发亮,兴奋道:"呀,它居然还会生气。它的名字真可爱,长得更可爱……"

慕紫苏被这几个人和一只鸟闹得哭笑不得,直到将翠花打发到外面去玩,才对南宫爵兄妹二人道:"太子殿下和公主殿下怎么来了?"

早就见识过翠花厉害的南宫爵这才问道:"听说你就要成亲了,这是真的吗?"

已经飞出去一段距离的翠花又飞了回来,没好气地对南宫爵嚷嚷:"当然是真的啦,紫紫就要嫁给帅气的祯哥哥了,你这个讨人厌的家伙最好离她远一点儿。警告你,敢对我家紫紫图谋不轨,小爷就对你不客气。"

见南宫爵瞪向自己,翠花非常识时务地飞远了。

现场的气氛出现片刻的安静,随后,南宫月非常不给面子地大笑起来。

这只叫翠花的鸟真是太合她眼缘了,即使亲哥哥被一只鸟鄙视了,依旧阻挡不了南宫月此时的好心情。

好在大家都是年轻人,且之前在承恩殿有过交集,面对不请自来的南宫爵兄妹,除了刚开始的诧异,众人很快便接受了他们的存在。

南宫爵这个人虽然自大又自傲了一些,但在原则问题上却极讲信用。不然,他也不会豪爽地在输了赌局之后让出事先答应的五座城池。

至于南宫月,霍司铭和段无洛对这个爽朗大方的姑娘都没什么恶感,只有顾卿然看南宫月不怎么顺眼,两人只要一见面,就会互相讥讽,不争出个一二来誓不罢休。

而南宫爵此番不请自来,就是想从慕紫苏口中获知,这个所谓的婚约,究竟是真是假。

面对南宫爵毫无掩饰的质问,慕紫苏忍不住反问:"真又如何?假又如何?"

南宫爵目不转睛地迎视着她的目光,神色倨傲地说道:"你值得更好的选择!"

莫名其妙的一句话，让现场的气氛再一次陷入僵滞。

顾卿然、霍司铭还有段无洛不约而同地看向南宫爵，一时之间，竟有些搞不清楚这位金凌太子究竟是什么意思。

慕紫苏面不改色道："对我来说，维祯就是这世上最好的选择。"

南宫爵哼道："看来你的眼光也不怎么样。"

慕紫苏反唇相讥："我的眼光究竟如何，咱们拭目以待。"

南宫爵眯起双眸："好，我等着看接下来的好戏。"

就在所有的人都以为明王殿下大婚将至时，距京城大概五百里之遥的平水县发生了大规模的泥石流。

泥石流的暴发，导致无数受灾民众失去家园，甚至还有运气不好的，在这场灾难中丢掉性命。

朝廷紧锣密鼓地开始张罗救灾行动，结果，这起灾情还没得到解决，又传来江州闹虫灾的消息。

大规模的虫灾导致庄稼颗粒无收，以种地为生的老百姓没了收成，毫无意外地出现了大范围的饥荒。

一连两起事件，令天晟帝的案头堆满上百道奏折。

这些折子都是各地官员写来求救的，希望朝廷能够尽快想出对策，为当地受灾的百姓解决最基本的生存问题。

天晟帝以及朝中的文武大臣被一连串的灾难闹得动荡不安，虽然已经下令让户部调派官员押送银子和粮食去当地救灾，但远水解不了近渴，这两个地方距京城有数百里，等负责救灾的官员赶到事发地点时，恐怕已经错过最佳的救援时间。

饶是如此，天晟帝还是在第一时间下达命令，要求负责此事的官员一定要尽最大的努力减少老百姓的伤亡和损失。

民间发生了这样的变故，天晟帝在派人救灾的同时，也让钦天监的大臣针对最近发生的事件进行测算。

在钦天监任职的这些大臣都是从民间选拔出来的能人异士，夜观天象，测算天机，对他们来说是家常便饭。

眼看年底就要到了，四面八方却不断传来噩耗，这对天晟帝来说可是非常不吉利的。

果不其然,第二天早朝,钦天监的大臣便在议政殿将他们连夜测算出来的结果公之于众。

民间接二连三发生变故,并非偶然,而是出现了异象。两组过硬的八字一旦结合,将会演化成致命的灾难,给朝廷带来意想不到的厄运。

此事一经公布,满朝文武一片哗然。

两组过硬的八字?指的是谁?

钦天监的大臣很是干脆地将测算出来的两组八字公布出来,结果令众人大吃一惊,这两组八字,一组属于明王赵维祯,另一组属于慕三小姐慕紫苏。

这下,大臣们全都傻了眼。

事情也太巧合了吧?就在不久之前,明王与慕三小姐的婚期刚被正式定下来,这本是一桩值得庆祝的喜事,好端端的,怎么就变成了灾难?

钦天监的大臣语气非常坚定:"臣等经过连夜测算,得出来的结果始终只有这一个。一旦明王殿下与慕三小姐结为连理,将会给朝廷带来无穷无尽的灾难。虽然俗语有云,宁拆十座庙,不拆一桩婚。但此事涉及朝廷及天下百姓的利益,还请皇上三思过后再做决定。"

其他大臣听闻此事,不可思议的同时,脑海中浮现出明王和慕三小姐的模样。从外表来看,这二位都是人中龙凤,男的俊,女的俏,若结为伴侣,真乃天作之合。

可明王小小年纪就被誉为天启的天才,他的本事,朝廷这些当差的大臣个个有目共睹。

这样的人,谁要是敢说他八字不硬,恐怕都不会有人相信。

至于慕紫苏的命数就更是尽人皆知,当日数次与她发生口角争执的顾清漪,死得有多悲惨,在场的很多人都是亲眼看到。

就算顾清漪的死与慕紫苏没有直接关系,间接责任她绝对是逃不掉的。另外,自从慕紫苏这个三小姐历经十年回到京城,给整个慕家带来了深远的影响。

先是孙静婉这个后上位的慕夫人被拉下主母之位,最后落得死亡的下场。接着便是慕家那两个双生姐妹花,曾经的她们在京城的名媛圈多么风光荣耀,可现在呢,一个被收进监牢从此失去人身自由,一个被送到乡下的庄子,前途一片暗淡。而导致这一切后果的罪魁祸首,可不就是慕紫苏吗?

所以,钦天监的大臣说慕三小姐八字过硬,还真没人敢不信。反正明王与慕三小姐是否能够结为伴侣,并不是大臣们关心的主要问题,最重要的是能解决眼前的麻烦，众人都口径一致地请求皇上收回成命，千万不要为了儿女私情影响到朝廷的大运。

于是，天晟帝在众位爱卿的请求声中，勉为其难地下了一道解除婚约的圣旨，责令赵维祯和慕紫苏这一世都不得结为夫妻。

为了安抚两位即将成亲却不得不以这种方式被迫分开的小辈，天晟帝让太监在宣读圣旨的时候额外加了一句话，虽然这桩婚事以失败收场，但他保证，会为两个小辈各寻一桩满意的姻缘。

"啪！"

当解除婚约的旨意送到赵维祯面前时，他怒不可遏地将太监递来的圣旨摔到地上："胡说八道，本王不相信这是真的！"

负责宣读圣旨的小太监被明王殿下浑身所散发的戾气吓得瑟瑟发抖，声音哆嗦道："殿……殿下，这是皇上亲拟的旨意，绝不会有假。还请殿下接受事实，皇上让奴才转告殿下，定会为殿下寻一门更好的亲事，以表皇上对殿下解除婚约的愧疚……"

接下来的话，赵维祯根本听不进去。他做梦也没想到，事情竟会出现这样戏剧化的转折。究竟是哪个浑蛋在胡言乱语，散播他与紫苏八字不合？

虽然早就猜到自己的婚事会受到阻挠，但这么可笑的阻挠理由，已经完全超乎他的想象。

无视小太监的苦口婆心，赵维祯用鞋尖将丢在地上的圣旨狠狠碾了几下，才在小太监惊恐的目光中拂袖离去。

他没有进宫去找母后，也没有到天晟帝面前提出质问，而是直接来到黑槐殿，旁若无人地闯进慕紫苏的小院子。

他的不请自来，显然在慕紫苏的预料之中。

赵维祯前脚刚进门，慕紫苏便主动开口："你也接到解除婚约的圣旨了？"

赵维祯心头一乱，目光变得有些涣散："你已经接到了？"

慕紫苏用下巴示意放在桌上的一道明黄圣旨，语气阴沉道："事情就发生在一炷香之前。"

赵维祯恨极道："本王绝不接受这么荒谬的退婚理由，是钦天监那群信口雌黄的混账在制造事端，居然敢用八字太硬这么可笑的说辞来破坏本王的婚事。本王定要找他们问个清楚！"

说罢,他就要拉着慕紫苏一同去钦天监讨个说法,却被慕紫苏一把拉回来,她脸色难看地冲他摇了摇头,语气中充满疲惫和无奈:"维祯,你有没有想过,这一切,很有可能是当今皇上为你我二人设下的一场阴谋?"

——本季完——